U0944755

纪念西藏民主改革60周年丛书

新时代援藏创举

医疗人才组团式援藏（2015 ~ 2018）

西藏自治区卫生健康委员会 编

中国人口出版社
China Population Publishing House
全国百佳出版单位

图书在版编目（CIP）数据

新时代援藏创举：医疗人才组团式援藏：2015～2018 / 西藏自治区卫生健康委员会编．-- 北京：中国人口出版社，2019.9
（纪念西藏民主改革60周年丛书）
ISBN 978-7-5101-6718-8

Ⅰ．①新… Ⅱ．①西… Ⅲ．①报告文学－中国－当代
Ⅳ．①I25

中国版本图书馆CIP数据核字(2019)第147466号

新时代援藏创举——医疗人才组团式援藏（2015～2018）
西藏自治区卫生健康委员会 编

责任编辑	商成果　姚宗桥
装帧设计	夏晓辉　刘海刚
责任印制	林　鑫　单爱军
出版发行	中国人口出版社
印　　刷	北京和谐彩色印刷有限公司
开　　本	710毫米×1000毫米　1/16
印　　张	20.75
字　　数	300千字
版　　次	2019年9月第1版
印　　次	2019年9月第1次印刷
书　　号	ISBN 978-7-5101-6718-8
定　　价	65.00元

网　　址	www.rkcbs.com.cn
电子信箱	rkcbs@126.com
总编室电话	（010）83519392
发行部电话	（010）83530809
传　　真	（010）83538190
地　　址	北京市西城区广安门南街80号中加大厦
邮政编码	100054

出版者前言

“医疗人才组团式援藏”是以习近平同志为核心的党中央于第六次西藏工作座谈会上做出的新时代卫生援藏创举。习近平总书记强调：“依法治藏、富民兴藏、长期建藏、凝聚人心、夯实基础，是党的十八大以后党中央提出的西藏工作重要原则。”“富民兴藏，就是要把增进各族群众福祉作为兴藏的基本出发点和落脚点，紧紧围绕民族团结和民生改善推动经济发展、促进社会全面进步，让各族群众更好共享改革发展成果。”“要大力推进基本公共服务，突出精准扶贫、精准脱贫，扎实解决导致贫困发生的关键问题，尽快改善特困人群生活状况。”党的十八大以来，以习近平同志为核心的党中央加快推进健康中国建设战略。习近平总书记指出：“没有全民健康，就没有全面小康。要把人民健康放在优先发展的战略地位……努力全方位、全周期保障人民健康。”全面改善和提升西藏各族群众的健康水平，是统筹推进“五位一体”总体布局和协调推进“四个全面”战略布局在西藏工作中的重要部署。医疗人才组团式援藏抓住制约西藏卫生健康事业发展和人民健康水平提高的瓶颈，是新时代全面改善西藏医疗卫生事业总体布局和提升医疗卫生人员服务能力的重要举措，是贯彻落实以习近平同志为核心的党中央重大决策的具体行动。

“医疗人才组团式援藏”的成功推进，既是中央组织部、国家卫生健康委等部门高层推动的结果，又是西藏各级党委政府，特别是组织工作系统和卫生健康战线克服困难、不懈努力、倾力落实的结果。西藏自治区党委和政府及相关部门建立了全方位保障机制，组织工作系统和卫生健康系统主要领导亲自指挥，强化了领导保障；提供资金支持，为医院能力建设、设备购置和援藏医生生活提供了保障；强化责任落实，建立健全组团式援藏制度，形成了长效机制。

“医疗人才组团式援藏”的成功推进，是各支援方坚持高度的政治自觉，坚决贯彻中央关于援藏工作重大战略决策的具体体现。参加医疗人才组团式援藏的各省、直辖市，选择最好的医生，组建最强的团队，提供最优质的服务，投入大量的资金，配备最好的设备，持之以恒、久久为功。组团式援藏专家为西藏卫生健康事业倾注了大量心血和汗水，为保障藏区各族群众生命健康做出了卓越贡献，在援藏史上树立了新的丰碑。

“医疗人才组团式援藏”取得了前所未有的成效。这一新时代创举性的医疗援藏方式，充分调动了援助方和受援方两个方面的积极性，其产生的成效不再是各种人力、物力等要素效果的简单叠加，而是援藏医疗团队与受援医疗团队发生“核聚变”反应，释放出了

持续性的巨大能量，使得受援医院的管理体系格局发生了根本性改变，医院管理能力、医疗服务水平得到系统性提升，人员素质和能力得到大幅提高，“三不出”目标初步实现，保障西藏人民全方位、全周期健康的事业取得了历史性进步。

“医疗人才组团式援藏”赋予了“老西藏精神”“两路精神”新的时代内涵，凝聚了人心，促进了民族团结。援藏医生每治疗一位患者、每开展一台手术都彰显了党中央和习近平总书记对西藏人民的殷切关怀。群众更加信任共产党，感党恩、听党话、跟党走。广大群众更加相信医疗科学，自觉抵制愚昧、迷信观念，不信来世、过好幸福今生的观念深入人心。

“医疗人才组团式援藏”是民生工程、民心工程和民族团结工程。值此西藏民主改革60周年和新中国成立70周年之际，将这一工程的成果集结出版，对于持续推进援藏工作具有重大意义。

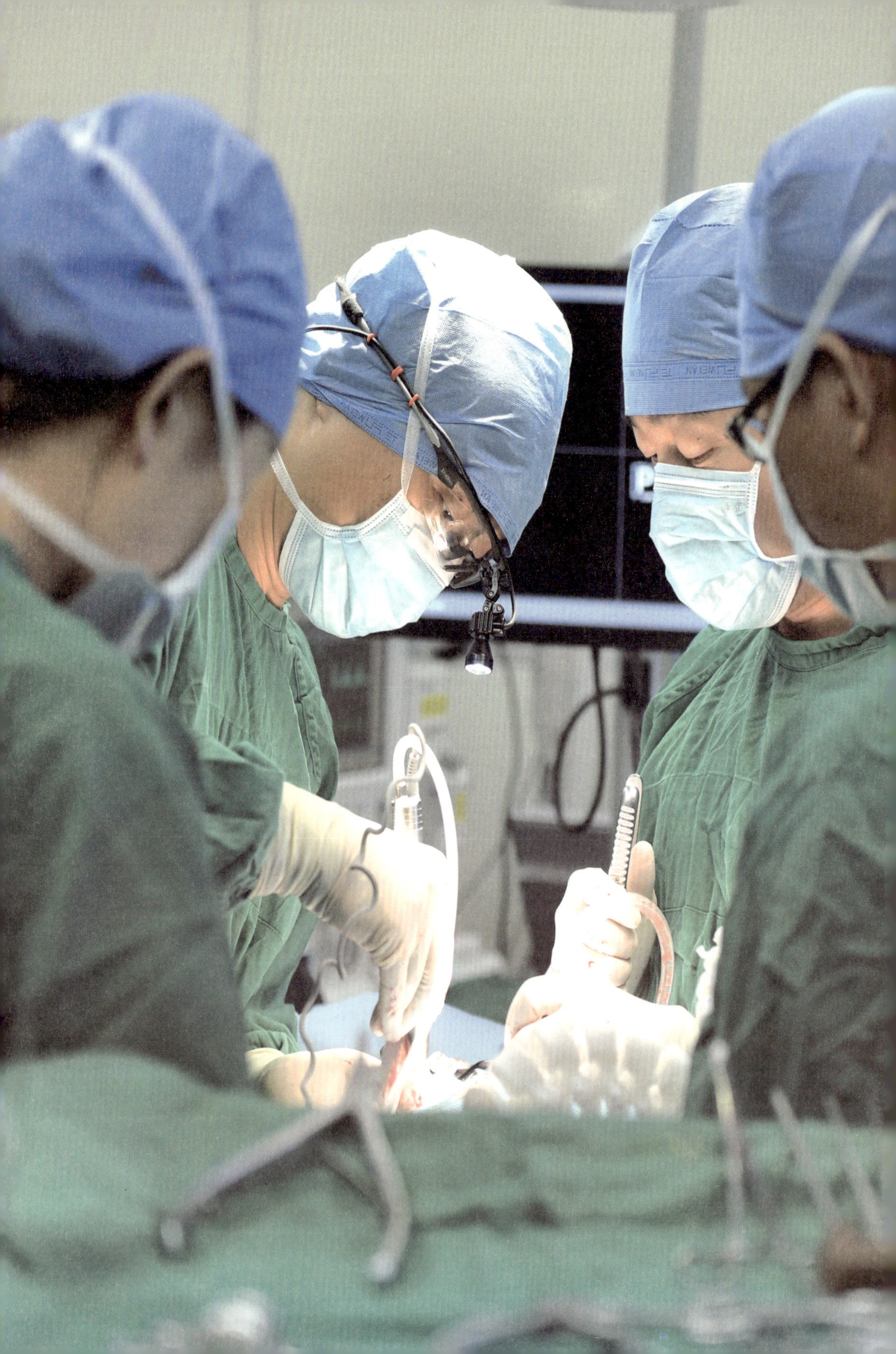

目录 Contents

第三章 心 声

第四章 福 祉

第五章 硕 果

第六章 团 队

第七章 传 承

附 录

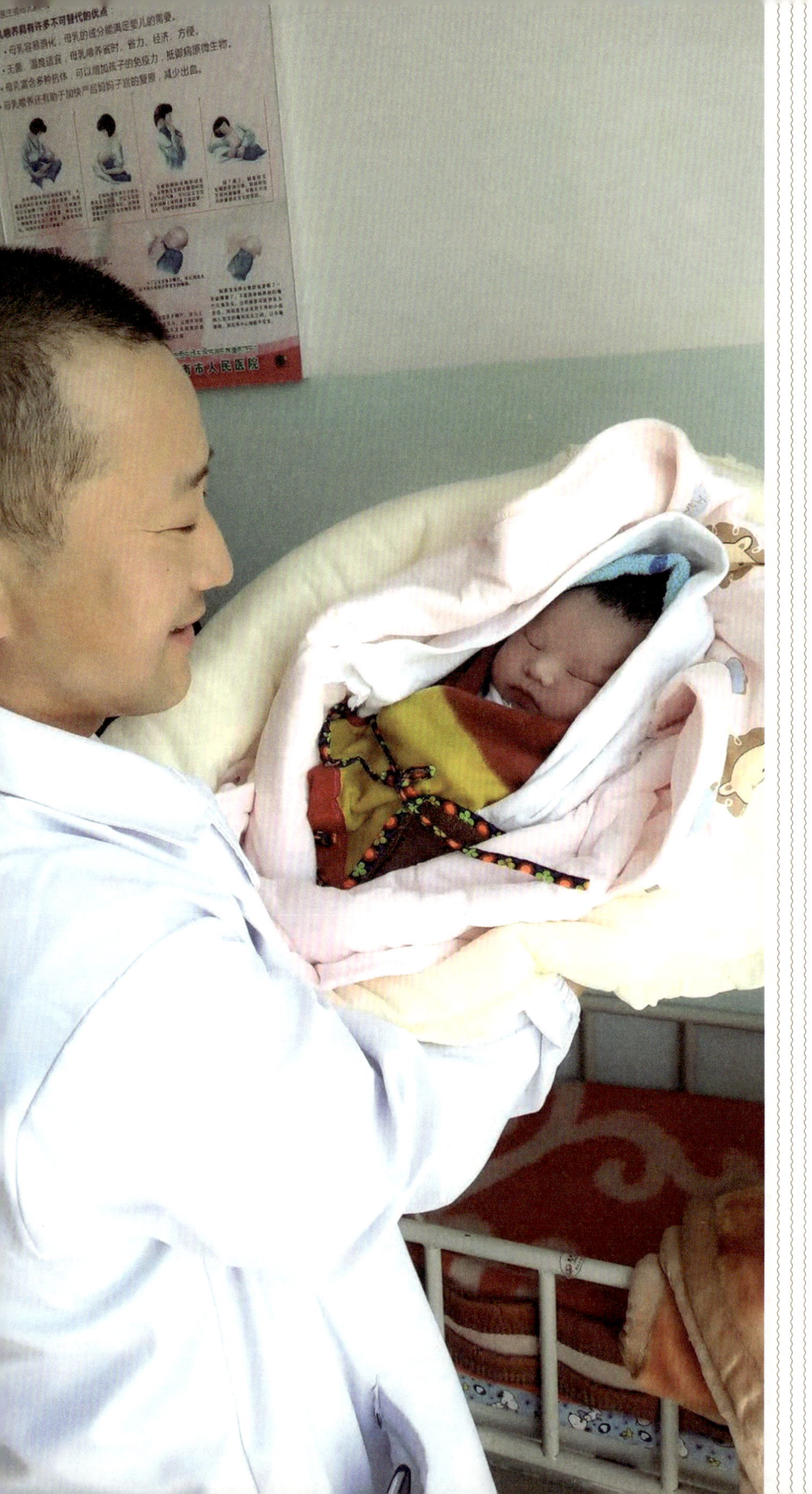
乳喂养具有许多不可替代的优点：
·母乳容易消化，母乳的成分能满足婴儿的需要。
·无菌、温度适宜，母乳喂养省时、省力、经济、方便。
·母乳富含多种抗体，可以增加孩子的免疫力，抵御病原微生物。
·母乳喂养还有助于加快产后妈妈子宫的复原，减少出血。
市人民医院

引 子

开展医疗人才组团式援藏工作是以习近平同志为核心的党中央关心关爱西藏各族人民的重要体现，是推动西藏医疗卫生事业发展的百年大计，是实现西藏长足发展和长治久安的有力举措。

2015 年年初，中央组织部针对西藏医疗卫生事业发展滞后、“缺医少药”、看病难的实际，在把握西藏工作的阶段性特征、总结医疗卫生援藏工作经验的基础上，经过反复科学论证，提出开展医疗人才组团式援藏的重大创新思路，并确立了“合理、可实现、可持续、可评价”的总原则，强调将其作为“组织部长工程”一抓到底。2015 年 6 月，医疗人才组团式援藏工作正式启动，由北京协和医院、北京大学第一医院、北京大学人民医院、北京大学第三医院对口支援西藏自治区人民医院，北京、上海、安徽、广东、重庆、辽宁、陕西 7 个省（直辖市）分别对口支援拉萨、日喀则、山南、林芝、昌都、那曲、阿里 7 个地市人民医院（简称“1+7”医院）。2015 年 8 月中旬，第一批 143 名组团式援藏专家进藏，到“1+7”医院开展支援工作。2015年8月下旬，中央第六次西藏工作座谈会召开，进一步作出了开展医疗人才组团式援藏的部署，并写入《中共中央关于进一步推进西藏经济社会发展和长治久安的意见》。截至2018年年底，已有四批组团式援藏专家659名及各类柔性援藏人才进藏，使西藏的医疗卫生事业格局发生了根本性变化。

近四年来，在以习近平同志为核心的党中央亲切关怀下，在中央组织部、国家卫生健康委、教育部等部委的高位推动下，在对口支援省（直辖市）和单位的鼎力支持下，援受双方认真贯彻落实“合理、可实现、可持续、可评价”的总要求，全力推进医疗人才组团式援藏工作，推动“1+7”医院发生了格局性变化、实现了历史性进步，带动西藏卫生健康事业发生了深刻变革，各族群众在家门口享受到了内地高水平的医疗服务。

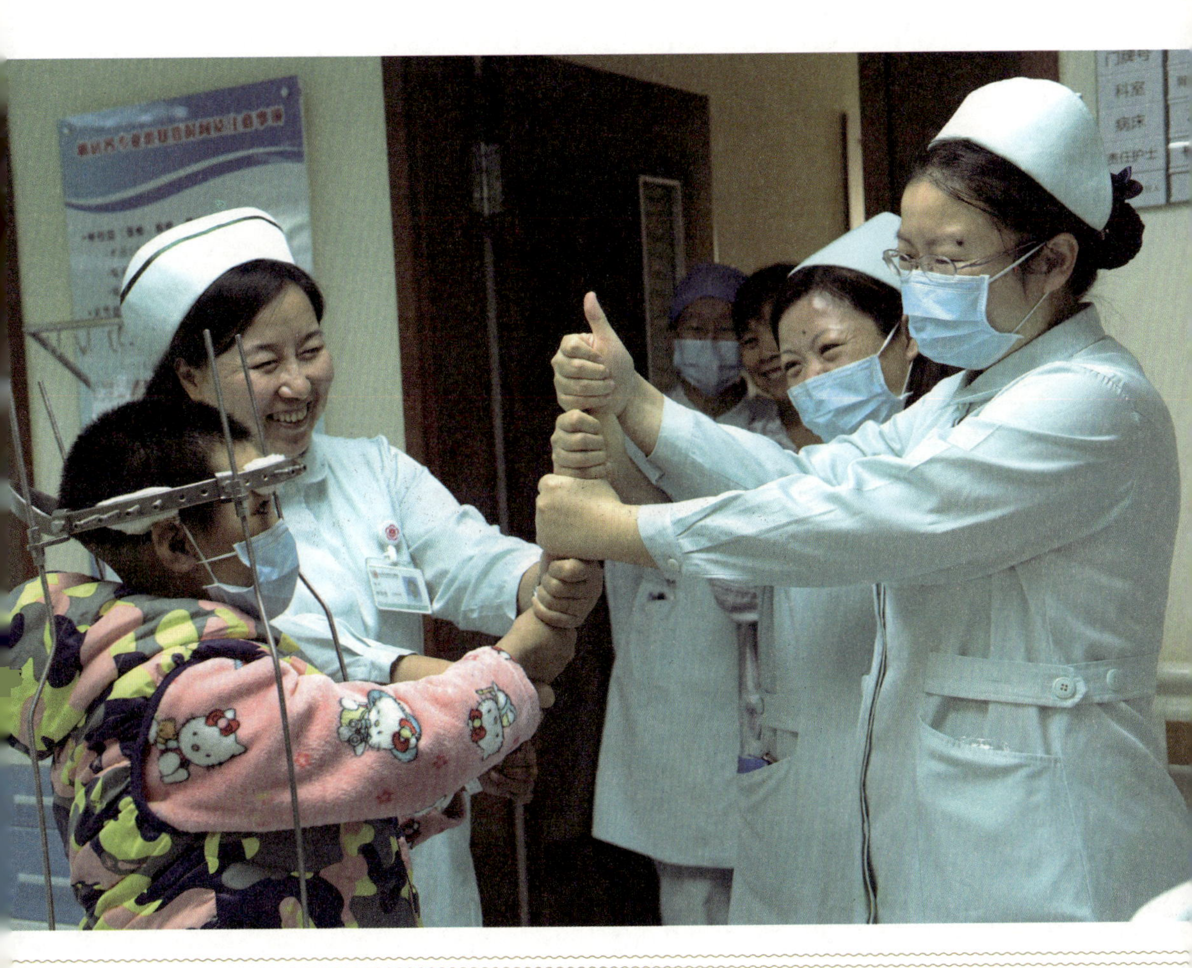
门牌号
科室
病床
责任护士

60

第一章 创举

"组织部长工程"

中央政治局委员、中央组织部部长陈希同志对医疗人才组团式援藏提出了"合理、可实现、可持续、可评价"的新理念，要绵绵用力，久久为功。西藏自治区党委书记吴英杰强调，要珍惜好、维护好、发展好医疗人才组团式援藏工作带来的新理念、新机制、新经验，持之以恒地把这项民生工程、民心工程抓实抓好、抓出成效。西藏自治区党委原常委、组织部部长曾万明将其作为"组织部长工程"，亲自部署、亲自安排，要求把"为更多患者消除病痛"作为工作出发点，以"打造一支带不走的医疗队"作为工作重心，进一步扎扎实实做好医疗人才组团式援藏工作。

为贯彻落实中央第六次西藏工作座谈会精神和党中央、国务院西藏工作部署要求，中央组织部、国家卫生健康委成立了医疗人才组团式援藏工作机构，并强力推动各项工作。中央政治局委员、中央组织部部长陈希同志倾注了大量心血和汗水。陈希同志既挂帅统筹又亲自部署，抓顶层设计、做制度安排，连续三年进藏调研指导，主持专题会议推进重点工作。中央组织部原副部长邓声明、副部长张建春、部务委员李小新等领导

坚持靠前指挥，研究解决重大问题，推动重点工作落地。全国政协副主席、原国家卫生计生委主任李斌，国家卫生健康委主任马晓伟、副主任王贺胜把医疗人才组团式援藏工作摆上重要议事日程，多次进藏指导工作，既抓重点、强保障，又重督导、促落实。西藏自治区党委、政府把推进医疗人才组团式援藏工作作为对以习近平同志为核心的党中央绝对忠诚的有力行动，作为重大的民生工程、民心工程和民族团结工程，强力推进、全力保障，取得了预期成效，为西藏各族群众带来了健康和幸福。

医疗人才组团式援藏工作模式落地

以习近平同志为核心的党中央在第六次西藏工作座谈会上作出开展医疗人才组团式援藏工作部署，由中央组织部、国家卫生健康委等部委高位推动，协调7个省（直辖市）65家医院组织开展具体工作。医疗人才组团式援藏模式把医疗人才援藏从分散转向集中、由“单兵作战”转向“组团作战”，把“输血型”为主的援助转向“造血型”为主的援助，成批次组团选派医疗骨干，支持西藏自治区“1+7”医院科室建设和人才队伍建设，整体提升“1+7”医院的医疗服务和管理水平，培养一支带不走的医疗队伍。为确保工作全面推进，中央组织部和国家卫生健康委每年在藏召开医疗人才组团式援藏工作推进会，进行总体部署。中央组织部、国家卫生健康委领导多次批示、亲自部署，并赴藏指导督促工作开展。

西藏自治区党委、政府主要领导高度重视，全力推进。自治区党委组织部把此项工作作为“部长工程”，主要领导亲力亲为，着力建立完善政策机制。一是增加编制，有效解决了医院编制不足的问题。二是完善工作机制，相继建立了完善支援模式、加强医院班子建设、深化管理体制改革、推进重点科室

建设、强化医疗人才培养、加大政策支持力度、健全激励保障机制等一系列工作机制，为推进工作创造宽松政策环境。三是下放权力，向医院下放了用人自主权、编制使用权、科室设置权、收入分配权、药械采购权等权力，推进落实医院独立法人地位和自主经营管理权。四是加大投入。近四年来，自治区和各对口支援省（直辖市）共投入“1+7”医院28.85亿元资金，主要用于基础设施、设备配置、学科建设、人才培养等重点工作。五是做好保障，自治区有关部门、各地市关心、关爱组团式援藏专家，全力做好专家公寓楼、专家食堂、医疗保健、交通等各项后勤保障工作，为援藏专家安心工作提供有力支持。

西藏自治区卫生健康委把医疗人才组团式援藏工作作为快速提升全区医疗水平的重要抓手，抓医院内涵建设，指导推动医疗人才组团式援藏工作往实里做，往深里走。成立以党组书记、副主任王云亭同志为组长，副主任胡学军、许培海为副组长的领导小组，聚焦重点工作，定期召开专题会议研究具体推进措施。按照“三不出”目标要求，建立大病、中病目录清单库，不断拓展可治疗疾病范围。建立医疗人才组团式援藏月报台账工作制度，收集整理60余项反映工作动态的数据指标，实时掌握“1+7”医院工作开展情况。把“1+7”医院作为深化医改的突破口，先后印发了《关于建立现代医院管理制度的实施意见》《关于推进分级诊疗工作的实施意见》《西藏自治区自然科学基金“组团式”援藏医学项目管理办法（试行）》等一系列政策文件，积极推进以“1+7”医院为重点的公立医院人事、薪酬、管理运行等体制机制改革。研究起草《“1+7”医院院长岗位管理及考核办法》《医疗人才组团式援藏工作考核评估方案》《医疗人才“组团式”援藏帮带工作考核办法》，对“1+7”医院和援藏医疗人才量身订制了 17 大类 52 项考核指标。

承担组团式援藏任务的 7 省（直辖市）的 65 家医院以高度的政治自觉，切实落实支援工作责任，针对“1+7”医院薄弱环节，突出重点，着力提升医院服务水平和质量。援藏专家团队发挥专业特长和管理优势，帮助“1+7”医院健全管理制度，通过大力开展新技术、新业务，拓展医疗服务内容和覆盖面，迅速提升了“1+7”医院整体服务能力。支援医院四批共选派 659 名在学科、专科、医技、管理等方面具有优势和特长的专家，通过“团队带团队”“专家带骨干”“师傅带徒弟”等方式，签订帮带协议书，系统开展临床教学、学术讲座、技术培训、教学查房、手术示教等工作，使医务人员医疗技术水平快速提高。984 名受援医院医务人员已逐渐成为西藏医疗行业骨干，803 人职称得到晋升，192 名本地医务人员已能够独立开展 1 ~ 2 种新手术，“我来做，你来看”模式正在向“你来做、我来看”模式悄然而快速地转变。

通过近四年的扎实工作，“1+7”医院整体服务能力明显增强，医疗服务水平实现跨越式提升。截至目前，新建和做优重点科室 85 个；普遍建立起了 ICU、导管室、血透中心、病理科等科室；急性心脑血管梗死介入治疗、枕骨大孔区腹侧脑膜瘤

开颅、胸腹联合肿瘤切除、婴幼儿脊髓脊膜膨出伴脑积水导管手术等一批代表自治区内医院诊疗技术新高度的业务技术扎根高原。医疗人才组团式援藏加速结束了自治区几十年只有一家“三甲”医院的历史，拉萨市人民医院、日喀则市人民医院、林芝市人民医院、山南市人民医院、昌都市人民医院、那曲市人民医院相继创成“三甲”医院，阿里地区人民医院创成“三乙”医院；实现 367 种“大病”不出藏，2208 种“中病”不出地市，各族群众在家门口享受到了内地高水平的医疗服务。从藏东河谷到藏北牧场，从城镇社区到边境乡村，各族群众亲身见证了西藏医疗服务发生的巨大变化，各族群众更加深切感受到社会主义制度无比优越性和祖国大家庭的温暖。

对口支援省（直辖市）和单位鼎力支持医疗人才组团式援藏工作。北京协和医院把西藏自治区人民医院作为“大西院”来建设，参照协和标准打造医疗流程，移植协和文化引领建设现代医院，帮助建成了全区病理诊断质控中心、远程医学中心等医疗平台，把雄厚、优质的技术力量辐射到全区，充分发挥了“领头羊”作用。北京大学医学部履行好北京大学三家医院上级部门的管理责任，多次派人赴藏调研，充分调动援藏专家工作积极性；北京大学第一医院、北京大学人民医院、北京大学第三医院率先实行“以院包科”，选派骨干力量投入援藏，开展多层次学术交流。北京、辽宁、上海、安徽、广东、重庆、陕西 7 省（直辖市）把医疗人才组团式援藏作为重大政治任务，想西藏之所想，急西藏之所需，主要领导亲自过问，组织、卫生健康等部门全力以赴，坚持选最好的医院、建最好的团队、派最好的医生，最大限度支援“1+7”医院建设，凸显了“大后方”的强大保障力。

建立健全新机制 多措并举抓落实

西藏自治区卫生健康委以高度的政治自觉和行动自觉，坚决落实中央组织部、国家卫生健康委的医疗人才组团式援藏工作目标要求，成立以自治区卫生健康委党组书记、副主任王云亭同志为组长的领导小组，并专门成立医疗人才组团式援藏办公室，建立健全长效运行机制，多措并举狠抓责任落实。一是建立组团式援藏工作例会制度。每月召开一次工作例会，研究解决医院存在的问题和困难，对“1+7”医院建设给予重点扶持，重点梳理和解决在工作中遇到的难题和制度衔接不畅等问题。二是建立工作台账。收集整理 60 余项反映工作动态的数据指标，实时掌握“1+7”医院工作开展情况。每季度梳理分析一次“1+7”医院核心数据、梳理一次“大病”“中病”目录，不断扩大能够在“1+7”医院治疗的疾病种类。三是以等级医院创建为抓手，促进医院管理水平的提升。严格按照《三级综合医院等级评审标准》，邀请国家级专家和自治区级专家联合逐项评分考核，进行等级医院现场评审，坚持核心条款不降低、标准不降的严格要求，以跳起来摸高的态度开展“1+7”医院等级创建工作，结束了自治区几十年只有一家三级甲等医院的历史。拉萨市人

西藏自治区党委常委、组织部部长陈永奇，西藏自治区卫生健康委党组书记王云亭调研西藏自治区人民医院医疗人才组团式援藏工作

民医院、日喀则市人民医院、林芝市人民医院、山南市人民医院、昌都市人民医院、那曲市人民医院相继创成三级甲等医院，阿里地区人民医院创成二级甲等医院后，又继续努力创成三级乙等医院。促进全区医疗卫生事业上一个大台阶。四是把“1+7”医院作为深化医改的突破口。研究印发了《关于建立现代医院管理制度的实施意见》《关于推进分级诊疗工作的实施意见》《西藏自治区自然科学基金“组团式”援藏医学项目管理办法（试行）》等一系列政策文件，强力推进以“1+7”医院为重点的公立医院人事、薪酬、管理运行等体制机制改革。研究起草《“1+7”医院院长岗位管理及考核办法》《医疗人才组团式援藏工作考

核评估方案》《医疗人才“组团式”援藏帮带工作考核办法》，对“1+7”医院和援藏医疗人才量身订制了17大类52项考核指标，发挥考核“指挥棒”作用。五是指导“1+7”医院制定建设规划。立足“1+7”医院发展阶段性特征，编制形成了8个总体规划和302个专科发展规划，做到一个医院一个规划，一个科室一个方案，为推进工作提供了路线图、作战图。六是建立现代医院制度。实行政事分开和管办分开，把支援医院成熟的管理制度移植、嫁接到受援医院，健全完善民主决策、医疗质量安全、人力资源、财务资产、绩效考核、科研、后勤、信息化建设等制度。推进

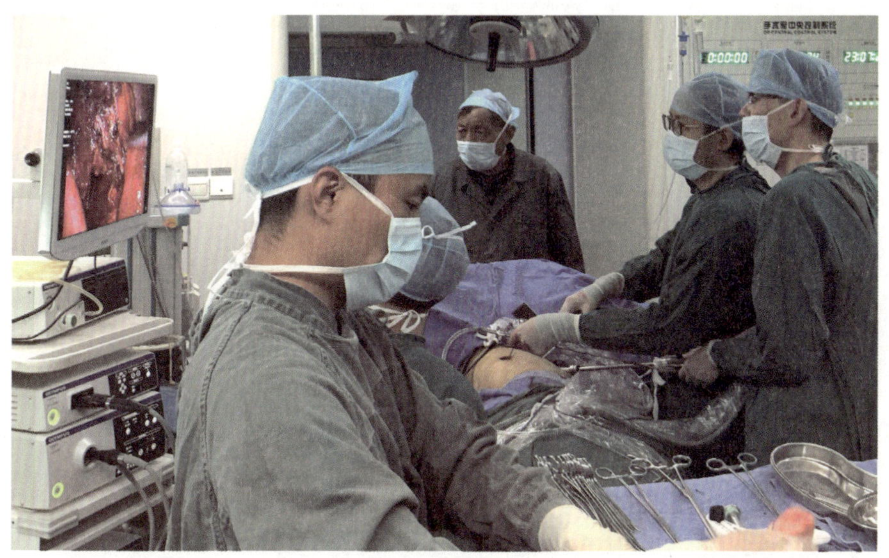

北京大学第三医院组团式援藏专家宋金涛开展自治区第一例胸腔镜手术

银医合作，建立预约、导诊、查询等功能于一体的智慧医疗平台。七是以改革强队伍，提高医务人员积极性。研究出台“1+7”医院薪酬分配制度方案，明确医院技术劳务收入的 70% 以上可用于绩效分配，突出职责履行、劳务价值、技术难度、风险程度、费用控制等指标，重点向临床一线、业务骨干、关键岗位和有突出贡献人员倾斜。八是建立“1+7”医院药品采购绿色通道。积极稳妥实施药品分类采购、带量采购、招标采购，开辟医疗设备、药品、耗材采购“绿色”通道。九是分解任务，强化督导。围绕贯彻落实医疗人才组团式支援工作推进会以及中央组织部、国家卫生健康委等领导调研及会议讲话精神，及时列出任务清单跟踪督办。

“三不出”和“带不走”

“大病不出自治区、中病不出市（地）、小病不出县（区）”是对医疗人才组团式援藏的目标要求之一。为实现这个目标，建立常驻常在的专家团队是必由之路。

为此，国家卫生健康委下发了《医疗人才组团式援藏首席专家管理办法》，组织支援医院认真推荐首席专家，经西藏自治区医疗人才组团式援藏领导小组研究，确定 32 名首席专家，每名首席专家配备 20 万元专项资金，每月给予 2000 元工作补助，发挥了首席专家引领带动和杠杆支撑作用。

西藏自治区医疗人才和教育人才组团式援藏工作领导小组办公室和西藏自治区卫生健康委相继出台《关于加强组团式援藏医疗人才帮带工作的实施意见》《西藏自治区医疗人才组团式援藏帮带工作考核办法（试行）》。各受援医院聘请组团式援藏医疗专家作为导师，结合本地医院需要和帮带对象的特点，采取“师傅带徒弟”“专家带骨干”等形式，通过教学培养、跟班学习、实践锻炼、定期交流等方法，因人制宜、因地制宜地带教本地医务人员。支援医院积极主动接收受援医院医务人员前来内地进修。截至 2018 年 12 月，累计派出 1147 人次，其中管理岗位参训262人次，专技岗位参训885人次。

西藏自治区卫生健康委认真贯彻中央第六次工作座谈会精神和医疗人才组团式援藏工作政策，按照组团式援藏工作要求，坚持“同期轮换”“压茬交接”的原则（即前一批队员在受援医院完成工作交接，后一批队员先期到达，熟悉掌握总体工作计划、科室建设任务、人员和环境情况之后，才允许前一批队员离开），组织做好援藏专家压茬交接工作，做到无缝对接，努力打造一支带不走的医疗队。

北京市第三、第四批压茬式交接仪式在拉萨市人民医院举行

“1774”工程

“1774”工程旨在全面系统提升西藏自治区各级各类医疗机构医疗服务能力和服务水平总体布局。其中，“1”指西藏自治区人民医院，“7”指7家地市级人民医院，“74”指74家县级医院。在医疗人才组团式援藏工作强力推进的过程中，“1774”工程得以大幅度统筹推进。

2016年，国家卫生健康委、国务院扶贫办等五部委发布《关于印发加强三级医院对口帮扶贫困县县级医院工作方案的通知》，要求2016～2020年全国86家三级医院对口帮扶西藏自治区74县区的85家医疗机构，进一步提升贫困县县级医院服务能力，助力农村贫困人口脱贫。

西藏自治区卫生健康委高度重视，成立专项工作领导小组，研究制定贯彻落实方案，建立了处室协同工作机制。基于对口帮扶过程中存在的医疗条件限制、专家进驻时间短、支援单位体制改革等实际情况，从2018年7月开始，各地市积极与支援省份沟通协调，调整部分帮扶支援医院。

2018年11月27日，自治区卫生健康委召开全区三级医院对口帮扶县级医院现场推进电视电话会议，交流七地市三级医院对口帮扶县级医院先进工作经验，树立先进典型，推进理顺帮扶关系，部署加强县级医院帮扶工作。

在援受双方的共同努力下，2018 年全区共有 74 家医院与 74 家支援医院签订年度帮扶协议，10 家医院继续执行 2016 年已签订的帮扶协议；全国 137 家医院派遣 392 名专家进藏开展帮扶，帮助受援医院开展重点科室建设、急需技术项目引进、帮教当地医技人员等工作，有效带动了西藏县级医院内、外、妇产、儿科基础能力提升，使得群众就近接受内地医院同质化服务。其中，林芝市协同广东省委组织部，统筹调集广东七个市（区）优质医疗资源开展帮扶；山南市加强与湖北、湖南省卫生健康委协作，建立起医疗、妇幼、疾控全面覆盖的支援帮扶体系。

各县积极开展医院等级创建工作，2016 年来已有 25 家县人民医院完成二级医院评审挂牌，2018 年又有 10 家县人民医院通过二级医院现场评审。其中，山南市藏医院成为第一个通过“三甲”评审的地市级民族医院，山南市妇幼保健院成为第一个通过国家评审标准的二级甲等专科医院；拉萨市率先完成全部县级医院“二级医院创建”目标。通过“1774 工程”，各县医院医疗服务能力明显提升，各县累计健全完善了医院内部决策、工作例会、人员任免、财务监督等制度共 3629 项，医院管理能力、医疗服务能力、本地医务人员技术能力、信息化建设明显提升。支援医院大力加强受援医院远程信息化建设，已有 41 所县医院与支援医院开通了远程诊疗系统，开展了以合理用药、疑难会诊、基础讲解和专科辅导为主要内容的远程指导工作。

安徽省"8+5"支援医院与山南市人民医院签订"以院包科"协议

西藏自治区卫生健康委在林芝市召开全区三级医院对口帮扶县级医院工作现场推进电视电话会议。西藏自治区卫生健康委副主任胡学军出席会议并讲话，林芝市委常委、组织部部长刘业强出席会议，国家卫生健康委医政医管局行风建设处、西藏军区保障部卫生处负责人参加会议

60

第 二 章
成　　效

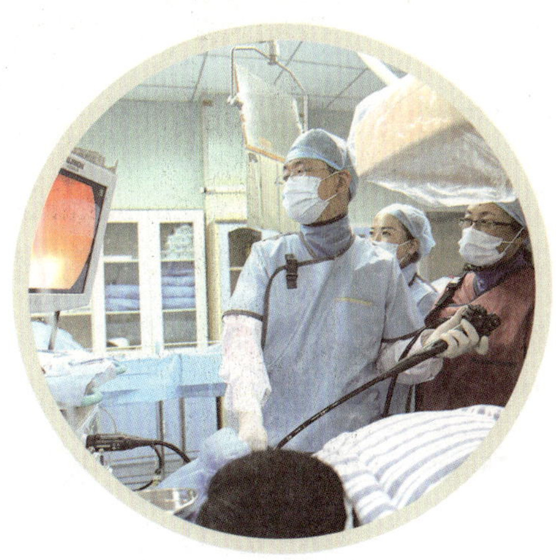

医疗人才组团式援藏是卫生援藏的创举，开拓了卫生援藏新格局，实现了历史性进步。其主要表现在顶层设计抓住了卫生人才匮乏的主要矛盾，形成了援受双方共同培养人才的大格局，以人才建设推进体系建设和能力建设，形成全面提升西藏医疗卫生能力建设的新局面，给西藏人民健康带来了实实在在的改善，并为进一步提高人民健康福祉奠定了基础。

“输血”变“造血” 援藏“师带徒”打造一支永不走的医疗队

（一）多措并举，积极推进

1. 走好人才帮带先手棋

深入推进“团队带团队”“专家带骨干”“师傅带徒弟”工作，量身订制人才帮带年度目标任务和阶段性目标任务，组建高质量承接团队，坚持理论教学与临床应用相结合、手把手教与放手实践相结合，健全完善帮带考核评估、激励保障、长期结对等机制。坚持把培养好、引进好、使用好人才作为医疗人才组团式援藏工作的主攻方向和首要任务，分层分类制定“1+7”医院近期、中期和长期人才发展规划，明确不同时期、不同阶段的目标任务、重点举措，着力建设一支有梯次、成建制、留得住、用得好的医疗人才骨干队伍。建立中青年骨干人才信息库，组建自治区级的医疗人才梯队，有计划地在中青年骨干信息库中选取基础好、有潜力、肯吃苦、能上进的本地医疗人员，培养了学科带头人、后备学科带头人、专业技术骨干，全面落实“团队带团队”“专家带骨干”“师傅带徒弟”机制。

2. 打造援受双方共同培养人才的大格局

援助省（直辖市）和单位把受援医院人才培养纳入人才队伍建设体系，分层分类制定培养规划。结合中央组织部开展的西藏干部到内地省份挂职锻炼工作，选派地市分管领导、区市

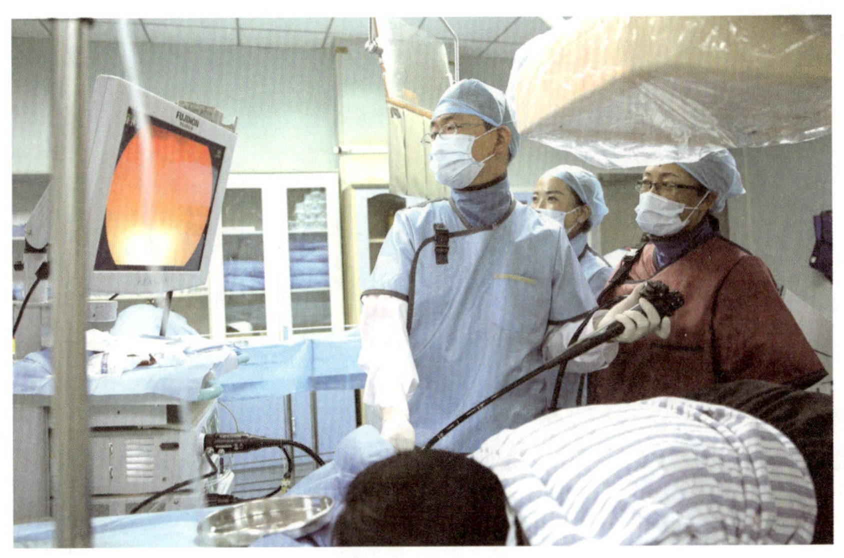

北京大学第三医院消化科姚炜大夫刚到西藏自治区人民医院便着力推动ERCP内腔镜手术在西藏的开展

卫生健康部门和受援医院领导班子成员到支援省（直辖市）挂职锻炼，学习内地的先进管理经验和文化理念。建立到内地跟班式培训机制，有计划、有步骤地选派西藏医务人员到对口支援医院培训进修，重点提升诊疗能力。

3. 构筑医校合作培养人才的新高地

加强“1+7”医院与区内外高校的合作，打造院校协同培养医疗人才模式，构建了涵盖本科学历教育、住院医师规范化培训、继续教育等为一体的标准化、系统化的人才培养体系。暨南大学、中国医科大学等多所区外高校为“1+7”医院培养医疗人才；北京大学等 10 所高校定向培养来自西藏的医学领域硕士研究生。

4. 栽好梧桐树引来“金凤凰”

出台了“1+7”医院进人工作办法，以最大诚意、最优服务改善软硬环境，不唯地域、不求所有、不拘一格，广泛集聚各类优秀人才为我所用。引进医务人员的同时，柔性引进各类人才进藏开展短期服务。

医疗人才组团式援藏工作使得全国范围的医学专家成规模地聚集西藏。为了充分发挥组团式援藏医疗人才的示范、引领和带动作用，提升西藏本地医护人员的能力和水平，自治区医疗人才和教育人才组团式援藏工作领导小组办公室和自治区卫生健康委相继出台《关于加强组团式援藏医疗人才帮带工作的实施意见》（藏援办发〔2017〕4 号）和《关于印发〈西藏自治区医疗人才组团式援藏帮带工作考核办法（试行）〉的通知》（藏卫医政发〔2018〕145 号），积极开展医疗人才组团式援藏“师

带徒”工作。

（二）帮带工作格局

1. 政策保障

根据《关于加强组团式援藏医疗人才帮带工作的实施意见》，围绕到2020年“着重加强‘1+7’受援医院建设、带动74个县（区）医院水平提高”“基本实现大病不出自治区、中病不出市（地）、小病不出县（区）”的目标，较好满足全区各族群众医疗卫生服务需求，聘请组团式援藏医疗人才作为导师，采取“一带一”“一带多”等形式，每名导师帮带1~3名本科室或本专业优秀中青年人才，帮带的徒弟原则上具有中级及以上职称，5年以上临床工作经验，年龄在45周岁以下。组团式援藏医疗人才每年共为“1+7+74”受援医院培养300名左右中青年业务骨干和学科带头人。

根据《关于印发〈西藏自治区医疗人才组团式援藏帮带工作考核办法（试行）〉的通知》，自治区卫生健康委和7地市卫生健康委均牵头成立考核领导小组，各级卫生健康委主任和医院院长为双组长，分管副主任和副院长为副组长，各级卫生健康委组团式援藏办公室、政工、医政、科教负责人及“1+7”医院相应部门负责人为成员。领导小组全面负责考核工作，实行帮带周期考核与季度考核相结合。各地市考核小组负责每季度末对本地市带教专家和学员进行考核1次。连续2次考核不合格者，将终止帮带关系，取消年度评优资格。

2. 方式方法

医疗人才组团式导师根据自身专业的特长、帮带对象的特点以及医院实际需求，采取“师傅带徒弟”“专家带骨干”等形式，采取教学培养、跟班学习、实践锻炼、定期交流的方法，因人、因地制宜予以帮带，帮带周期原则上为一年。县级医院医务人员的帮带工作结合远程指导、现场示教、业务交流等方式进行。

3. 实施进展

帮带工作平稳推进，成绩显著。8 家牵头单位 65 家支援医院三年四批次累计派出 659 名援藏专家，自 2017 年开展帮带工作以来，累计帮带医疗团队 588 个，帮带本地医务人员 1446 人次，

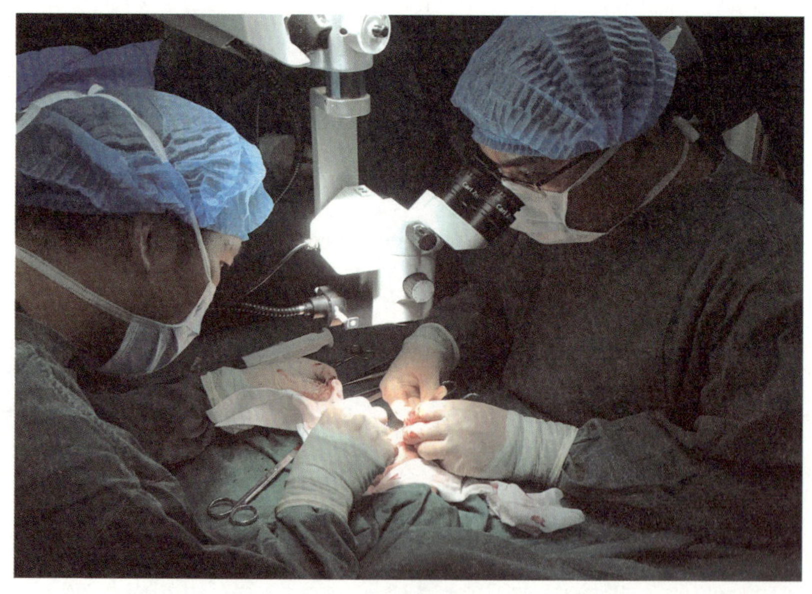

北京积水潭医院组团式援藏专家栗鹏程主任开展了首例断指再植术

未出现连续两季度考核不合格情况。帮带工作平稳推进，成绩显著。目前，已有192名受援医院医生能独立开展1~2种新手术，579人职称得到晋升。其中大部分徒弟跟随师傅到对口支援医院跟岗培训、进修业务。在中央组织部的协调下，选派23名地市分管领导和卫生部门、受援医院班子成员到对口支援省（直辖市）挂职锻炼。

（三）取得明显成效

1. 本地医疗技术水平明显提升

受援医院安排组团式援藏医疗人才担任科室主任或常务副主任，累计选聘32名首席专家牵头发展学科，先后在“1+7”医院挂牌成立45个临床医学诊疗中心，开通56个远程诊疗平台。累计推广和开展新业务、新技术1496项，填补技术空白1014项，攻克969个技术难题，“打包移植”内地先进经验847项，实现援受双方前后方联动，资源共享。目前，急性心肌梗死、急性脑动脉瘤破裂、胸腹巨大肿瘤摘除、巨大脑膜瘤、急性白血病等重症疾病在自治区内就能得到与内地同水平的优质医疗服务；心脑血管介入、膝关节置换、心（脑）栓塞溶栓、肾病血液透析、微创脑室引流、深静脉穿刺和除颤等手术，“1+7”医院相关科室徒弟都能熟练完成。

阿里地区人民医院第四批组团式医疗援藏人才葛冠群与外科次旦扎西、旦增群培、吴古文三位徒弟签订帮带协议，在导师指导下制订了肝脾破裂、肾脏破裂、腹主动脉夹层等6个抢

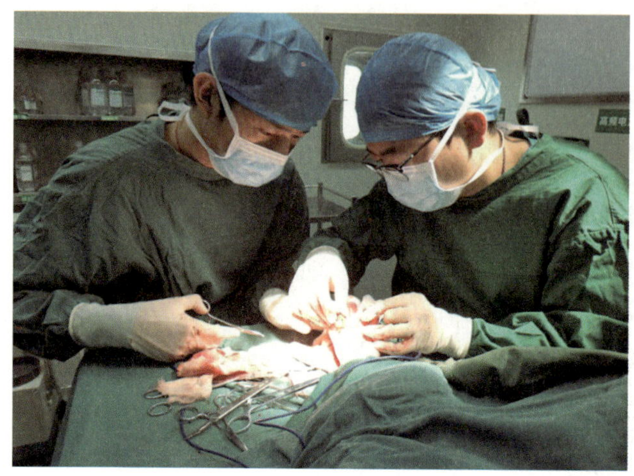

西安交通大学第一附属医院组团式援藏专家葛冠群带领阿里本地医生旦增群培为年仅8岁的藏族小姑娘进行手术，成功分离其畸形的中指与环指

救方案；开展“手术为基础非哺乳期乳腺炎综合治疗”“体表肿物穿刺活检”“贝林格皮瓣局部皮损修复术”3项新业务、新技术；首次实施乳腺肿瘤切除术，并实施乳腺肿瘤术后整形；首次诊断下肢皮肤黑色素瘤，并实施腹股沟淋巴结清扫术。三名徒弟参与包虫病诊治工作，治疗患者33例，开展肝包虫外囊剥除术等手术20例，胆囊切除术、阑尾切除术、肛门内外痔切除术等30例。目前，三名徒弟已熟练掌握急性乳腺炎、非哺乳期乳腺炎、乳腺纤维腺瘤、乳腺癌等疾病的临床特征、疾病转归、治疗方案及预后判断。

拉萨市人民医院组团式援藏第三批转第四批的专家ICU主任陈光强同志，在当地医务人员没接受过ICU专业知识系统的培训和教育、专业操作技能和经验几乎为零的情况下，利用一年半的时间调查、完善软硬件设施，分析工作制度和管理思路，建立工作制度框架，因地制宜确定本地医务人员培养计划，使

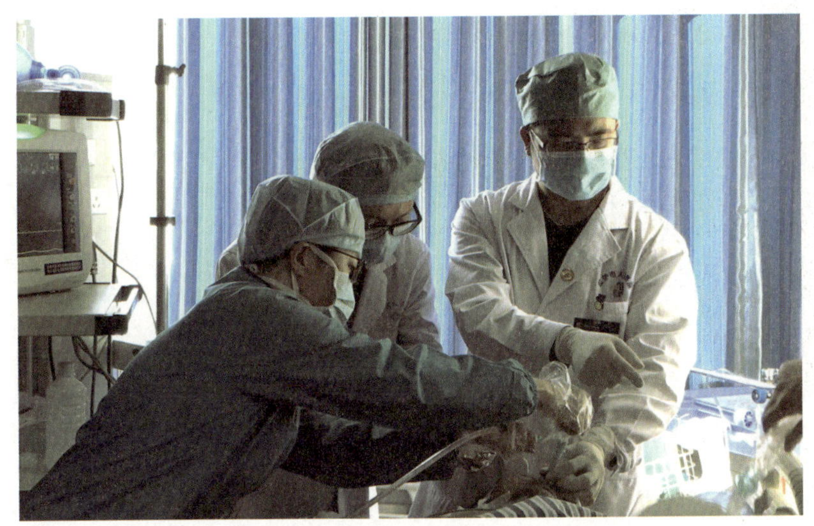
北京天坛医院组团式援藏专家陈光强带教本地医生进行查房

拉萨市人民医院的 ICU 科室成功抢救严重脑损伤患者 50 余名，能够给多个临床科室尤其是神经外科提供及时必要的帮助，结束了严重脑损伤患者一就诊就转院的历史。

2. 本地医务人员科研能力明显增强

援藏专家通过“寓教于临床”的方式，将所学知识传授给本地医务人员，使其科研能力有了质的飞跃。在援藏专家指导下，共联合申报国家级、自治区级科研项目 464 项，立项 168 项，发表学术论文 685 篇。

拉萨市人民医院的科研项目从“几年立一项”转变为“一年立多项”，质与量都取得了突破性进展，近四年来获自治区重大课题立项 26 项，获批资金 893.07 万元；与北京安贞医院合作建立“先心病三级防治基地”，与北京妇产医院、北京药理学会等合作建立西藏首家精准医学中心，与首都儿科研究所合作建立高原工作站，引进一名北京“海聚工程”外籍教授进藏工作。

3. 培训体系化、经常化、规模化

山南市人民医院根据医务人员轮班轮休、无法全部参加集中培训的实际，探索出“大讲课 + 小讲课”的培训方式，确保培训全覆盖，提高培训质量。以大讲课形式确保全院医务人员业务知识更新常态化、科研思维有方向。大讲课由医务科负责组织，固定于每周四下午，在全院范围内举办学习培训讲座，根据医务科每月《医疗质量与安全管理通报》和医疗领域最新理论技术项目拟定授课题目，由医务科或分管院长指定援藏导师主讲，全院不值班医护人员全部参加大讲课。援藏专家共开展职业安全防护、当代呼吸与危重症学发展趋势、药物性肾损害等院内专题“大讲课”116 场次，3900 余人次参加了学习培训。以小讲课形式指导本地医务人员科研方向精细化。将医务人员专业细分，将培训课程设立在科室和护理单元，化整为零，科主任、护士长结合各自专业对课程学习进行安排，每周由各科室自行组织，由援藏专家或本院骨干担任主讲，根据科室内医务人员理论缺项和技术缺项拟定授课题目，科内和相关科室医务人员参加授课。各科室援藏专家共开展胸部断层影像、血气分析的临床判读、内科胸腔镜的应用、新生儿室息复苏流程、新生儿呼吸窘迫综合征的诊治等科内“小讲课”1800 余场次，1 万余人次参加了学习培训。

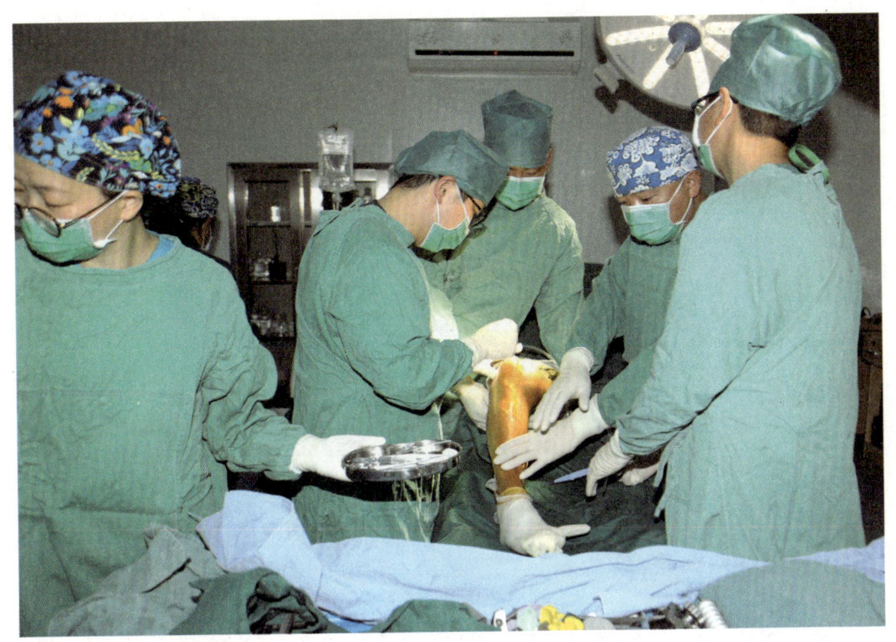

在援藏专家带领下，山南市人民医院成功开展首例膝关节置换手术

4. 借助组团式援藏人才力量及后方资源成立新科室，建立健全医院多项制度

医疗人才组团式援藏以来，“1+7”医院科室由受援前 163 个增加到 385 个，新增 222 个职能科室，细化完善学科 192 个，规划二级专业分科 100 个，新建必需的临床和医辅科室 41 个，847 项内地的先进经验和技术成果“打包移植”到受援医院，有效解决了科室不健全不能诊治的局限性，基本形成了门类齐全、覆盖较为广泛的科室体系。近四年来，“1+7”医院建立健全医

院内部决策、工作例会、人员任免、考核评价、财务监督等制度合计 4642 项。

林芝市人民医院第三批援藏专家黄晓忠在支援医院广东省人民医院支持下，筹备成立胸痛中心，将自身所学倾囊相授予徒弟次仁罗布、杨薇大夫。为建强胸痛中心，黄晓忠同志主动延期一年。2018 年 9 月，该胸痛中心被自治区卫生健康委批准为自治区基层版胸痛中心，已开展介入手术 200 多例。

林芝市胸痛中心建设

阿里地区人民医院院感科宋尚涛等四位徒弟在第四批援藏导师范锁平的指导下，制定了《传染病管理制度》《传染病疫情管理制度》《传染病报告制度》等 21 项传染病管理制度、应急预案和指导意见，更新了《阿里地区人民医院传染病管理资料汇编》，起草了《新生儿乙肝疫苗及卡介苗接种制度》《卡介苗接种知情同意书》《乙肝疫苗接种知情同意书》。药剂科朱骞等四位徒弟在第四批援藏导师胡斌指导下，编制了《药剂科工作制度汇编》（共 16 类 170 项制度和工作用表），完善药

品、耗材验收管理制度，规范采购审批程序，编制并及时更新《药品供应目录》《试剂耗材供应目录》；制定高危药品、易混淆药品制度和目录，实现了药品、耗材的分库分区管理，设置常温库、阴凉库、冷藏冰箱、危化品库，并实行色标管理，使药品的存储更加规范。目前四位徒弟已熟练掌握处方点评、合理用药管理等工作。

推进“以院包科” 建设重点科室

一是管理力量得到加强。落实“1+7”医院院长全部由牵头医院选派管理经验丰富、医疗技术精湛的人员担任，科室主任或常务副主任大多由具有高级职称的援藏专家担任，增强了科室力量。

二是加强信息化改造升级。对“1+7”医院信息系统进行改造升级，初步建立起以 HIS、LIS、PACS、EMR 为核心，以合理用药、手术麻醉、医院感染、输血管理、体检、临床路径、多媒体查询为子系统的医院信息化网络，援受双方建立起远程医疗合作。重庆医科大学附属第一医院自主研发了床旁远程诊疗系统，实现了与昌都市人民医院的无缝对接。

三是精准确定重点科室。结合全区疾病谱，依托 8 家牵头单位、65 家包科医院重点建设 385 个科室，重点打造心血管内科、妇产科、儿科、骨科等 85 类具有高原特色、符合群众就医需求的“拳头”科室。在受援医院加挂特色专科牌子，实现支援医院与受援科室“捆绑”发展。紧扣“两降一升三不出”目标，选择基础较好、群众就医需求大的科室作为重点专科予以培育扶持，资金优先投入、科研优先立项、人才优先培养、设备优先采购。广东省援藏医疗队帮助林芝市人民医院建成了全自治

区首个美国心脏协会（AHA）心血管急救培训中心。

四是学科建设进一步完善。研究制定了《关于推行组团式援藏医疗人才首席专家制的实施意见》，从严从实选聘首席专家 32 人，充分发挥首席专家示范带动和支撑作用。本着实事求是、突出医疗需求的原则，对“1+7”医院科室设置进行盘点梳理，新建重症监护室、介入治疗室等必需的临床和辅助性科室 41 个，初步形成了覆盖诊疗、救治以及病理、检验、影像等较为完备的科室体系，有效解决了由于科室不健全导致的一些疾病不能诊治或不能及时治疗的问题。北京协和医院和北京大学三家医院援藏医疗队帮助西藏自治区人民医院建成了全区首个 PCR（基因扩增）实验室。日喀则市人民医院挂牌成立 10 个“上海（日喀则）临床医学诊疗中心”，全区首个院士专家工作站落户日喀则市人民医院。广东省援藏医疗队帮助林芝市人民医院建立了全科医生培训基地，林芝市人民医院挂牌成立全区首个腹膜透析示范中心。那曲市人民医院正式挂牌成立大连医科大学附属那曲市人民医院。陕西省援藏医疗队在阿里地区人民医院新建重症医学科、急诊科，成功实施了首例微创颅内血肿清除手术。

北京大学人民医院和西藏自治区人民医院签订对口支援协议书

注重内涵发展 创建等级医院

在医院等级评审工作中，严格执行《三级综合医院等级评审标准》，邀请国家级专家专程进藏与自治区级专家共同开展工作，评审专家严格执行标准，没有任何照顾，评审结果“货真价实”、含金量很高。经过专家评审，2017年，拉萨市人民医院、林芝市人民医院、日喀则市人民医院成功创建“三甲”综合医院。2018年，山南市人民医院、昌都市人民医院、那曲市人民医院成功创建“三甲”综合医院，阿里地区人民医院成功创成“三乙”综合医院。

一是科学制定创建规划。立足“1+7”医院发展阶段性特征，坚持自我加压，邀请对口支援省（直辖市）和单位有关专家参与医院等级创建规划，编制形成8个总体规划和302个专科发展规划，做到了一医院一规划、一科室一方案，为推进创建工作提供了路线图、施工图。

二是精准设计综合医院评定标准。积极争取国家卫生健康委支持，在全国先行先试，推行新的等级医院评审标准。研究出台《西藏自治区医院评价标准实施细则》，结合区情实际对34个条款作了合理调整，提出了“跳起来够得着”的创建指标。

三是全力推进创建工作。坚持把质量作为第一位要求，严格把好“三个关口”：严把自查关，医院内部成立自查考评小组，对照评审标准逐项自查自评，对查找出来的问题不折不扣地整改落实到位；严把预审关，邀请对口支援省（直辖市）和单位按照内地标准进行全方面“体检”，提出更加科学、严谨的整改意见；严把终审关，邀请区内外知名专家进行评审，凡是达不到创建标准的一律不予挂牌。

拉萨市人民医院举行三级甲等综合医院揭牌仪式

那曲市人民医院成功创建世界上海拔最高的“三级甲等”医院

援受双方协同努力 诊疗能力显著增强

一是加快实现“三不出”目标步伐。按照“三不出”目标要求，对“大病”“中病”目录清单逐项统计、梳理完善，每季度按能够治疗和不能够治疗两种类型更新一次“大病”目录、“中病”目录。累计已有367种“大病”不出自治区，2208种“中病”不出地市，不明原因的重症肺炎、婴幼儿结石、深部真菌感染、妇科恶性肿瘤等疾病新增为可以治疗的疾病病种，一些常见的“小病”在县级医院就能得到及时治疗。2018年“1+7”医院门诊量、住院量、手术量分别比2014年增长了37.55%、76.23%、76.02%。

二是危急重症救治取得重大突破。受援医院共开展三级、四级手术9622台，危急重症患者抢救成功率达到89.82%。西藏自治区人民医院能够全天候开展心脏导管介入手术，日均手术量达10多台。那曲市人民医院建成世界上海拔最高的ICU。林芝市人民医院等建立了NICU（新生儿重症监护室），挽救了一大批危急重症患者的生命。

推进医院管理改革 释放医院发展活力

一是加快推进简政放权。制定出台《关于进一步简政放权加强自治区和各地市人民医院医疗人才队伍建设的意见》，赋予医院独立法人地位和经营管理自主权，全面下放编制使用、机构设置、中层干部任免、人员招录等权限，新增 969 个编制，由医院依法依规自主招聘、自主考核、自主淘汰，自主调整任免中层及以下干部。安排牵头单位选派的优秀干部担任受援医院院长，赋予其足够管理权，牵头负责医院综合管理、人才发展和绩效考核等工作，医院行政管理机制进一步理顺。

二是建立现代医院管理制度。把支援医院成熟的管理制度移植、嫁接到受援医院，按照现代医院管理体系健全、完善医疗质量安全、人力资源、财务资产、绩效考核、科研、后勤、信息等制度 5268 项，优化和再造业务流程 242 个，基本形成了专家治院、制度管人的医院管理新格局。探索推行银医合作，建立集预约、导诊、查询等功能于一体的智慧医疗平台。山南市人民医院重点对急诊科、检验科、儿科、B 超室等 12 个科室进行流程改造，方便群众就医诊疗。林芝市人民医院运用 PDCA 和品管圈等质量管理工具，积极推进医院管理上水平。

三是充分激发医务人员内生动力。研究出台“1+7”医院薪酬分配制度方案，明确医院技术劳务收入的70%以上可用于绩效分配，突出职责履行、劳务价值、技术难度、风险程度、费用控制等指标，重点向临床一线、业务骨干、关键岗位和有突出贡献的人员倾斜，打破“大锅饭”和平均主义。以医院等级创建为抓手，按照《关于建立现代医院管理制度的实施意见》的要求，积极推进公立医院人事、薪酬、管理运行等体制机制改革。“1+7”医院按照“按劳分配、效率优先、兼顾公平”的分配原则，制订绩效分配方案，注重向医疗一线科室倾斜，向关键岗位、业务骨干和做出突出成绩的工作人员倾斜，以提高医务人员工作积极性。

四是医院运行效率显著提高。在门诊、导诊、挂号、分诊

健康西藏微信公众号暨114电话预约挂号服务平台上线

及诊疗等过程中，合理配置资源，细化岗位职责，推出更多便民举措，尽量缩短患者就医时间，患者满意度大幅提高。西藏自治区人民医院超声检查由原来的预约1周左右实现了零预约。2019年4月1日，“健康西藏微信公众号暨114电话预约挂号服务平台”上线启动。自治区四家医院（自治区人民医院、藏医院、二医院、三医院）实现健康西藏微信公众号预约挂号；市地级13家医院将实现健康西藏114电话预约挂号，使群众省心、省时、省力，实现了“让百姓少跑路，数据多跑路”。

加大投入 硬件设施全面改善

各地市在基础建设、配套保障、土地划拨等方面全力支持。17 个对口支援省（直辖市）“十三五”期间计划投入卫生资金 16.09 亿元，重点向医疗人才组团式援藏倾斜。承担医疗人才组团式援藏任务的 7 省（直辖市）已投入援藏资金 4.6 亿元。

日喀则市人民医院新院区总占地面积 12 万平方米，总建筑面积 8.57 万平方米，一座崭新的现代化医院正式投入运营；山南市人民医院新划拨土地 17.9 万平方米，总建筑面积 6.98 万平方米。64 排 CT、DSA 介入治疗仪等大型现代化医疗设备走进了“1+7”医院。

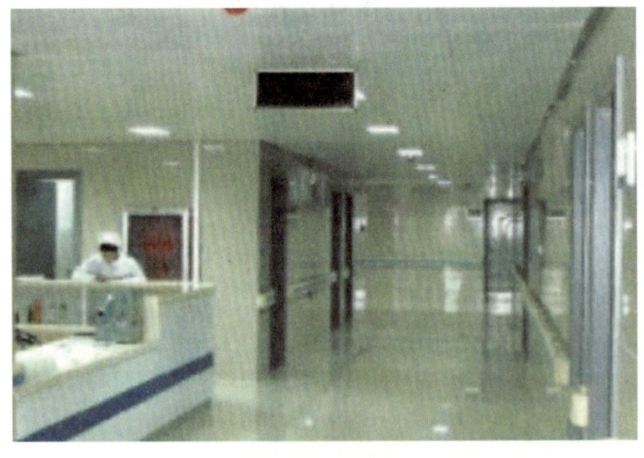

日喀则市人民医院住院大楼内景

强化党的领导 推进西藏卫生健康事业全面提升

2017 年，随着医疗人才组团式援藏工作的深入推进，西藏自治区党委组织部牵头研究制定《关于加强和改进“1+7”医院党建工作的实施意见》，明确医院党委（党组）负责医院政治思想和组织领导工作，承担把方向、管大局、作决策、促改革、保落实的重要职责。要求有关医院发展规划、“三重一大”、加强党的建设等重大事项必须提请医院党委（党组）会议集体研究决定，确保党对卫生健康事业的坚强领导。2018 年以来，为深入贯彻落实中共中央办公厅《关于加强公立医院党的建设工作的意见》，西藏自治区党委印发《关于加强公立医院党的建设工作的实施办法》，要求切实加强党对公立医院的领导，加快健康西藏建设步伐，不断提高公立医院医疗服务水平和全区人民健康水平。西藏自治区卫生健康委成立全区医院党建工作指导委员会，以医疗人才组团式援藏为重要契机，全面加强“1+7”医院和 74 家县医院的党建工作，引领“1774”工程深入推进。目前，医疗人才组团式援藏助推“1+7”医院技术服务水平提升明显；内地三级医院对口帮扶西藏县级医院实现全覆盖，医疗服务能力快速提升；西藏17家三级医院对口帮扶31个高海拔边远贫困地区乡镇卫生院规范开展；西藏自治区昌都、那曲、阿里3地市10县96乡的巡回医疗试点稳步启动。坚持党的领导，医疗人才组团式援藏工作的延伸辐射作用逐步显现。

截至2018年年底，西藏自治区卫生健康服务体系全面建立，覆盖区、市、县、乡、村五级的城乡医疗服务网络构建形成，基本医疗、疾病预防控制、妇幼保健、急救和巡回诊疗体系不断完善，全区医疗卫生机构达到1548个，床位16787张，卫生人员24018人。每千人口床位数4.88张(全国2017年5.72张)、卫生技术人员5.54人（全国2017年6.47人）、执业（助理）医师2.41人（全国2017年2.44人）。以免费医疗为基础的农牧区医疗制度建立完善，建立了政府主导，个人自愿参加，政府、集体和个人多方筹资，家庭账户、大病统筹和医疗救助相结合的农牧区医疗制度，形成了以农牧区医疗制度为根本、农牧民大病保险为补充、医疗救助相结合的多层次医疗保障体系，农牧区医疗制度政策覆盖率、参保率均达100%。卫生健康运行新机制加快形成，自治区党委、政府召开全区卫生健康大会并印发《关于推进健康西藏建设的意见》和《健康西藏2030规划纲要》，深化医改扎实推进，卫生健康治理体系和治理能力现代化加快推进。西藏自治区人均预期寿命由和平解放初期的35.5岁提高至70.6岁，孕产妇死亡率从5000/10万下降到56.52/10万，婴儿死亡率从430‰下降到11.59‰，提前完成2020年预期目标。

陕西省第四批组团式援藏专家到措勤县达雄乡开展大型义诊活动

60

第三章 心声

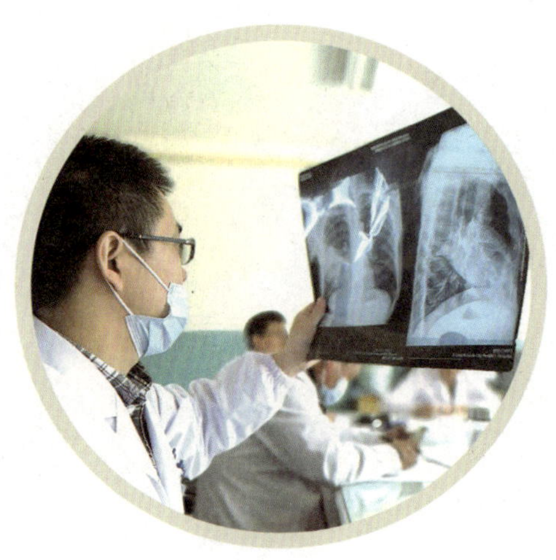

家利商行

北京市卫生健康委“多措并举 助推拉萨卫生健康事业迈上新台阶”

北京市卫生健康委高度重视组团式援藏工作，委主要领导、分管领导和市医院管理中心领导及北京友谊医院等市属医院领导都到拉萨市人民医院指导工作，慰问医疗队员，与拉萨市委市政府领导及有关部门沟通解决有关问题。组团式援藏医疗队按照中央组织部和国家卫生健康委的要求，不断巩固“三甲”医院创建成果，多措并举，医院综合管理和服务水平进一步提高，人才队伍建设和学科建设进一步提升。

一是持续改进医院管理。继续围绕医院“三甲”建设，建立并完善了医疗质量与安全管理体系，推进绩效改革，不断提升医疗服务能力和水平。2018 年，拉萨市人民医院门急诊量达到 25.9 万人次，同比增长 28.5%；住院人次达到 10658 人次，同比增长 4.97%；手术台次达到 3021 台，同比增长 14.78%；业务收入 1.78 亿元，增长了 27.75%。在援助团队的帮助下，拉萨市人民医院着力改善服务态度，简化就医流程，充分利用现代化信息系统，实行了预约挂号、分段诊疗，建设医疗多媒体引导系统；设立了自助检验报告、自助胶片打印机；设立了急诊分诊台；实现了上消化道大出血绿色通道及普通胃肠镜检查“零预约”，极大缩短了患者就医时间，提升了就医感受。在北京援藏资金支持下，完成了信息化一期工程，各项流程不断优化，建设了医院官网、OA 办公系统、多媒体引导系统，改善了远程会诊中心等，正在加紧实施信息化二期工程。

二是进一步完善学科建设。2018 年 10 月，拉萨市人民医院与北京友谊医院、北京安贞医院新签订了消化内科和心内科的“以院包科”协议，加上前期的妇产科、儿科，共有 4 个“以院包科”学科，并打造为全区“品牌科室”。2018 年，医院获批了自治区孕产妇危重症救治中心、新生儿危重症救治中心；2019 年，建设了国家消化系统疾病临床医学研究中心拉萨市人民医院基地，通过了中国胸痛中心基层版认证，导管室正式投入运行，手术 12 例次。完善科室建设，新建专业学科 12 个，最近一年中又着力新建了小儿外科、泌尿外科、导管室和全科医学科 4 个专业或学科，学科达到了 35 个；重点打造心血管内科、消化内科、妇产科、儿科、骨科、重症监护室、血液透析中心 7 个具有高原特色、符合群众就医需求的“拳头”特色科室。医院共开展了 72 项新技术和多例疑难危重手术，刷新填补了拉萨市乃至全区的多项技术空白。新建的西藏首家高原适应研究康复中心，配置专门医护人员 6 人。

三是加强人才队伍建设。第四批组团式援藏医疗队与拉萨市人民医院 13 个科室共 38 名本地医务人员建立了结对帮扶关系，累计有 155 名本地医护人员与北京援藏专家老师签订了帮带协议。主责牵头的北京友谊医院继续实施组团式培训模式，先后分四批次组织 58 名医疗和管理骨干人员到北京友谊医院进行培训，接收 2 名医师来院进行规培学习。作为牵头医院已安排第一批 14 名“跟岗人员”，邀请北京市知名学者及专家 230 余人次短期进藏开展讲学、带教，加强当地医务人员业务技能的提升。北京友谊医院平谷医院与拉萨市人民医院签订京藏软硬镜微创诊疗人才培养协议，每年免费培养 3 ~ 5 名软硬镜微创诊疗人才。医院人才梯度建设进一步优化，2018 年，硕士及以上学历人员 13 人，同比增长 62.5%，副高及以上职称 41 人，同比增长 17.14%。

四是提升科研教学能力。北京友谊医院等北京市属医院充分借助援藏专家科研能力，从课题立项、申请、实施到质量控制各环节进行全面指导和辅导，切实提升了科研水平，夯实了自我发展的基础。当地医院的医护人员在各级各类核心期刊上年发表量 20 余篇。科研项目从“几年立一项”转变为“一年立多项”，科研项目的质与量都取得了突破行进展，新设立了院内科研基金 50 万元，专门用于支持科研发展。帮助拉萨市人民医院与北京安贞医院合作建立“先心病三级防治基地”，与北京妇产医院、北京药理学会等合作建立西藏首家精准医学中心，与北京首都儿科研究所合作建立高原工作站。通过援藏资金投入 986 万元，建设拉萨市第一家配有先进、完备教学设备，与中国医学教学相适应的多元化医学技能培训平台。临床实训中心建立了常规临床内、外、妇、儿、急救、护理等学科常规临床技能教学模具、重症监护模拟病房、腹腔镜模拟教学系统，功能分区明确，由基本技能培训到综合能力培养逐层设置，形成资源共享与流程优化的培训模式，能够满足 200 人的临床技能培训。承办了由中国医师协会妇幼分会组织的高级分娩技能操作实训。

五是助力健康扶贫。帮助拉萨市人民医院做好健康扶贫工作，与拉萨市五县三区及昌都、那曲两市签订了高危孕产妇、婴儿患病住院先诊疗后结算以及包虫病患者绿色通道。扶持县区医疗建设，培养县区骨干医护人员约 20 人，并帮扶和支持尼木县人民医院成功创建“二乙”。帮助持续推进对口支援阿里地区边远贫困乡镇卫生院，已累计选派四批 11 名医疗专业的医护人员参与健康扶贫。北京市卫生健康委和医院管理中心与当地有关机构合作，开展了第一批健康精准扶贫拉萨“光明行”“爱膝行”高原性疾病筛查、手术及义诊活动。与北京市李桓英医学基金会签订精准扶贫帮扶专项基金协议，设立专项基金 80 万元，专门用于建档立卡贫困户的疾病救治及专科医生培养，造福西藏贫困百姓。以建档立卡户为重点，共筛查白内障、膝关节病患者 758 人，北京专家完成了 13 例白内障手术。近期拉萨市人民医院自主完成了 55 例白内障和 6 例膝关节置换手术。

上海市卫生健康委“新时代新作为真情谱写卫生健康援藏新篇章”

上海市卫生健康援藏工作切实按照“中央要求、西藏需求、上海所能”三者相结合的原则，充分发挥上海资源优势，促进了日喀则市医疗卫生事业的发展。

一是派出过硬干部人才队伍。截至 2017 年年底，上海市共选派了 160 余名医疗队员赴藏工作。其中，高级职称占大多数。援藏医疗队员在当地共开展门急诊 47000 余人次，开展临床新技术 247 项，完成 1387 次危重患者的抢救，开展带教指导手术 1380 台次，填补了多项西藏地区空白。为了支持日喀则市人民医院“创三甲”，2017 年上海市卫生计生委专门从本市各三级甲等医院选派 37 名骨干专家赴藏工作，帮助医院建章立制、规范流程，发挥了积极的作用。

二是推进“组团式”援藏工作。上海中山医院、华山医院等 9 家医院与日喀则市人民医院建立了“以院包科”的结对关系，充分发挥自身学科优势，带动日喀则市人民医院学科建设，不断提高医院内涵建设和综合实力。2017 年 8 月，上海瑞金医院在日喀则市人民医院建立了陈赛娟院士工作站，联合开展血液中心、医联体等项目，加强了两地优质资源的深度交流对接。2017 年，日喀则市人民医院门诊量为 15.38 万人次，比 2015 年增加 11.53%；急诊人数为 3.92 万人次，比 2015 年增加 80.65%；入院人数 1.27 万人次，比 2015 年增加 10.43%；出院者平均住院日下降 2.52 天（10.53 天），较大幅度减少了转院率，逐步实现了“中病不出市”的目标。

三是开展医疗卫生信息化建设。实现上海医疗卫生机构－日喀则市人民医院－对口贫困县县级人民医院－部分乡镇卫生院的医疗卫生信息的互联互通，让当地老百姓在家门口就能享受到上海优质的医疗资源服务。日喀则市人民医院远程影像诊疗中心自 2017 年 6 月开通以来，已与上海市多家三甲医院合作，成功组织了 52 例会诊，并成功举办了 6 次上海大型医学学术会议的现场直播视频教学。

四是加强受援地人才队伍培养。①采取上海援藏专家“导师带教制”。确定当地管理和专业技术骨干作为重点培养对象，上海援藏专家进行“一对一”或“一对多”的形式进行传帮带。②采取“送出去”“请进来”的方式进行培养。选派了三批 170 余名日喀则市专业技术骨干赴上海短期进修，上海市选派约 480 名专家到日喀则市人民医院举办学术讲座 300 余场次，培训当地医务人员 15000 余人次。③开展远程教学。通过远程会诊、手术示范等手段，进行沪藏两地远程教学活动和会诊。

安徽省卫生健康委“使命光荣 责任重大 全力做好组团式援藏工作”

医疗卫生援藏工作是体现党中央关怀、惠及各族群众、促进民族团结的重要政治任务。安徽省卫生健康系统积极响应中央号召，以医疗人才组团式援藏和健康扶贫为重点，集全系统优势资源，倾力支持西藏山南市卫生健康事业发展，努力增进藏族同胞健康福祉，取得了显著成效。

一是建立健全援藏工作分工、医疗队管理和服务保障等全方位制度。统筹考虑对口援助任务，明确按周期编制医疗队员选派轮值计划，由 8 家省属医院和 9 个市参与医疗卫生援藏工作，形成相对固定的结对帮扶关系；坚持前方后方联动、“送出去”“请进来”结合、“输血”“造血”并重，形成智力支援、人才培养、能力建设协同推进的对口援助工作机制。2018 年 6 月，我省“组团式”援助的山南市人民医院顺利通过三级甲等综合性医院评审。

二是突出重点，扎实推进医疗卫生人才智力支援。建立了“8+5”组团式援助体系，组织全省综合实力或专科能力最强的 8 家省属医院和医疗资源较为丰富的 5 个市，分别与山南市人民医院签订结对帮扶协议，全方位支持山南市人民医院重点学科、人才队伍和管理能力建设。成立医疗人才组团式援藏专家指导组，先后组织“8+5”支援单位20名专家赴藏调研并签订“以院包科”协议，8名专家赴藏指导“三甲”创建预评审工作。选拔50名山南市人民医院医护人员到我省延伸培养，推广新项目200多项，为当地打造一支“带不走的医疗队”。协调落实3000万元资金配置急需医疗设备，捐赠CT、X光机、彩超等价值500万元设备。省卫生健康委每年从本级财政资金中安排80万元左右支持山南市卫生计生委和组团式援藏工作。山南市人民医院挂牌“安徽省立医院网络医院”，建立皖藏远程会诊平台，配置智医助理，纳入安徽医学影像云建设。

三是积极作为，不断拓展医疗卫生援藏内涵。省卫生健康委协调落实90万元财政援藏资金，持续开展先心病患儿免费救治。先后组织5批次26名专家进藏，对1420名先天性心脏病疑似患儿进行筛查确诊，并组织39名患儿来皖免费救治。2019年，首次尝试在山南市人民医院开展先心病救治，成功开展2例手术，在西藏地市级医院属首例，实现了高原先心病救治的重大突破。选派5批次近30多名疾病防控、精神病防治、设备维护采购等方面专家进藏开展短期支援，确诊精神病患者逾300例，流行病学调查和实验室检测2500人。

四是注重实效，促进受援医院医疗服务能力显著提升。帮助山南市人民医院健全医疗质量与安全管理制度，构建质量管理组织体系、质量制度管理体系、质量教育培训体系、质量监

督考核体系四大评价体系，确保医疗质量持续改进；健全行政管理制度，制定《山南市人民医院章程》，实行院党委会、院长办公会制度决策机制；规范文书办理、归档、公务接待等制度；成立职代会，推行民主管理，改进用人机制和考核评价机制，实施绩效二次分配；开展全院固定资产清查和价格梳理工作，完善资产管理制度。

根据医院实际情况，推行“共护理（单元）、同值班、独学科”的学科发展理念，分别独立设置儿科、消化内科、呼吸科等 10 个临床科室；打造重点学科，拥有心血管内科、妇产科等 12 个市级重点建设学科，儿科、骨科等 5 个市级扶持建设学科。目前，已有临床医技科室 35 个、专业治疗组 42 个。建立了介入、重症医学、分娩、胸痛等临床诊疗中心，其中，胸痛中心于 2018 年 11 月 2 日通过中国胸痛中心认证，同年 12 月 28 日获授牌，是自治区首家国家级认证的胸痛中心。在探索发展新项目、新技术方面，援藏医疗队带领本地医疗人才开展乳腺微创手术、胸腔镜等技术 64 项，填补技术空白 3 项，向上级主管部门申报新项目 191 项。

2018 年 7 月至今，第四批医疗队申报“高原性心脏病患者血浆中性粒细胞与淋巴细胞比值与肺动脉压水平及右心功能关系的研究”等 3 个自治区级课题，带领或独自申报市级课题 17 项，发表学术论 46 篇；深入开展“师带徒”工作，以“四个指定”“大讲课 + 小讲课”等形式，大力培养本地医疗骨干；做好“首席专家”遴选工作，确定梁有峰、潘绍新等 5 位专家为自治区级“首席专家”。充分发挥医联体作用，选派医务科、妇产科、骨外科等科室技术骨干 50 人次分别赴洛扎、加查等县人民医院开展帮扶及技术指导工作。

五是优质医疗资源下沉，医疗援藏的公益性质不断彰显。完成指令性体检、病情鉴定任务 4 次，共 5163 人次；按照自治区卫生健康委《关于印发〈西藏自治区城市三级医院对口帮扶高海拔边远贫困地区乡镇卫生院工作方案〉的通知》要求，精心选派 6 名医技药护人员对口帮扶浪卡子县张达乡、普玛江唐乡卫生院，促进优质医疗资源下沉；举办急救能力提高班、B 超能力提高班，对张达乡、普玛江唐乡、觉拉乡 8 名医护人员进行免费培训，提高基层医务人员技术水平；深入浪卡子县、错那县、扎囊县实施家庭医师签约服务活动，与 104 户家庭完成签约，将“三甲”医院优质医疗服务送到了老百姓家中。

广东省卫生健康委“围绕目标精准帮扶扎实推进医疗人才组团式援藏”

广东省高度重视贯彻落实组团式支援西藏工作部署，林芝市人民医院在我省“组团式”医疗队的全方位帮扶下，2017年11月成功通过三级甲等综合医院现场评审，终结了藏东南区域没有三级甲等医院的历史，医院整体服务能力实现了大幅度提升。

一是全面帮扶。①帮扶计划实。通过制定三年发展规划，定目标、立责任、明任务、扎实推进“以院包科”工作，确保支援工作的科学性和连续性。②帮扶人数多。组团式援藏医疗队三年共派出三批次54人，派出人数在全国领先。③帮扶科室全。举一院之力来完成“包科”任务，安排全省14家“三甲”医院与林芝市人民医院17个科室建立结对帮扶关系。派出包括心内科、心儿科、药学部、病理科、财务、信息等涉及医院管理、科教管理、临床科室等10多个专业领域全面指导。④帮扶梯度齐。为解决人才紧缺瓶颈，创新援藏帮扶模式，组派73名年轻医护骨干开展柔性援藏，选派包括心内科、心外科、心儿科、消化科等专家开展志愿服务，全方位、多层次开展组团式援藏工作。

二是加大资金投入支持，硬件建设补短板。省财政在援藏资金规划外安排支持林芝市人民医院“创三甲”经费8000万元。同时，发动牵头医院捐赠价值1500余万元的医疗设备，提升医院硬实力，包括DSA（数字减影血管造影X线机）1台、麻醉机2台、呼吸机2台、血液透析机3台，极大提高了医院开展大型手术的能力，也为林芝地区开展脑血管病、尿毒症等疾病诊断、治疗提供了更好的保障。

三是强化内涵建设，软实力同步提升。①注重选好院长这个“领头羊”。在牵头医院考察遴选急危重症医学、急诊科专家李欣担任院长，选派精神研究所副所长担任林芝市人民医院党委副书记兼副院长。②注重以“学科带头人”带动技术水平提升。在“以院包科”17名学科带头人的带领下，林芝市人民医院开创了西藏地市级医院很多的“第一”或“唯一”，仅2017年，建成心血管内科、呼吸科、ICU等14个林芝市级重点专科，打造了心血管内科、普外科等6个自治区级重点专科，开展新技术81项，填补了林芝市心脏血管介入诊疗、先心病介入治疗、脑肿瘤手术等26个专业领域空白，建立了林芝市胸痛中心、临床技能培训中心等一大批功能单元。③完善人才培养“造血”体系。启动“造血人才培养计划”，将林芝“雏鹰、雄鹰、精鹰人才精英计划”与广东“牧羊人、领导头、羊群人才三羊计划”相结合，加强医院骨干医务人员、学科带头人、管理干部的培养。④建立人才培养“换血”体系。启动“换血人才培养计划”，每年从广东省内二级以上医院柔性选派年轻骨干医务人员赴林芝人民医院从事临床一线工作，从而置换出当地同等数量的医护人员赴广东各三级医院进修学习。

重庆市卫生健康委“用情用心用力助推昌都卫生事业发展”

按照中央组织部和国家卫生健康委的要求，重庆市动员全市医疗卫生机构和广大医务人员，提高政治站位，创新支援方式，丰富帮扶内涵，“先当昌都人，再做昌都事；当好昌都人，做好昌都事”，医疗援藏工作取得明显成效。我市医疗人才组团式援藏工作主要做到了“九抓”。

一是抓重点关键，圆满完成组团式援藏核心任务。两批37名常驻队员和11家“以院包科”医院派出的32名柔性支援队员，以帮助昌都市人民医院创建“三甲”医院为阶段性目标积极开展工作。在2016年成功创建“三乙”后，2018年5月17日，西藏自治区等级医院现场评审小组判定昌都市人民医院达到国家“三甲”综合医院标准。

二是抓资源配置，加快受援医院基础条件改善。重庆市卫生健康委三年定向支援昌都市人民医院经费2800余万元，捐赠医疗物资800余万元，2018年5月再支援4000万元医疗设备采购专款。帮助昌都建好第一家血站，并在血站正式投用前每月两次向昌都血站运送成品血液，迄今已超过1吨。

三是抓医院管理，帮助建立现代医院管理模式。已帮助4家受援医院修订规章制度、岗位职责共计约1000余项，将已成熟的重庆市现代医院精细化管理模式植入昌都受援医院，逐步完善受援医院内部管理机制，提高医院科学管理水平。

四是抓服务能力，落实“两降一升，三不出”援藏总目标。昌都市人民医院三年共开展新技术137项，完成疑难手术3000余台，处理急危重症患者1000余人。2017年，门诊量同比增长6.35%，危重症抢救成功率较前提高8.85%（达到96.1%），婴幼儿死亡率下降83.33%，孕产妇死亡率下降100%（2017年为零死亡）。同时，可开展远程诊断、远程心电等服务，使藏族群众在当地就能享受到内地提供的优质医疗服务。

五是抓学科建设，提高受援医院的核心竞争力。通过让受援医院加入重庆医联体平台，缩短受援医院学科建设周期，为其学科发展实现“弯道超车”提供可能。目前，昌都市人民医院已挂牌“重庆医科大学附属第一医院昌都医院”，并与重庆医科大学附属第一医院、重庆医科大学附属第二医院和重庆医科大学附属儿童医院等实现了远程医疗。4家受援医院已加入重庆近10个医联体，并在2017年首次获得8个昌都市级学科建设项目立项。

六是抓人员培训，强化受援医院人才队伍建设。医疗人才组团式援藏以来，11家包科医院派出专家开展学术讲座、教学查房、手术指导等135人次。支援医院已接收100余名西藏昌

都中青年业务骨干来渝培训，5 年内争取对受援医院的全体专技人员轮训一遍。积极探索柔性人才援藏模式，目前已有 200 余名重庆卫生管理和专技干部赴昌都开展短期援藏。

七是抓健康促进，协助昌都开展地方病防治。根据昌都市公共卫生服务需要，向昌都市派出 B 超医生、流行病调查人员等卫生专技人员，帮助开展包虫病筛查。同时，大面积开展健康知识与卫生习惯科普宣教，帮助藏区群众树立健康生活习惯，逐步从根本上杜绝地方性传染病的发生。

八是抓以点带面，做好受援县级医院帮扶工作。援助的芒康、类乌齐、察雅县人民医院，是国家卫生扶贫项目之一。根据全市援藏总规划，该项目参照医疗人才组团式援藏模式，由北碚区、长寿区、綦江区 3 家“三甲”人民医院每年各派 5 名人员组团式援助。目前，3 家受援医院均通过国家“二甲”创建初评。

九是抓关心照顾，促使队员能安心为藏族同胞服务。重庆市相关部门和队员派出医院认真落实生活补助和职称晋升等待遇，关心队员及其家庭生活，全力解除援藏队员后顾之忧。2018 年 5 月 14 日，重庆市卫生计生委党委书记、主任黄明会赴昌都看望慰问援藏医疗队员时，现场表态为 4 支援藏医疗队配置价值 5 万元的文体活动器材。

辽宁省卫生健康委“大爱无疆援藏情 雪域高原谱华章”

医疗人才组团式援藏工作，推动了那曲医疗卫生事业健康发展。

一是医院规模不断扩大。组团式医疗援藏以来辽宁省投入援藏资金 667 万元。2017 年追加援藏资金 2000 万元，为那曲地区人民医院①购置了一批急需医疗设备。协助那曲地区人民医院争取改扩建项目，规划设计总建筑面积 57459 平方米，总投资 3.5 亿元。现医院占地 87438 平方米，编制床位 200 张，核定编制 352 人。医院“十三五”期间门诊量增长 67.57%，急诊量增长 79.98%，住院人次数增幅 61.07%，手术量增长 92.54%，三级、四级手术量增长 205.77%，业务收入增幅达到 155.03%。

二是医院管理不断优化。辽宁省援藏队员指导地区医院建立健全各项规章制度 800 余项。建立院、科、小组三级质控体系，修订完善了质量控制考核管理办法。实行患者安全目标管理，加强临床路径管理，规范院感管理，完善应急管理体系，修订了科学合理的绩效考核体系。

三是服务能力不断提高。医院在医疗队员的指导下开展了

① 2017 年 7 月，那曲地区和那曲县撤销，设立地级那曲市。

CT 诊断技术、内窥镜技术、化学发光免疫技术、细菌培养及药敏实验等新技术；临床方面开展了高原病防治技术、白内障囊外摘除术、人工晶体植入术、小儿巨大肝包囊切除术、肝脾破裂部分切除及脾切除术、无张力疝修补术等新技术 190 项。其中，经脐单孔腹腔阑尾切除术、微创治疗腹股沟疝气、新生儿高胆红素血症换血疗法以及妇产科巨大子宫肌瘤核除术等填补了那曲地区空白。新生儿危急重症急救能力达到自治区先进水平，住院患儿的总死亡率从 3.6％下降到 2.8％，住院新生儿的死亡率从 7.3％下降到 6.1％。医院共获批西藏自然科学基金课题 8 项，启动院内课题 8 项，发表论文十余篇。其中，第三批援藏专家李青栋在美国消化道外科协会会刊发表 SCI 论文一篇，对世界高海拔包虫病诊断防治具有极高参考价值。

四是信息化建设卓有成效。制定了《那曲地区人民医院信息化发展规划》，先后争取资金 400 余万元用于信息化建设。HIS 系统现已上线完成，开通了电子病历系统、城镇居民医保刷卡系统、远程会诊系统、智能 OA 办公系统等，基本满足了临床医技科室和行政后勤办公需求。医院远程病理、心电、影像与大连医科大学签订了远程合作协议，现已开展 1407 人次。

五是争创三级甲等医院。2018 年 5 月，辽宁省援助那曲市人民医院创建“三甲”工作推进会在辽宁省大连市举行。会议要求以只争朝夕的劲头，主动担当、积极作为，确保那曲市人民医院实现“创三甲”工作目标。辽宁省选派的 19 名“创三甲”柔性专家团队于 2018 年 5 月 18 日抵达西藏开展援建工作。

陕西省卫生健康委“高层推进 强化机制助推阿里医疗服务提质增效”

在陕西省委、省政府的领导和国家卫生健康委的指导下，陕西省卫生健康委紧扣阿里地区卫生健康事业发展需求，以地区人民医院“创三乙”为抓手，加快落实基础服务设施重点工程，从严从高规范内部管理，不断拓展服务模式，提高医疗技术。经过阿里地区和我省协作努力，阿里地区人民医院面貌一新，取得了历史的突破。医疗服务质量、服务水平有了质的飞跃，政治效益、社会效益显著。门诊量同比增长 7.6%，手术量同比增长 19.24%，业务收入增长 8.5%，推广和开展新业务 72 项；抢救危重病人 300 例；孕产妇无一例死亡，新生儿死亡率下降至 1.73%。初步实现了阿里地区卫生健康事业一年一大步、三年上台阶的目标。主要做法梳理如下：

一是坚持高位推动，为组团医疗工作提供坚强组织保证。陕西省委、省政府对医疗援藏工作高度重视，始终将医疗援藏工作其作为“一把手”工程统筹谋划、综合发力，确保中央医疗援藏决策部署落地生根、见到实效。省委、省政府多次召开专题会议，研究部署援藏工作，并赴西藏阿里地区，调研指导

工作。2018 年 8 月，副省长魏增军同志代表省委省政府专程赴藏调研援藏工作，看望慰问援藏干部，对医疗援藏工作给予充分肯定。省委、省政府根据阿里地委的请求，为了支持阿里地区人民医院创“三乙”工作需要，追加资金 3500 万元，用以改善阿里地区人民医院的基础设施和信息化、人才队伍建设等工作。省委组织部充分发挥牵头领导作用，部领导亲自研究部署、亲自督促落实援藏工作，2018 年 4 月和 9 月，省委组织部、省卫计生委先后两次召开医疗组团援藏工作推进会，协调省级各有关部门制定针对性优惠政策，在干部选拔、人才选调等方面全力支持援藏工作。2018 年 8 月，省发改委受省委、省政府委托，对陕西各部门援藏工作进行综合评估，对我委组团医疗工作给予了充分肯定和高度评价，并对陕西省“十三五”援藏工作项目资金做了调整，从 2019 年起，每年列支 800 万元，用以支持组团式援藏项目。省卫生健康委主要领导部署援藏工作，人事处、医政医管局、规划财务处配合，认真落实人员选派、工作对接等各项具体工作任务。各包科医院和选派单位每年都由领导带队赴藏看望慰问援藏干部，给予组织关怀和精神鼓励。各级党政部门的高位推动，为组团援藏工作提供坚强的组织保障。

二是制定鼓励激励政策，增强援藏干部的工作内生动力。省委、省政府出台了《关于加强我省援藏干部管理的意见》，省委组织部出台了多项实施意见，对援藏干部的政治待遇、经济待遇、生活待遇、工作待遇作出了明确的规定。真正让援藏干部政治上光荣，经济上得实惠，留得住、干得成、回得去。省委组织部每年对援藏干部的待遇落实情况都进行专题督查。省人社厅、省卫生计生委制定文件，对援藏干部在职称晋升方面作出明确规定，援藏干部在评定高级职称时，可以提前一年晋升，同时可以突破单位的名额限制，在藏工作期间，职称评审答辩时可以通过电话的形式进行等，提高了援藏干部的积极性。对援藏干部在援藏结束考核优秀的，由省委组织部向单位直接提出任职建议，并督促落实到位。2016 年、2017 年，先后有 7 名同志在职称评定中享受到优惠政策，2 名同志受到提拔任用。

三是认真落实“包扶”目标责任，助推阿里地区人民医院服务质量、服务能力提质增效。着眼阿里地区医院争创“二甲”“三乙”的目标，统筹整合三年期援藏、组团式医疗援藏、短期援藏、医疗扶贫援藏等医疗援藏资源，建立联动机制，统一调配管理，以医疗人才组团式援助医院为主，明确省人民医院为总牵头，省内“三甲”医院包抓科室，进一步完善管理和人才培养机制。三年多来，确定了省内 7 家三级医院与阿里地区所属的 7 个县级医院开展结对帮扶，并根据阿里卫生工作实际，分批次、分阶段，派出短期医疗队参与阿里地区包虫病普查防治等专项工作。同时，积极推进“以院包科”，夯实包扶责任。2017 年 5 月 9 日，阿里地区人民医院与以陕西省人民医院为牵头医院的 11 家“三甲”对口帮扶医院签订“以院包科”帮扶协

议和年度任务书，2018 年 3 月，我们根据阿里地区人民医院“创三乙”的实际，对原包科协议和年度目标任务进行了重新修订。

四是精心选调骨干技术人才，缓解医院发展的瓶颈。2015 年 8 月以来，我省根据精准援助需求，从省内“三甲”医院精心选调了 73 名骨干技术人才帮扶阿里地区人民医院。2018 年下半年以来，为了抓好阿里地区人民医院创建“三乙”工作，我们先后选派了 6 名高级管理人员、7 名高级职称的技术人员进驻阿里地区人民医院，督促指导创建工作。同时根据阿里卫生工作实际，派出了多批短期医疗队开展柔性援藏。截至 2018 年 10 月底，我省在藏工作的医疗人员达到 78 人。同时，采取多种形式，协调帮助阿里地区人民医院开展人员培训工作。每年各包科医院和派出单位领导和专家都会赴藏一次，看望慰问援藏干部，同时根据专家专业特长，指导培训当地医疗管理人员和技术人员。协助阿里地区人民医院做好技术人员来陕培训工作，每年接收来陕培训人员 15 ～ 25 人。2018 年 11 月，我们协调 21 名技术人员来陕进行为期三个月的进修工作，为每个培训学员补助 1 万元。

西藏自治区人民医院

2018 年 7 月，由中央组织部牵头，人力资源社会保障部、国家卫生健康委组织开展的医疗人才组团式援藏第四批队员来到我院。北京协和医院为牵头医院，北京大学第一医院、北京大学人民医院、北京大学第三医院共四家医院选派的 31 名专家对口帮扶我院。除 1 名高层管理人员即医院院长外，其余 30 个临床医技科室支援专家均签订“师带徒”协议，学员共计 54 名。

为了充分发挥医疗人才组团式援藏专家的作用，把内地的先进医疗技术及先进的管理理念以“打包”形式带入雪域高原。我院聘任所有专家为科室第一主任，并由医院医疗人才组团式援藏办公室按月统计各科室每月制定的新的管理制度和完善流程等相关数据。

为尽快提高帮扶科室的诊疗水平，充分发挥专家的专业特长，根据自己的专业特长和帮带对象的特点需要，结合我院学科和科室不同需求，采取“师傅带徒弟”“专家带骨干”等形式。各位援藏专家积极主动地投入我院医疗、教学、科研工作中，因人制宜予以帮带。他们恪尽职守，积极做好“师带徒”工作，有力地促进了我院医疗服务水平的持续提高。

医院在医疗人才组团式援藏专家大力帮扶下，医疗水平、救治能力得到了极大的发展，各项医疗指标在稳步增长，正在逐步实现“大病兜底”的政治任务。

2018 年，自治区人民医院总就诊量 63.65 万人次，门诊 53.2 万人次，同比增长 3.89%；门诊人均费用 312.64 元，同比增加 5.19%；急诊 10.4 万人次，同比增加 0.4%，健康检查 2.5 万人次，同比增长 26%；妇保院门诊 6.04 万人次，预防接种 4.7 万人次，新生儿访视 1345 人次，产后访视 1316 人次，新生儿和婴儿抚触 1478 人次，出生医学证明 1646 人次，孕妇学校授课 500 余人次。住院 22654 人次，同比增加 1.99%；出院 22675 人次，同比增长 3.6%；手术 8530 人次，同比增长 7.5%。入出院诊断符合率 97.45%，临床与病理诊断符合率 99.90%，患者手术前后诊断符合率 99.85%，手术成功率 99.39%，无菌手术化脓率 2.02%，院内感染率 0.22%，尸检率 0.83%。

通过组团式援藏模式，加强人才培养和梯队建设。一是通过自主招录和人才引进等形式共增加了 52 名护理人员，完成 20 名聘用护理人员的招录工作；自主招录了第二批 30 名非西藏生源和 51 名应届西藏生源；专项招录非西藏生源、非西藏院校生 91 人。2018 年，共新进人员 172 人。

二是根据《医疗人才组团式援藏帮带工作实施方案》，以“一带一”或“一带多”的形式认真结对帮教已经确定“师带徒”关系的本地医务人员 54 人，为本地建设一支信得过、用得上、留得住的专业技术人才队伍。

三是加强学科（专科）建设和科研教育。为加强医院科研和教育能力，把原有的科教处拆分为科研处和教育处，明确了各部门的职责，有力推进了医院科研和教育工作；与西藏大学医学院进一步沟通协调，签订了每年超过10人次的实习生合作协议，目前在院临床实习生88名，护理实习生75名。我院教师与医学院教师组成教学团队，让临床教学在临床的环境中完成，促进了医教协同发展工作。耳鼻喉室积极配合医学院顺利通过第一次研究生专硕点国家评估工作。顺利完成2批8个专业13人赴四川省人民医院专科护理培训，均取得专科护理资格。获批成立了国家临床药师培训基地、胸痛中心、西藏医学会普外科学分会；申报了全区护理质量持续改进中心及手术护理专科基地。大力推进医联体和专科联盟建设。与拉萨市、林芝市、山南市人民医院以及自治区藏医院、江孜县人民医院等签订了专科联盟协议；与西藏司法警官医院达成了全面建设区域医联体共识，已正式签订协议。

四是大力培养本地人才。具体的做法：

1. 教学培养。以临床教学指导为主，采取学术讲座、业务培训、教学查房、手术示教等方式，根据帮带对象的理论水准、工作能力、学术专长以及所要达到的目标，手把手地进行重点培养。

2. 跟班学习。积极引导、安排帮带对象参与由导师牵头组织的课题研究、学术交流等重大活动，将帮带对象列为由导师主持的自治区或援藏省（直辖市）援藏专项科研项目、人才资源开发项目的骨干，通过零距离传授、面对面指导，不断增强

学习成效。鼓励帮助对象到帮带导师所在医院跟班学习。

3. 实践锻炼。有针对性地给帮带对象出题目、交任务、压担子，选派其参与诊疗技术攻关的组织协调以及新技术推广应用等工作，让帮带对象在实践中提升能力，增长才干。

4. 定期交流。围绕临床工作中的热点、难点问题，导师每月与帮带对象开展业务交流不少于 3 次，有针对性地解疑释惑，同时注意及时了解帮带对象的学习诉求，积极回应，正确引导。

5. 充分利用好援藏专家的科研优势资源，在做强高原心血管疾病专科的基础上，进一步推进高原医学研究工作，逐步把高原医学研究所三层、四层建设成为面向全区乃至国内和世界的规范化的高原医学研究机构。

6. 大力推进医教协同发展工作，努力做好研究生、住培生、实习生、进修生、见习生以及全科医师的教育和培养工作，力争为西藏培养本领过硬的专业技术人才队伍。

7. 在做强做大重点专科的同时，力争医疗人才组团式援藏工作覆盖到目前无支援科室的口腔科、康复科、皮肤科、中医科等临床小专科。

西藏自治区人民医院

拉萨市人民医院

2015 年 8 月，北京市第一批医疗人才组团式援藏干部进藏，拉开了医疗人才成规模、成建制组团援藏的序幕。为进一步深入推进组团式援藏工作，我院全面落实“团队带团队”“专家带骨干”“师傅带徒弟”等培养机制，积极组织实施“师带徒”传、帮、带工作，为我院人才建设工作开辟新径，并取得了良好的效果。在 2017 年 8 月，我院顺利通过创建三级甲等医院的评审，成为西藏自治区首家地市级三级甲等综合医院。在此基础上，我院以组团式援藏业务为中心，强抓机遇，迎接挑战，向“强三甲”建设阔步前进，在全区的影响力不断扩大，实现了医院跨越式发展。现对我院医疗人才组团式援藏“师带徒”工作情况总结如下。

近年来，我院历经了“创三甲”和“强三甲”的过程，其中所取得成绩也是前所未有。同时，对医务管理人员的管理能力和管理水平提出了更高的要求。在援藏专家的指导下，在医疗管理制度上，建立起 PDCA 管理制度，对行政管理、医疗管理、护理管理、应急预案等方面 330 余项规章制度进行了健全完善，形成了 100 万字的制度汇编，制定出版了我院首本《诊疗规范》。

在医疗安全上，重大节、假日前，都有计划地组织各科室进行应急演练和急救技能检查（心肺复苏和电除颤仪使用），强化临床急救、抢救能力的同时，也对标准和流程不断梳理完善，组织门诊紧急情况的应急演练，提升门诊应急处置能力。在医疗质量上，以“十八项核心制度”为中心，重新修订了临床质控督导检查的标准，手术科室更加体现“围术期”的安全，非手术科室更加体现“患者知情同意”，确保医疗质量和医疗安全能够得到切实保障。完善各临床科室质控会召开，对质控会的数量、质量进行监控并定期汇报；制定各种文书的统一模板，如绿色通道协议等。

在护理方面，援藏专家不断传授护理工作方面的新理念、新技术、管理及科研方面的知识，共开展护理新技术 62 项，为全区护理技术发展实现了新突破。每周定期开展护理科研小组的业务学习，落实并完善护理规章制度，每月对临床科室护理全面检查，重点检查护理质量，及时发现临床护理中存在的主要问题，及时提出整改方案。规范记录护理培训本，牵头完善了护理安全与质控管理手册、护理继续教育记录本、护理部巡查本、护士长管理手册。将内地医院的先进工作理念和工作方式方法复制到我院的护理工作中，全院的护理工作、科研教学工作也得到了很大提升。

在上级政策的大力支持下，在援藏专家的带领下，积极组织实施人才培养项目，组织开展教学查房、会诊、学术讲座、临床影像读片讲解、手术带教、疑难病例讨论等各类活动，采取多种形式、多种渠道，积极发挥援藏专家的优势，积极打造一支留下来的医疗专家队伍。截至2018年12月，全院共开展了61项新技术、新项目，填补了拉萨市乃至全区的多项技术空白，上百名徒弟能熟练掌握专业和管理技能。例如，2018年儿科支气管镜诊疗中心本地医生独立完成手术320台，占全部手术的82.26%；肾内科培养了具备带教能力的教学型血液净化专科护士；妇产科能独立完成宫腔镜手术；外科能独立进行髋关节置换术；内科能独立完成消化内镜手术；等等。

在援藏专家的带领下，全院上下学习氛围浓厚，其中4名医务人员选择攻读硕士研究生，21名医务人员选择专升本，44名初级职称医师晋升为中级职称，33名中级职称医师晋升为高级职称。人才支撑更加有力，人民群众对医院的技术水平更加认可。

随着组团式援藏工作人才帮扶的不断深入，医疗人才服务水平提升明显，医院科室建设不断完善。近年来，医院新建急诊科、重症医学科（ICU）、血液透析中心、心脏重症监护室（CCU）、呼吸科、高压氧舱、感染控制科等12个学科，全部学科达到31个，学科实力显著提升。通过各方努力，人才建设的提升助推全院综合实力的逐步提升，重点专科不断突破，医院核心竞争力不断增强。

充分借助援藏专家科研能力，从课题立项、申请、实施到质量控制各环节进行全面指导和辅导，切实提升了科研水平，

夯实了自我发展的基础。医院的科研项目从“几年立一项”转变为“一年立多项”，科研项目的质与量都取得了突破性进展，组团式援藏开展以来获自治区重大课题立项 26 项，获批资金 893.07 万元。医院与北京安贞医院合作建立“先心病三级防治基地”；与北京妇产医院、北京药理学会等合作建立西藏首家精准医学中心；与北京首都儿科研究所合作建立了高原工作站，引进 1 名北京“海聚工程”外籍教授来院工作。2018 年，我院共获批 3 项西藏自治区科学自然基金课题，1 项自治区专业技术人才知识更新工程项目，1 项宋庆龄基金科学研究项目，获批科研资金 29 万元。为推动科研工作，促进人才培养，医院新设立了拉萨市人民医院科研启动基金 50 万元，用以帮助项目前期工作开展。医院本地医护人员在各级各类核心期刊上发表的论文数不断增多。

拉萨市人民医院

日喀则市人民医院

根据组团式援藏医疗帮带协议要求，我院2018年积极组织各师徒制订总体培养目标和阶段性培养目标、制订具体帮带措施，抓好落实。

在这一年的时间里，“师带徒”各成员严格按照协议要求。通过定期科里讲座、网络学习、实际临床带教等手段，提高各位学员的检查诊断水平。在实际带教工作中，援藏专家精心准备学习方案，耐心指导，认真传授临床检查诊断思路和经验，并充分发挥各位学员的积极性和主动性，指导学员把已学到的知识和技术应用日常临床工作中。通过手把手带教，推广和开展新业务、新技术46项、帮助医院制定学科和专科发展规划28项、健全规章制度51项、疑难死亡病例讨论157余次、指导科室人员业务讲座123余次、开展教学查房223余次。至2018年12月，学徒中有5名提升为初级职称、2名提升为副主任医师、1名提升为主任医师。我们的工作亮点是：

一是消化科通过充分利用日喀则市人民医院实训中心的腔镜高清模拟系统，三名学徒内镜技术掌握进步迅速；通过科室严格的“三基培训”、让学员带教基层医生并小讲课等，使他

们自身的临床业务水平显著提高。

二是骨科已正式带领“师带徒”骨科医生开展膝关节镜辅助下骨折复位内固定微创手术治疗。其中第一例关节镜手术是2018年8月23日“师带徒”骨科医生黄骏主任与徒弟通力合作完成的，患者在膝关节镜辅助下行髌骨骨折复位内固定术，术中在关节镜监控下骨折得到了完美复位。术后患者稳定，康复迅速，手术得到了手术室及相关部门的大力支持和配合。

三是心内科当地医生的手术技能提高迅速。目前，当地医生已经能够独立完成床旁心包穿刺、锁骨下静脉穿刺、床旁临时起搏等床旁抢救技术；当地主任能初步掌握冠脉造影的简单操作。胸痛患者收治人数及团队手术量大幅度提高，手术量为2017年全年手术量的3倍。

四是血液科引入PBL教学工作。PBL学习强调以学生为主体，学生在提出问题、解决问题以及寻找答案的过程中获取知识、培养能力。

五是超声科经过半年的帮带工作，各位学员已熟练掌握心脏彩色多普勒超声检查规范化测量技能及正确报告书写。通过“我做你看，你做我帮”的手把手带教，各位学员已能独立按照标准化流程进行检查操作，进行规范化测量和正确报告书写。由于超声科专家是心脏超声专业，不能解决工作中遇到的腹部、妇产、浅表脏器等方面的疑难病例，在院领导的支持下，建立了日喀则市人民医院－上海市第六人民医院远程超声会诊中心，并正式进行了多例实时远程超声会诊，背靠上海大后方，利用“互联网＋医疗健康”模式，解决了平时碰到的疑难杂症。

六是麻醉科需要掌握小儿麻醉的术前访视、术前评估、麻醉准备、麻醉复苏、术后镇痛、术后随访内容。可以在上级医师指导下完成小儿普外科或小儿骨科手术的麻醉。目前3位帮带医师已经较好地完成了上述目标并通过了科室的考核。

七是脑外科主要开展卒中中心的建设，规范卒中患者的救治流程，培养相关医疗人员的卒中相关知识。当地医师已经能开展脑梗死溶栓治疗的卒中新技术。

八是胸外科在查房和实际处理患者进程中，援藏专家指导学员了解胸腔闭式引流的指征，让学员能够在急诊处理中得以规范、谨慎、安全，最终使患者获益。在这半年中，学员掌握了急诊处理的步骤，掌握了开胸手术的指征，尤为重要的是在食管癌根治术以及肺包虫病的术前评估、术后处理等围术期的处理能力得以大幅度提高。

在援藏专家的指导下，本地医疗人员的科研水平有了很大提升。才本杰医生以第一作者撰写了《藏区高原肺包虫病微创治疗技术优化和预后评价》，投稿复旦学报（医学版）；以第三作者撰写了《西藏高原地区行微创食管癌根治术的临床效果和可行性》，已被核心杂志《国际消化病杂志》录用。洛追医生以第四作者撰写了《西藏高原地区行微创食管癌根治术的临床效果和可行性》，已被核心杂志《国际消化病杂志》录用；

以第三作者撰写了《藏区高原肺包虫病微创治疗技术优化和预后评价》，投稿《复旦学报》（医学版）。同时，洛追医生利用科研总结的胸外伤资料正在以第一作者撰写论文《藏区高原胸外伤流行病学特点及严重胸外伤手术和保守治疗的比较》。

日喀则市人民医院

山南市人民医院

组团式援藏工作开展以来，援藏医疗队树立“援助一批人才，带出一批人才”的工作理念，充分发挥援藏团队的专业优势，制订长、中、短期培养计划，明确学习任务，大力培养本土医疗人才，推动“输血型”援助向“造血型”援助转变，立足西藏本地医生技术薄弱、医疗知识匮乏、实践经验少等问题的实际，根据“三不出”目标要求，通过坚持一种带教方法、实行一套管理机制、推行一个培养模式，逐步形成满足医院发展需要的人才梯队。

一是坚持“四个指定”带教方法。带教活动能否取得实效，关键看学员学了多少。山南市人民医院援藏专家团队从发挥学员主观能动性入手，给学员交任务、压担子，在带教活动中坚持“四个指定”的工作方法，即：指定学员阅读相关专业书籍，提升专业知识水平；指定学员在科室的病例讨论会上必须发言，培养独立思考能力；指定学员所经管的病例要汇报病情分析、初步诊断、诊断依据和治疗方案等，再由援藏老师进行点评，提高临床实践能力；指定学员每季度做一次科室业务专题讲座，检验每季度学习成效。通过“四个指定”的带教方法，使当地医疗人才在带教活动中有获得感、有成就感，思想观念从“要我学”逐步向“我要学”转变，学员想要提高、想要进步的热情更高了。山南市人民医院先后四批次指定188名培养对象先后阅读指定书130多种，在科内开展业务专题讲座2100余人次，病例讨论发言3300余人次，开展病例分析以及制定了治疗方案2400余份。

二是实行学员培养痕迹管理机制。带教活动成效如何检验，除了每季度、年终的“小考”“大考”，更应该注重学员“每日作业”的完成情况。山南市人民医院建立了一套学员培养痕迹管理机制，为每一名承接团队学员建立教学档案，一人一册《带教学员培养手册》，全程记录学员每一次参加学习讲座、病例讨论、时间操作的情况，援藏老师还要对学员的学习情况写下评语、指出存在的不足和改进方向，方便学员从每一次学习中查找差距、总结经验，努力整改。将全程记录情况作为年终考核之一，使学习成效、评先评优更加科学全面。同时，根据实际情况对《带教学员培养手册》进行修订完善。通过实行学员培养痕迹管理机制。使“一带一、一带多”带教活动更加精细化、更具针对性，为带教活动“援藏老师教什么、学员学什么、考核看什么”找到了答案，有力促进了带教活动教与学的成效提升。

三是推行“1+1+1”延伸培养模式。带教活动既要把援藏老师“请进来”，更要把学员“送出去”。山南市人民医院积极推行“1+1+1”延伸培养模式，在援藏专家援藏期间，学员“一对一”跟班学习；在援藏老师结束援藏任务返回内地时，还将带着学员到内地对口支援医院跟班学习一个月，让学员亲身感受内地医院先进的医疗技术和管理理念，亲手操作内地医院的先进医疗设备，使学员进一步开阔视野、解放思想，巩固和拓展带教活动成果。目前，山南市人民医院已组织100余名学员到安徽省立医院等对口支援医院，开展为期一个月的跟班学习培养。每一批学员进修学习回来后，都在全院召开学习汇报会，交流学习心得体会，推广新知识、新技术，真正做到了“一人学习、全院受益”。

四是以“大讲课＋小讲课”培训形式确保培训全覆盖，提高培训质量。医疗人才组团式援藏最重要的任务之一就是培养本地医疗人才，如何将人才培养工作做细做实是医疗队迫切需要解决的问题，医院根据医务人员轮班轮休、无法全部参加集中培训的实际，探索出“大讲课＋小讲课”的培训方式，确保培训全覆盖，提高培训质量。①以大讲课形式确保全院医务人员业务知识更新常态化。大讲课是指由医务科负责组织，固定于每周星期四下午，在全院范围内举办学习培训讲座，根据医务科每月《医疗质量与安全管理通报》和医疗领域最新理论技术项目拟定授课题目，并由医务科或分管院长指定医疗人才组团式援藏专家主讲，全院不值班医护人员参加的讲课。援藏专家共开展医务人员职业安全防护、当代呼吸与危重症学发展趋势、药物性肾损害等院内专题“大讲课”116场次，3900余人次参加学习培训，及时有效更新了医务人员的业务知识，改变了医务人员思想观念，同时为医务人员学习新知识、新技术、新项目指明了方向。②以小讲课形式确保全院医务人员业务知识更新精准化。小讲课是在大讲课的基础上，将医务人员专业细分，将培训班建立在科室和护理单元，化整为零，将科主任、护士长列为具体责任人，并结合各自专业对课程和学习进行安排，由各科室自行组织，每周不定时在科内开展学习讲座。根据科室内医务人员理论缺陷和技术缺陷拟定授课题目，由医疗人才组团式援藏专家或指定本院骨干主讲，科内医务人员和相关科室医务人员参加的讲课。各科室援藏专家共开展胸部断层影像、血气分析的临床判读、内科胸腔镜的应用、新生儿室息复苏流程、新生儿呼吸窘迫综合征的诊治等科内“小讲课”1800 余场次，1 万余人次参加学习培训，精准化培训了各专科医务人员。同时，医院成立业务培训督导小组，在考核时将此项工作任务作为科室综合目标管理和科主任、护士长考核的重要依据之一。通过这种机制，形成了人人爱学习、人人想学习的良好氛围，切实提高了医务人员的业务水平和操作技能。

山南市人民医院

林芝市人民医院

自2015年8月以来，中央组织部高位推进医疗人才组团式援藏工作，广东省积极响应、无私支援，先后选派69名医疗人才组团式援藏专家帮扶我院，积极投身于我院“创三乙”“创三甲”“强三甲”等事业，在学科建设、人才培养、医院管理、诊疗规范等方面做了大量卓有成效的工作，尤其是在人才培养上。69名组团式援藏专家帮带我院本地医疗人才146人次，手把手指导，一对一、一对多进行帮带，悉心传道授业解惑，本地医疗人才快速成长，帮带成效明显。

一是签订帮带协议，细化任务目标。所有帮带协议根据帮带学员的专业特长和不足之处而制定，其定稿经过专家初拟、师徒商议、多部门审稿，进而系统科学具有针对性。帮带协议内容全面，对培养目标、保障措施及培养成果进行了细化，并明确了援藏专家、帮带学员及市委组织部的各自职责，实行帮带周期考核与季度考核，根据帮带协议和《西藏自治区医疗人才组团式援藏帮带工作考核办法（实行）》，全方位考核援藏老师和帮带学员，并将考核结果作为评先评优的重要依据。帮带协议的签订时间一般在组团式援藏专家轮换后的1~3个月内，

协议一经签订立即生效，并送林芝市市委组织部、西藏自治区卫生健康委、西藏自治区党委组织部各一份，实现多部门监督管理。与此同时，我院于 2018 年 3 月 27 日与广东省 11 家包科医院正式签订了“以院包科”协议，帮扶我院 17 个科室，明确了包科医院将举一院之力帮扶我院包科科室开展学科建设、人才培养、科研教学等工作，承担着定期选派组团式援藏专家、配合我院医疗人才进修学习、定期组团帮扶指导等工作任务，有效推动了帮带工作的顺利开展。

二是专家无私帮带，帮带成效明显。援藏专家充分发挥医疗援藏人才技术专长和团队优势，采取“团队带团队、专家带骨干、师傅带徒弟”方式，累计开展“白求恩大讲堂”“执业助理医师能力建设培训班”等专题培训 120 余场次，帮带本地医疗人才 146 人次，传授医学先进理念、前沿技术和宝贵经验，提高本地医护人员服务水平和工作自信，我院自身“造血功能”明显增强。目前，我院本地医疗骨干达到 69 名，本地医生已可单独完成三级、四级妇科腹腔镜等手术，妇科肿瘤手术、脑肿瘤手术、心血管介入治疗手术、腹膜透析术等多个领域实现“零”突破，真正培养了一支带不走、高水平、过得硬的本地医疗人才队伍。

我院妇产科医生王红在医疗援藏专家手把手帮带下，不仅自己熟练掌握妇科腹腔镜手术，还带会 2 名科室骨干掌握该技术，填补了林芝不能做三级、四级腹腔镜手术的空白。王红发自内心地说：“援藏专家带我们‘学会了骑自行车’。现在我们也可以‘骑自行车带人’了。援藏老师即便回去了，但却为我们留下了宝贵技术。老百姓以前看不了的病，现在不出市就可以看了。”

我院内科医生邱英在援藏专家“一带一”帮带下，实现“从不会到会—从会到熟练掌握—从熟练掌握到主动挑战新领域新技术”三级跳，并积极学习新知识、研究新课题，完成从一名初学者到专家型医疗骨干的转变，在内镜室能够独当一面。

广东省人民医院心内科副主任医师黄晓忠老师自 2017 年 5 月到我院后，积极争取广东省人民医院的大力支持，认真筹备成立胸痛中心，将自己所掌握的心血管介入技术毫无保留地传授给我院内一科医师次仁罗布、杨薇。黄晓忠老师在一年援藏期满后选择继任一年，不达目的不罢休，力争在两年援藏期间发展建强胸痛中心，为我院培养心血管介入技术过硬的技术骨干。2017 年 9 月，我院介入科开科，并于 2018 年 9 月被西藏自治区卫生健康委批准为自治区基层版胸痛中心。本地医生次仁罗布、杨薇也在黄晓忠主任的“师带徒”式的帮扶下，从溶栓术开始学起，逐渐从一个只会做简单冠脉造影的医生成长为独当一面的心内科医生。2018 年 8 月，次仁罗布、杨薇医师独立完成了第一台介入术；截至 2018 年年底，已独立完成介入术 30 余例。同时，由林芝市卫生健康委牵头，我院与六县一区卫生服务中心、市妇幼保健院、115 医院签订了基层胸痛中心共建协议，在实现胸痛患者双向转诊、基层医疗人才培养等方面给予

了保障。

三是补短板、填空白，提升医疗技术水平。着眼于“三不出”，将市人民医院24个业务科室细化为54个专业科室，迅速建成ICU、急诊科、心血管内科、普外科、妇产科、儿科、全科医学科、感染科、检验科、放射科等14个林芝市级重点专科，着力打造心血管内科、普外科、全科医学科、儿科、重症医学科、放射科6个“自治区”级重点专科，申报科研项目54项，已立项13项，增设7个专家门诊，新设血液透析中心、胸痛中心、卒中中心、胃肠镜中心、医疗中心功能单元，开展98项新技术、新项目，无痛分娩、脑肿瘤手术等30个领域空白，主要开展脑室内引流术、腹腔镜微创、断指再植、椎间盘切除术、脊柱钉棒系统内固定术、髋关节置换、脾移植术、脑肿瘤手术、介入手术、先行病手术、病理检查、四肢复杂创伤等手术，医疗科研从无到有实现历史性突破，林芝市人民医院自我发展能力取得格局性跃升，成功创建“三乙”“三甲”综合医院，一些在外地就医病患群众纷纷返回治疗，有力提振了全社会对市级医疗服务的信心。

林芝市人民医院

昌都市人民医院

按照中央组织部、人力资源和社会保障部、国家卫生健康委的安排，自 2015 年 8 月开始，重庆市先后派出三批共计 53 人次医疗专家来院开展医疗组团式援藏工作。按照自治区相关文件精神和要求，援藏医疗队充分发挥组团式援藏医疗人才示范、引领和带动作用，在学科建设、医院管理、质量安全、技术开展、人才培养、规范行为方面做出巨大的贡献。尤其是人才培养方面，53 名援藏专家与我院 103 名医疗技术人才结成帮带关系，通过建组织、立机制、搭对子、详计划、抓落实、深整改等系统措施，确保了“团队带团队、师傅带徒弟、专家带骨干”帮带效果。通过努力，昌都市人民医院逐渐打造出一支技术水平较高、能力过硬、“带不走”的医疗队伍，医疗水平实现大幅跃升。

1. 加强领导，落实责任

一是成立了组团式医疗援藏帮带工作领导小组。由昌都市卫生计生委牵头，昌都市人民医院成立了组团式医疗援藏帮带工作领导小组。重庆市援藏医疗队队长任组长，主管副院长任副组长，医务科、护理部、质控科、科教科及援藏专家所在临

床医技科室主任为成员。

二是强化责任落实，分工合作。领导小组全面负责组团式援藏帮带工作，建立医疗帮带周期考核机制，牵头组织考核，拟定中长期发展规划和援藏医疗团队总体支援目标，制订医院帮带工作方案，督导全院帮带工作。各职能科室根据本部门职能拟定工作职责，协助组团式援藏专家扫清障碍，提供各种后勤保障支持，保障各项帮带工作无障碍开展。各临床科室负责人必须将“师带徒”作为科室人才培养、学科发展的重要内容和途径，根据学科发展，精心挑选徒弟，全力打造，并为援藏专家和徒弟尽可能提供方便。

三是进一步完善组团式援藏帮带机制。根据《西藏自治区医疗人才组团式援藏帮带工作考核办法（试行）》，结合我院实际情况，拟定下发了《昌都市人民医院医疗人才组团式援藏帮带工作方案》，明确考核对象，细化考核内容，强调以数据说话，有效规范了“师傅”和“徒弟”行为。同时，组团式医疗援藏队为加强医疗队管理，主动与昌都市人民医院协商，制订了《医疗援藏工作考核制度》，其中主要内容包括人才培养、师带徒、以院包科、技术创新等，再次强化了工作内涵。

2. 细化目标，全面推进

为了提高帮带效果，当地医疗人才、科室、职能部门、医院全部参与，拟定和审核医院中长期规划、科室学科发展计划、援藏专家和当地医疗人才个人工作计划，签订帮带协议，使个人和科室计划与长期规划相互促进，有效提高了组团式援藏帮带效果。

一是签订帮带协议，细化工作目标。按照《昌都市人民医院医疗人才组团式援藏帮带工作方案》，学员选定、帮带计划及协议签订必须通过科室、职能部门、医院院务会和党务会层层审批，确保科学合理。援藏专家和科室负责人以及医院根据科室特色和发展规划，共同推荐帮带学员。确定帮带学员后，针对每个学员的专业特色，师徒共同拟定个性化的帮带计划，签订帮带协议。协议内容全面，细化培养目标、工作计划和保障措施，进一步明确援藏专家、帮带学员的职责和工作任务。每周期医疗援藏专家交接后第 1 个月，全部完成协议签订，并报昌都市市委组织部备案。为了有效落实帮带工作，根据帮带协议、《西藏自治区医疗人才组团式援藏帮带工作考核办法（试行）》以及医院规定，实行全程带教、双向考核。医院帮带领导小组实行帮带周期考核和季度考核相结合。每季度，援藏专家上报工作量季报表，帮带学员上交学习心得，根据工作量情况和考核结果，最终评价作为援藏专家和帮带学员评优评先依据。

二是全面落实“以院包科”，有效推进帮带工作。2018 年 4 月，重庆市“1+10”包科医院分别与市人民医院签订对口支援协议，在资金援助、业务培训、技术支持、人才培养等方面

给予全方位帮扶。各包科医院派出专家 112 人次来院开展学术讲座 100 余场，培训 4000 余人次，教学查房 232 次，指导手术 178 台；开展院级专题培训 50 余场，培训 2000 余人次，有效促进了帮带工作的开展。

三是创新机制，提升帮带效果。一方面，采取“送出去”的方式，加快人才快速成才。采取“主任与护士长同期培养”“骨干医生与专科护士同期进修”的方式，以及通过师傅带徒弟参与国家级各类学术会议，强化管理理念与医疗技术同步提升。同时，医院积极申报，2016 年、2018 年分别向自治区申请人才培养专项经费近 300 万元。近三年，全院派出短期长期培养 121 人次，参加各类学术会议 250 余人次，加快了人才快速成长，提升了帮带效果。另一方面，大力开展“青年医师培训计划”“岗位大练兵，技术大比武”活动，实行末位淘汰、转岗调岗制度，激发低年资医护人员在“比学赶超”中提升能力，推动了帮带工作的开展。

3. 狠抓落实，成效显著

一是专家无私帮带，帮带成效明显。援藏专家充分发挥技术专长和团队优势，结合实际情况，以“师带徒”的方式，定期进行专业讲座、教学查房、病例讨论、手术指导和开展新技术新项目等方式，通过“我讲你听、你讲我听”“我做你看、你做我看”的方式，提高徒弟专业理论和临床教学能力，规范基本操作，提高手术技能。我院援藏专家团队开展“病历书写”“合理用药”“执业医师能力培训班”“基层医务人员培训班”等院、科两级培训524余场、开展教学查房1005次，指导手术3245台次，开展疑难死亡病例讨论605人次，培养医疗骨干86名，全面提升了我院医疗技术水平。2018年较2014年手术台次增长49.49%；三级、四级手术占总手术的比例达到21%，较三年前提升了15个百分点。以往市人民医院无法独立开展的巨大脑膜瘤切除术、腰椎骨折后路内固定术等35项手术，目前都能独立完成。普外科掌握了单孔腹腔镜，开展了首例腹腔镜下胃癌根治术。我院神经外科医师张琪，先后在郑荣、马颖两位援藏专家的指导下以及赴“以院包科”医院短期学习后，先后独立为39名患者成功实施了侧脑室穿刺引流术、开颅减压术，硬膜外、硬膜下及脑内血肿清除术、颅内血肿微创穿刺碎吸术等手术治疗，均取得了良好的临床疗效。妇产科医师高玉兰、四郎拥宗在援藏专家杨雪梅的指导下，已经可以独立开展腹腔镜下妇科手术和宫腔镜手术，并在科室开展了首例腹腔镜与宫腔镜联合手术。真正培养了一支带不走、高水平、过得硬的本地医疗人才队伍。

二是学科水平得到全面提升。“1+10”包科医院分别与昌都市人民医院签订对口支援协议，在资金援助、业务培训、技术支持、人才培养等方面给予全方位帮扶，在现有重症医学科、神经外科、儿科和妇产科4个重点科室“以院包科”的基础上进一步扩展至胃肠外科、骨科、心血管内科、神经内科、麻醉科、检验科、放射科等11个重点学科。昌都市人民医院先后成为重

庆医科大学附属第一医院昌都医院医联体成员，西南眼科联盟、重庆创伤救治联盟副理事长单位，成为西部儿科发展联盟、巴渝肾病联盟、重庆临床药学专科联盟（消化、心血管、康复、输血、影像、健康管理）等 9 个专科联盟成员单位，市人民医院的专科建设水平显著提升。三年多来，市人民医院晋升高级职称 1 人、晋升副高级职称 10 人；培养专科护士 12 名、临床药师 1 名。

三是全面提升服务整体水平。医院充分利用医疗组团式援藏资源，共开展新技术 137 项，完成疑难手术 3000 余台，处理急危重症患者 1000 余人。新建孕产妇、新生儿危重症救治中心，全面加强妇产科、儿科骨干医师和专家团队建设，通过软硬件条件的不断改善全面提升妇幼健康保障水平。2017 年 8 月，成功复苏一名 44 岁心跳、呼吸停止的孕妇，并保证了母子平安，创造了一个医学奇迹。目前，在院婴幼儿死亡率和孕产妇死亡率下降了 1.02 个百分点（婴幼儿死亡率由 2.2% 下降至 0.18%）；危重症患者抢救成功率达 96.1%，提高了 23%。

四是显著提升医院管理水平。除了医疗技术援藏，重庆市还派出医疗、护理、医院管理等方面专家，先后帮带学员 9 名，起到很好的传帮带作用，提高了学员的理论管理水平。在援藏专家的指导下，我院健全了制度顺畅机制，理顺了质量安全管理体系，完善了各类各级规章制度 867 项，修订了 145 条院级应急预案等，并充分借鉴内地先进管理模式，稳步推进市人民医院薪酬制度改革，逐步建立现代医院管理制度，提升医院管理效率和水平。2018 年，在援藏团队帮助下，昌都市人民医院成功创建“三甲综合医院”。

昌都市人民医院

那曲市人民医院

根据《关于加强“组团式”援藏医疗人才帮带工作的实施意见》（藏援办发〔2017〕4 号）文件精神，那曲市人民医院严格贯彻落实组团式援藏医疗人才带教工作，前后三批援藏医疗人才带教学员共 11006 人次。其中，有第一、第二、第三批连续跟学，也有单批跟学的学员，带教效果总体显著。

一是脑外科、妇产科、ICU 等带教学员可单独进行部分手术，学员理论知识与实践技能大幅提升。

二是援藏工作成效日益凸显，部分科室实现了打造一支本地“带不走的医疗队”的初步目标。

三是带教老师带领跟学学员参加国内学术会议、督促他们平时多学习最新的医学成果，与时俱进，使其见识了国内相关领域先进的知识和技术，学员的专业视野得以拓宽，临床思维和处理问题能力得以提升。

四是三年多来，共有 100 余人次赴辽宁省各对口支援医院进行短期参观交流学习及中长期培训进修，使其增长了专业见识、提高了临床诊疗水平。

在今后将细化出台跟学管理办法，进一步明确学员的职责与学习任务目标，出台优惠政策，以提高其学习积极性；为在跟学过程中表现优秀的学员争取参加学术会议与到内地对口支援医院跟班学习的机会；学员继续深造提高，加大学员外出学习补助力度；四批跟学人员遴选上严格把关，倾向内生动力强、基础扎实、学有余力的学员，适当减少学员数量、提高质量；细化带教协议书目标任务，严格落实对学员跟学成效的考核制度，对优秀带教老师及学员的奖励力度。

那曲市人民医院

阿里地区人民医院

第四批组团式医疗援藏人才，给医院带来了翻天覆地的变化，与各科室45人签订了帮带协议，通过“师带徒”的教学形式，使帮带学生专业理论水平和实际操作能力均明显提高，为真正留下一支“带不走”的医疗队奠定了坚实的基础。具体成效如下：

1. 第四批组团式医疗援藏人才解娟与检验科刘小星、次仁拉姆、宋春燕三名同志签订帮带协议，带教学生，为学生开展学术讲座10次；完成300人次的检验；完成医院感染490余份标本的检测；于微生物室检出3例多重耐药菌并报告相关科室进行监控。目前，三名学员已能按计划要求较熟练地完成微生物室及化学发光仪的手工和上机操作。

2. 第四批组团式医疗援藏人才董凯与口腔科李健、巩明两位同志签订帮带协议，带教学生，完善制定了口腔科工作制度与口腔科感染管理制度；为学生开展专题讲座18次，听讲近百人次；开展首例口腔颌面肿物切除术；协助本院医生切除乳头状瘤二例；指导带教学生切除黏液腺囊肿1例、前牙阻萌牙切开助萌1例、上前牙因外伤完全脱位行再植术1例；对牙周病的患者进行系统性牙周检查，拟开展各类牙周手术；目前，两名学员已经熟悉口腔科的常见病及多发病的诊治原则，掌握了前牙的根管治疗。

3. 第四批组团式医疗援藏人才刘峰与内科吉宗、靳志勇两位同志签订帮带协议，带教学生，进行脑出血、脑梗死、心肌梗死、急性高原病、高血压病、糖尿病、传染性疾病等重点疾病的诊治流程和诊治方案的学习；手把手地指导病历等医疗文书的书写；教授学生医疗技能；带领学生对内科亚专业组进行划分：即心脑血管病区，呼吸、消化、内分泌、血液、风湿病综合病区，传染性疾病病区。目前，两名学员已初步掌握神经系统定位诊断。

4. 第四批组团式医疗援藏人才唐中才与超声科格日措同志签订帮带协议，带教学生，将彩超检查项目增加至35项，较之前增加了10余项；开展新生儿床旁超声心动图、颅脑超声以及全身实质性脏器超声等儿科彩超项目，指导带教学生进行床边检查。目前，受教学生已经能够对这些新项目进行单独检查。

5. 第四批组团式医疗援藏人才王文涛与外科次旦扎西、谭佩文两位同志签订帮带协议，带教学生，整改病历150份；参与特大车祸抢救3次；带领带教学生完成腰椎骨折后路切复内固定、股骨干骨折切开复位内固定、胫腓骨骨折切开复位内固定、肱骨骨折切开复位内固定、锁骨骨折切开复位内固定等骨科手术30余例；制订并指导学生学习寰椎骨折、多发脊柱骨折、骨质疏松椎体压缩骨折、腰椎管狭窄症、腰椎间盘突出症、颈椎病、颈椎管狭窄症等治疗方案20余例。目前，受教学生已经可以完成腹腔镜下行胆囊、阑尾摘除术，腹腔镜下胃穿孔修补术，

长骨干骨折切开复位钢板内固定等手术。

6. 第四批组团式医疗援藏人才童华与手麻科王庭辉同志签订帮带协议，带教学生，学习手术室心肺复苏的具体流程以及除颤仪的使用方法和适应证。目前，学员已逐步学习及掌握各专科麻醉的麻醉操作及术中管理。

7. 第四批组团式医疗援藏人才吴涛与外科次旦扎西、薛元平两位同志签订帮带协议，带教学生，参与特大车祸抢救 3 次；参与抢救脑出血、休克等急危重患者 9 例；完成重度颅脑损伤开颅血肿清除去骨瓣减压术、高血压脑出血开颅血肿清除术、慢性硬膜下血肿钻孔引流术、脑出血微创钻孔引流术、锥颅侧脑室穿刺外引流术等手术 10 余例。目前，两名学员结合影像如 CT 等检查结果，已能初步准确判断患者实际病情，作出初步的正确判断和临床处理。

8. 第四批组团式医疗援藏人才罗花南与耳鼻喉科普布拉姆、于龙辉两位同志签订帮带协议，带教学生，开展首例全麻下小儿外耳道异物取出术、全麻下咽部异物取出术、门诊患者全麻下行小儿外耳道异物取出术、经唇龈沟径路面部血肿清除术、颜面部巨大复合伤清创缝合并整复术；带领学生完成阿里地区福利院的老人（共计 79 人）的鼓膜照相、听力筛查和耳部治疗。目前，通过“师带徒”的教学形式，受教学生已熟练掌握鼻内镜下鼻出血等离子止血术、耳内镜下外耳异物取出术、喉镜下咽部异物取出术、鼻骨骨折复位术、耳前瘘管感染切开引流术、多发性颌面外伤清创缝合术、面部肿物扩大切除术等，学生的专业理论水平和实际操作能力均明显提高，为真正留下一支“带不走”的医疗队奠定了坚实的基础。

9. 第四批组团式医疗援藏人才韩俊丽与急诊科边旦卓玛、郭建林、史桂彬、王俩合、庄朝阳五位同志签订帮带协议，带教学生，开展无创血流动力学监测 1 例；开展 CRRT（持续肾脏替代治疗）设备使用培训；定期举行专题讲座共 14 次，并根据带教学生的特点分别进行针对性的业务学习。目前，五名学员已经初步掌握常用血管活性药物、镇静镇痛药物等重症常用药物的使用，正在学习和掌握中心静脉插管术及操作技能，常见并发症相关问题。

10. 第四批组团式医疗援藏人才李艳菊与病理科梁姗姗、南达卓玛、冉彩虹三位同志签订帮带协议，带教学生，开展首例快速冰冻检查；组织活检 74 例；TCT366 例（其中宫颈癌筛查 347 例）；诊断首例葡萄胎、炎性肌纤维母细胞瘤、首例恶性肿瘤——恶性黑色素瘤；带教学生查看病理活检及培训 80 余次。

11. 第四批组团式医疗援藏人才王智与急诊科旦增顿珠、李涛、苏程程、童健四位同志签订帮带协议，带教学生，进行急诊科脑出血、脑梗死、心肌梗死等七大重点疾病的诊治流程和诊治方案的学习，并实地进行急危重症患者抢救演练；针对地区维稳和保障的需要，进行多次突发公共卫生事件（大型车祸、群体中毒等）的实地演练；反复多次强化训练，训练中穿插各

种突发应急情况，锻炼全科医护人员分工协同、有条不紊、应对有力地熟练抢救工作的业务能力。目前，受教学员已经初步掌握相关药物药理药剂使用方法和原则。

12. 第四批组团式医疗援藏人才范锁平与医院感染科宋尚涛四位同志签订帮带协议，带教学生，制定了《传染病管理制度》《传染病疫情管理制度》《传染病报告制度》等 21 份有关传染病管理制度、应急预案和指导意见；修订了《阿里地区人民医院传染病管理资料汇编》；起草《新生儿乙肝疫苗及卡介苗接种制度》《卡介苗接种知情同意书》《乙肝疫苗接种知情同意书》；完成了地直教育机构（阿里陕西实验学校、阿里地区中学、阿里地区职业技术学校）肺结核筛查工作。目前，学员们已熟悉清洗消毒效果监测技术，尤其是医疗器械清洗效果监测，掌握了常见传染病临床表现和诊断。

13. 第四批组团式医疗援藏人才与护理部央珍同志签订帮带协议，带教学生，在全院各科室开展为期 1 个月危重症患者护理专科护士培训；制定完善了护理相关制度、职责及手册；成立了我院首支护理专业学术小组——压疮管理小组，并进行了 PDCA 品管圈案例分析。

14. 第四批组团式医疗援藏人才邓宇与信息科岳朝中、胡庆雄两位同志签订帮带协议，带教学生，制定、优化并完善信息科各种申请表格和办公流程；协调冠林公司完成医院信息系统建设，在公安处网监部门进行备案工作，得到网监部门的认可，分别取得了 HIS 系统、LIS 系统、PACS 系统的备案证书；审核远程会诊方案，针对信息安全、网络安全等方面提出修改意见，参与发改委对远程会诊方案的审查会议；协调医星公司完成医保程序升级工作；协调医星公司对财务接口进行开发和设计，完成 HIS 数据向用友软件的传输。目前，两名学员已初步了解掌握信息化项目实施的整体流程，及远程医疗平台的基础知识。

15. 第四批组团式医疗援藏人才刘警新与设备科达娃次仁同志签订帮带协议，带教学生，为临床医技科室检查维修各种医疗仪器设备 50 余台。目前，学员已在实践中掌握了一些常用医疗设备的使用保养，通过实践知道哪些元器件容易损坏。

16. 第四批组团式医疗援藏人才胡斌与药剂科朱骞、曹建军、巴古曲尼、桑旦拉姆四位同志签订帮带协议，带教学生，印制了《药剂科工作制度汇编》（共 16 类 170 项制度和工作用表）；完善了药品耗材验收管理制度，规范了采购审批程序；成立了医院抗菌药物领导小组，并召开了第一次抗菌药物领导小组会议；编制了医院最新的《药品供应目录》《试剂耗材供应目录》并及时更新，使药品耗材的采购更加规范；制定了高危药品、易混淆药品制度和目录；实现了药品耗材的分库分区管理，设置了常温库、阴凉库、冷藏冰箱、危化品库，并实行了色标管理，使药品的存储更加规范。目前，四名学员已经熟悉掌握处方点评、合理用药管理等工作，并已送出进修培训。

17. 第四批组团式医疗援藏人才文俊与儿科洛桑群培、贡觉

吾金、达娃卓玛三位同志签订帮带协议，带教学生，完善新生儿病房医院感染预防体系建设、病房的消毒和暖箱的消毒、新生儿暖箱医疗器械的专人专用的消毒、新生儿奶瓶消毒制度、新生洗澡制度、新生儿隔离病房管理制度等；专题培训共计 10 余次；开展了首例骨髓输液技术；抢救成功 2 例重度腹泻病并休克的患者；使用呼吸机成功抢救一例新生儿窒息的患者；开展了早产儿静脉喂养技术，培育 1500 克患儿到 2000 克以上顺利出院。

18. 第四批组团式医疗援藏人才葛冠群与外科次旦扎西、旦增群培、吴古文三位同志签订帮带协议，在科室开展 10 次业务学习讲座；教学查房 10 次；参与特大车祸抢救 2 次；参与抢救危重患者 10 人次；制定肝脾破裂、肾脏破裂、腹主动脉夹层等抢救方案 6 余例；开展“手术为基础非哺乳期乳腺炎综合治疗”“体表肿物穿刺活检”“贝林格皮瓣局部皮损修复术”新业务、新技术 3 项；首次实施乳腺肿瘤切除手术，并实施乳腺肿瘤术后整形；首次诊断下肢皮肤黑色素瘤，并实施腹股沟淋巴结清扫术；参与包虫病诊治工作，诊治包虫病患者 33 例，开展肝包虫外囊剥除术等手术治疗患者 20 例；指导学生进行胆囊切除术、阑尾切除术，肛门内、外痔切除术等近 30 例。目前，受教学员已经掌握急性乳腺炎、非哺乳期乳腺炎、乳腺纤维腺瘤、乳腺癌等的临床特征及疾病转归，掌握急性乳腺炎、非哺乳期乳腺炎、乳腺纤维腺瘤等良性疾病的治疗方案及预后判断。

19. 河北援藏专家焦晓波与外科次旦扎西、旦增群培两位同志签订帮带协议，带教学生，完成普外、骨科手术 30 余例；积极参加门诊工作，进行收治患者，门诊患者 200 余例。受教学员已经可以熟练开展简单四肢骨折（关节外）手术，在指导下完成近关节部骨科手术、疝修补术。

20. 河北援藏专家高永兴与内科时康同志签订帮带协议，带教学生，开展教学讲座 5 次；参与心血管疾病，比如冠心病、心肌梗死、高血压病、高原性心脏病、心律失常的防治工作；完成胸腔穿刺术 5 例。受教学员已经掌握心电图诊断。

阿里地区人民医院

西藏自治区人民医院
院长吴文铭

组团式援藏工作开展三年多来效果显著，西藏自治区的医疗卫生事业发生了格局性的变化，医院综合实力不断提升。

三年多来，北京协和医院及北京大学三家医院先后派出了124 名专家援助自治区人民医院 30 个学科和部门。已规划 8 个临床发展重点专科，建成国家临床药师培训基地、西藏自治区临床检验中心、西藏自治区病理诊断质控中心和西藏自治区全科医师培养基地等。攻克临床难题 177 个，打包先进经验 144 个，优化再造流程 15 项，开展新业务新技术 96 项，培训人员 149 人（次），帮助诊断疑难杂症 491 次。医院年门急诊量、住院人次、手术人次、三级手术、四级手术比例等重要医疗指标稳步上升，孕产妇死亡率及婴儿死亡率持续下降。在取消药品加成的情况下，医院业务收入持续增长。2017 年，自治区人民医院在全区首次采用自主招录方式

吴文铭

引进职工 56 人。临床专业学科覆盖范围增加到 33 个，2018 年，计划增加血液科、营养科、全科医学科、放疗科、核医学科等专业。全面推行综合绩效改革，推行门诊专项和手术专项绩效。理顺招采工作，使采购合规、阳光、透明、科学。高值低值耗材及药品试剂的招标采购透明化，实行设备器材、耗材的全生命周期管理，节约医院成本，提高工作效率。开展银医服务，方便患者就医，特别是遥远偏僻地区的农牧民可以足不出户就完成预约挂号服务。每年两次开展医院“三甲”自评工作，持续做强“三甲”。2018 年，医院计划招录区内外各类人才及毕业生近 200 人，极大缓解人才稀缺的现状。同时，医院决定自筹 1 亿元经费购买磁共振、高速 CT 及导管介入、消化内镜等急需的设备，增强临床服务能力。医院还将自筹经费 1.5 亿元进行院容院貌、停车管理、消防安全、公共医疗区域、病房、门急诊及办公条件的改造提升。

拉萨市人民医院院长于亚滨

三年多来，拉萨市人民医院在基础设施建设、学科建设、人才培养、科学管理等方面发生了翻天覆地的变化，于 2017 年 8 月顺利通过自治区“三甲”医院的评审，建成全区首家地市级三甲医院。在改善和提高西藏医疗卫生能力、实现“大病不出藏”方面取得了历史性突破。

北京累计选派四批 64 名援藏干部赴我院开展组团式援藏工作。其中，学历 80% 以上为硕士、博士，职称 70% 以上为副高以上职称。特别是第二批队员中的 3 名同志在完成一年的援藏任务后又自愿继续留藏 1 年，甘于奉献高原。

我院坚持兜底发展，强化辐射带动，提升“造血”功能，在加强学科专科建设、培养医疗骨干、改善医院硬件条件、激发干部职工活力、推动制度创新和资源共享等方面做了大量富有成效的工作，以优异的成绩开创了组团式援藏新纪元。自实施医疗人才组团式援藏工

于亚滨

作三年多以来，我院人员编制从 329 名增加至 525 名，开放床位从 257 张增加至 337 张，新建急诊科、重症医学科（ICU）、血液透析中心、心脏重症监护室（CCU）、高压氧舱、感染控制科等 12 个学科，使全部学科达到 31 个。制定学科专科发展规划 39 个，重点打造了心血管内科、妇产科、儿科、骨科、重症监护室、血液透析中心 6 个具有高原特色、符合群众就医需求的“拳头”特色科室。医院门急诊量从 9.6 万人次增加至 19 万人次，住院人次从 7332 人次增加至 10122 人次，平均住院日从 11.4 天缩减至 9.7 天，手术台次从 2014 台次增加至 2583 台次，医院总收入由 1.41 亿元增加至 2.69 亿元，干部职工绩效工资较组团式援藏工作开展前平均增长 30% 以上。医院拥有了磁共振、心脏彩超、血透仪、高压氧、钬激光、支气管镜、腹腔镜、电子胃镜等医疗设备。

医院累计引进各类人员 206 人，投入建设资金 1.65 亿元，选拔任用班子成员和中层干部 21 人，申报和实施科研项目 26 个，资金投入 893.07 万元，通过柔性引才途径从北京引进 8 名高层次人才到医院开展短期技术服务，选派管理人员和业务骨干 102 人次赴支援医院学习，培训各级各类人员 1260 人次，开展教学查房 1236 次，抢救危重症患者 488 人次（成功率 96.4%），开展新技术、新项目 39 项，建立健全规章制度 5008 条 100 余万字，帮扶指导县乡医院 88 次，开展规模以上学术交流活动 45 场次，邀请国内知名学者专家 135 人次进藏开展讲学带教。组团式援藏专家累计开展教学查房 380 次，巡诊义诊 13 次，会诊 356 次，

抢救危重症患者381人次（成功率98.1%），手术带教178次，开展专题讲座98次、疑难病例讨论16场次，“一对一、一对多”形式培养人员117人次，40余名初级职称医师晋升为中级职称，20余名中级职称医师晋升为高级职称。目前已有近百名徒弟熟练掌握专业技术和管理技能，脑外科已开展8例开颅手术，ICU累计收治重症患者80余人，血液透析中心累计完成透析3517人次。

我院干部职工在援藏专家无私奉献精神的感召下，学到了他们先进的理念和精湛的技术，切身体会到了组团式援藏工作这一“小团队”的“大作用”，思想观念得到了明显转变。从“要我学”转变为“我要学”，从“不想干、不愿干”转变为“我要干、我来干”，从“专家推着走”转变为“大家一起走”，工作热情得到进一步激发。在全院干部职工的共同努力下，相信拉萨市人民医院的明天会更加美好，拉萨各族群众健康水平将进一步提高，西藏医疗卫生事业的发展将更加辉煌灿烂。

日喀则市人民医院党组书记张浩

上海市委、市人民政府及市卫生健康委高度重视组团援藏工作，先后选派四批组团式援藏专家对日喀则市人民医院开展帮扶工作，打造了组团式援藏工作的“上海模式”。在“三甲”评审冲刺阶段，上海市卫生健康委又选派36人的专家指导团进一步查遗补漏。上海市政府在历年援藏资金中对新院区建设项目累计投入1.5亿元，占新院区建设总投入近1/3。

一是注重顶层设计，建章立制，医院管理更加规范。①医疗队在充分调研的基础上，制定了组团援藏和创“三甲”工作的时间表和路线图；制定、优化了约150项规章制度，制定专科发展规划71项；②率先实施“中层干部选拔聘任”“后勤外包”“绩效考核与分配”等重大改革。

张 浩

二是注重人才培养，提升能力，整体素质明显提高。①医疗队以“一对一”或“一对多”形式确定156人次本地骨干和行政干部作为重点培养对象进行了师徒式的培养；②积极选

派医疗质控、院感、护理和信息等管理人员及专业技术骨干赴上海短期进修；③全面推进“创三甲素质提升工程”，举办高层次学术论坛40个，讲座近300场次，培训藏区医务人员5000余人次；④通过制订和实施“优青培养计划”“学科带头人培养计划”“人才双聘计划”“科研奖励办法”等一系列激励措施，加快人才培养。

三是注重技术创新，填补空白，服务能力明显加强。①三批医疗队开展医疗新技术中有115项已被本地医务人员完全掌握，其中50项新技术项目填补了自治区空白，红细胞单采技术治疗高原红细胞增多症更是世界首例。②2017年，医院年诊疗总人数20.05万人次，比2014年年底增加50.4%，急诊人数同比增加77.13%，入院人数同比增加56.55%；出院者平均住院日下降3.83天；三级、四级手术量占总量的22%以上，同比增加了3倍；抢救成功率同比提高了5.2%。

四是注重“以院包科”，打造品牌，学科建设长足进步。①上海中山医院等9家医院与市人民医院签署了“以院包科”合作协议书，对口帮扶普外科等9个科室，打造“上海—日喀则临床医学诊疗中心”。②建立西藏首家医学科学院士专家工作站，陈赛娟院士还亲临医院入站指导，周良辅、王振义两位院士也通过远程平台帮助医疗工作。③开通医院远程影像诊疗中心，日喀则市人民医院对上与上海多家三甲医院，对下与有关基层医院开展合作，探索建立新型医疗联合体，成功组织62例会诊，举办6次上海大型医学学术会议现场直播视频教学。

五是注重科研管理，树立标杆，医疗科研全区领先。①分别申报了自治区、日喀则市两级科研课题154项和1个国家级医学继续教育项目，其中1项自治区级重点科研课题、22项自治区自然基金、18项组团式项目和3项市级科研课题已获批，1项自治区科研课题已结题，其余正在组织实施；②发表学术论文64篇，其中SCI论文19篇（IF=81.6），在国内核心期刊发表32篇，科研项目得到质的飞跃。

山南市人民医院院长虞德才

山南市人民医院全面贯彻落实医疗人才组团式援藏工作推进会精神，推动医院工作的全面建设和发展，于 2018 年 4 月底顺利完成“三甲”评审，取得了阶段性成果。目前，医院编制床位数 580 张，开放床位 337 张。与 2015 年相比，2017 年门诊达到 122692 人次，增长 19%，出院 8920 人次，增长 20%；手术台次突破 2065 台，增长 32%；入出院诊断符合率达到 98%，抢救危重患者成功率达到 90%，患者满意度达到 96%，取得了历史性进步。

一是大胆创新，医院管理逐渐科学。①构建质量管理组织体系、质量制度管理体系、质量教育培训体系、质量监督考核体系四大评价体系，确保医疗质量持续改进。②健全行政管理制度，制定一系列规章制度，使医院管理模式更加科学化、现代化。

虞德才

二是更新理念，学科建设取得突破。①设备更新。共实施价值近

1亿元的设备采购。目前，医院已拥有一大批高精尖大型医疗设备，并且本地医生已全面掌握各种仪器设备的使用。投资700多万元实施了医院信息化二期改造工程，增加了门诊自主挂号、自助打印、机器人导诊等信息化设备。②流程改造。投资500万元对急救中心、ICU、手术室等15个部门进行流程改造。③学科设置。分别独立设置儿科、消化内科、呼吸科等学科，目前，临床医技科室达35个、专业治疗组达42个。④打造重点。妇产科、肝胆外科等12个学科已被批准为市级重点建设学科，儿科、骨外科等5个学科被批准为市级扶持建设学科。⑤建设中心。建立和扩建急诊科、介入中心、重症医学中心等一批临床诊疗中心。着手建设胸痛中心，建立大急救中心。⑥三新项目。先后开展腔镜下肝叶切除术、心脑血管介入、妇科肿瘤微创等高精尖诊疗技术和其他技术200余项，其中，已有174项被当地医务人员熟练掌握。⑦科研教学。向自治区科技厅申报自然科学基金项目16项，已立项6项。

三是分类分层，人才梯队建设显成效。①在全院范围内遴选学科带头人或学科后备人才，实施“三优政策”。②遴选一批学员作为“师带徒”帮带对象，累计已有49名无证人员取得医师、护士资格证，27名医护人员取得中级职称，5名通过副高评审，2名通过正高评审。③通过引进、招聘、考录等方式，医院职工总数增加到521人，比2015年增长42%。

四是以院包科，支援保障显担当。①安徽省8家省属医院

和 5 个市，结对共建山南市人民医院 24 个科室和部门。②在我院已有的远程会诊平台基础上，建成了远程疑难病例会诊中心、远程病理会诊中心、远程影像会诊中心等，使我院病理、心电诊断报告质量达到了内地省级医院水平。

五是医疗改革，工作推进有进展。①取消药品加成，改革以药补医，实行零差率销售；②启动临床路径和单病种工作；③与 9 个县区医院建立了医联体关系；④推动保洁、保安等后勤服务社会化；⑤实施部分管理岗位公开竞聘制；⑥全面实施“先诊疗，后结算”的措施。

林芝市人民医院院长李欣

广东省组团式医疗援藏对口帮扶西藏自治区林芝市人民医院，四批援藏队员多措并举、持续发力、强化保障，对林芝市人民医院进行精准帮扶，推动医院整体服务能力实现了跨越式提升。

一是优质高效地完成了“三甲”医院的创建。①以评审为契机，强意识、立架构，形成了医院、科室两级质量与安全管理体系。②推动规范化、精细化管理，编印制度共525项1721页。③援藏资金强支持，广东省额外增列8000万元专项资金，DSA、磁共振、64排CT等大型设备得以快速到位。④开展管理型项目，着力推广适宜技术。以诊疗功能为项目导向，建立更流畅高效的运行新机制。⑤践行“增长比例越高、奖励比例越高”的总原则，绩效改革顺利实施。2017年11月，以优异成绩通过自治区组织的“三级甲等”综合医院现场评审。

李　欣

二是以评促建，全力冲刺“国

家级现代化管理试点医院”。①学科建设成绩斐然。我院健全学科设置，科室总数由 24 个扩展到 52 个，迅速建成了 14 个林芝市级重点专科，并着力打造 6 个自治区级重点专科。建立完善了林芝市胸痛中心、临床技能培训中心等一大批功能单元。仅 2017 年开展新技术 81 项，填补林芝市 26 个专业领域空白。②医疗服务质量得以全面提升。全市免费体检覆盖率、有病就医覆盖率、地方病免费救治覆盖率均达到 100%。2017 年，我院在全区包虫病诊疗工作综合测评中位列全区并列第一，被推荐作为全区唯一地市级医院申报“国家级现代化管理试点医院”。

昌都市人民医院院长易文强

医疗人才组团式援藏工作自2015年启动以来，昌都市人民医院“永不走的医疗队”渐成规模，医疗水平实现大幅跃升，现代医院管理体系初见成效，医疗人才组团式援藏工作取得阶段性成效。

一是重庆市后方给力，垂直推进工作。①坚持人员“按需选派、对口选派、择优选派、统筹选派”，选派三批53人次，第三批已达20人，高级职称占比85%。②提供财政支持，累计支援经费6800万元，捐赠医疗物资800余万元。③帮助昌都市人民医院受援医院完成发展规划、学科建设等规划制定，使昌都市人民医院受援医院发展方向明确。④做好保障，全力解决援藏队员后顾之忧。⑤做好宣传，利用互联网“快捷、准确、鲜活”地报道典型事迹，传播援藏正能量。

易文强

二是受援医院务实，发展上

新台阶。①健全制度顺畅机制。完善 867 项管理制度，修订 145 条院级应急预案，并稳步推进市人民医院薪酬制度改革，全院职工月平均工资较 2014 年增加 110%。②全力提升服务能力。共开展新技术 137 项，完成疑难手术 3000 余台次，处理急危重症患者 1000 余人次。③全力培养本土人才。通过医院推荐和带教老师考察的方式，结成 102 个帮教对子，实行全程带教、双向考核。开展“青年医师培训计划”“岗位大练兵，技术大比武”等活动，促进接续人才快速成长。以往无法独立开展的深静脉导管植入术、腰椎骨折后路内固定术等 30 余项手术，目前医生都能熟练掌握。三年多来，晋升高级职称 1 人，晋升副高级职称 10 人；培养专科护士 12 名，临床药师 1 名。

三是深入“以院包科”，强化学科建设。利用签署医联体协议，建立远程会诊等方式，全力加强学科建设发展。昌都市人民医院远程会诊平台与重庆医科大学附属医院第一医院等三家医院互联互通，可实现床旁远程会诊；重庆医科大学附属医院第二医院与昌都市人民医院远程心电系统已上线运行，并覆盖全院所有临床科室，让昌都的患者不出“家门”体验到了重庆高等级医院的诊疗技术。

四是取得有益经验。①高位推动，由各级党政一把手牵头，形成医疗人才组团式援藏合力。②加强调研，建立长效机制，找准昌都所需、重庆所能、群众所盼的卫生援藏重点。③坚持问题导向，查漏补缺，方能快速提升支援效率。④重视队伍建设，提升援藏队伍的政治荣誉感、工作责任感与专业技术获得感。

那曲市人民医院院长马灵斐

那曲市人民医院目前是藏北地区唯一一所集医疗、急救、预防、保健、科研和教学于一体的三级甲等综合性医院，占地面积 87538 平方米，核定床位 200 张，核定编制 352 名。医院目前有科室 31 个，其中临床科室 12 个、医技科室 10 个、行政后勤科室 9 个。医院现有高压氧、128 排 CT 等大型医疗设备。在组团式援藏专家团队的支持帮助下，我们在以下方面取得了显著成绩。

一是深化医改。我院认真落实医改任务，对医院药价进行调整。医院远程病理、心电、影像与大连医科大学签订了远程合作协议，已经开展 1407 人次。医院信息化建设不断推进，HIS 系统上线完成，同时医院临床路径等系统不断完善。医院现与聂荣县、巴青县人民医院及比如县白嘎乡卫生院签订医联体协议，进行联动帮扶。

马灵斐

二是改进医院管理。医院不断加强服务体系建设，改进管理体制

建设，2015 年以来，援藏专家共提出并完善医院发展制度规划 800 余条。

三是加强学科建设。以院包科助力急诊、妇产、病理、ICU、普外、中医、信息、儿科 8 个科室快速发展，病理科工作原本停滞了十年以上，在援藏专家的帮助下，重新建立，目前术中冰冻已达到自治区先进水平。开展各项培训共 500 多次，极大地提升了全体医护人员的技术水平。

四是加强人才队伍建设。第一批援藏专家带教学员 26 人，第二批带教学员 45 人，第三批带教学员 45 人，极大提升了学员的理论知识与实践操作能力。从 2015 年起，共派遣 7 批 98 人前往辽宁及拉萨等地进修学习。目前，受教学员大部分已能够独立开展工作。

五是提升技术能力。2015 年以来，我院共开展疑难死亡病例讨论共学 600 余次，会诊 905 次，义诊患者 12035 人次，开展新技术、新项目 190 项，其中新生儿高胆红素血症换血疗法、经皮气管插管术及妇产科巨大子宫肌瘤核除术等都填补了那曲市空白。

六是科研工作取得突破。三年多来，全院共获批西藏自然科学基金课题 8 项，启动院内课题 8 项；发表论文十余篇。其中，第三批援藏专家李青栋发表的 SCI 论文对世界包虫病诊断防治具有极高参考价值。

七是得到经费保障。2015~2017 年，国家投资 1133.6 万元、辽宁援藏资金 667 万元，用于基础设施建设。2015~2017 年，自治区财政投入4379万元、地区财政投入254.3万元用于设备采购。

八是受援医院总体业务量取得明显提升。与2014年相比，2017年，医院门诊量88449人次，增长67.57%；急诊37397人次，增长79.98%；住院人数8843人次，增幅61.07%；手术量1032人次，增长92.54%；三级、四级手术159次，增长205.77%；业务收入增幅155.03%；婴幼儿、孕产妇死亡率均有所下降。

阿里地区人民医院院长于勇

组团式援藏工作开展以来，陕西省委、省政府先后派出四批共 72 名医疗专家赴阿里开展支援工作。阿里医疗卫生事业发生了历史性的转变，实现了突破性的进展。2017 年，门急诊人次较 2014 年同比增长了 50.20%，住院人次同比增长了 62.93%，手术同比增长了 158.66%。医院新门诊医技大楼完成升级改造，旧住院大楼完成装修，医院新外科综合大楼建设全面启动，于 2016 年 11 月成功创建“二甲”医院，2018 年成功创建“三乙”医院。在组团式援藏过程中，我院取得巨大的成绩，具体做法是：

一是立足实际，着眼长远，全力打造阿里医疗新局面。援藏之初，阿里医院环境差、病源少、底子薄、人才缺、设施旧，专家们依据阿里实际，以救治“想出而出不去”的大病、常见病为基准，确立妇产科、ICU、心脑血管疾病科、骨科为医院着力打造的重点学科。自组团援藏工作开展以来，我院妇产科无一

于 勇

例孕产妇死亡病例，全地区婴幼儿死亡率下降至20.31‰。

二是深入调研，积极谋划，全力打造藏西医疗新高地。①把握重点强管理。完善医院行政体系，建立人事、总务、信息、质控等科室，加强重要职能科室自身建设，完善感控体系、质控体系、药事管理体系建设。加强医院制度建设，对医院170余项制度进行了修订和完善。医院人力规模增长了近4倍。②协调推动促改革。地委组织部先后出台多项政策，为医院发展创造了良好的外部环境。2017年9月起，全面取消药品加成，实施药品网上采购，切实抓住医疗服务水平提升这个“定盘星”，准确把好优化诊疗流程这个“方向盘”，全面促动医院经营行为的转变，不断强化医院的公益性。③着眼长远抓建设。协调区编办解决医院发展编制158个，协调区卫生计生委解决发展床位120张。积极争取解决外科综合大楼、专家楼、职工周转房等建设项目6个、建设用地5块。建立了由数字化医疗设备、计算机网络平台和医院业务软件组成的综合信息系统，全面实现HIS、LIS、PACS、EMR系统的良好运行。④立足需求提水平。结合实际，列出阿里“中病”诊疗清单，同时与自治区人民医院签订“大病兜底”协议书，与成办医院签订协作医院，与后方医院建立远程诊疗平台。组团式援藏专家推广开展新业务新技术53项，成功开展了开颅手术、锥颅手术、髋关节置换、脊柱等重大手术。⑤结对帮扶育人才。通过多种方式，引进2名副高级职称医疗专家和15名医疗人才，招聘65名医

务人员，医务人员数量从 2015 年的 76 人增加到 2017 年的 283 人。建立帮带对子 80 对，帮带 64 人，完成 48 名医疗护理骨干赴内地学习，开展医疗专题讲座 593 次，教学查房 491 次。同时，专家们积极带领本地干部开展科研课题研究，先后向阿里地区科技局及自治区科技厅申报科研项目 24 项，有 14 项已经获批，其中 6 项已顺利推进。

三是统一思想，加强组织，全力打造陕西医疗援藏新名片。①凝聚人心出成绩。组团式援藏队成立管理委员会，由地委副书记、援藏总领队任主任，下设教学科研、宣传外联、生活保健三个小组。既从生活角度保障队员健康，又从科研教学方面发挥队员才干。②主动担当下基层。专家们利用节假日奔赴县乡村、建筑工地，走上街头为广大群众送医送药，普及健康教育知识，现场示范心肺复苏，覆盖人群达到 1000 余人。③多方奔走大组团。2017 年 5 月 9 日，阿里地区人民医院与以陕西省人民医院为牵头医院的 11 家“三甲”对口帮扶医院签订了“以院包科”帮扶协议，同年 11 月签订“以院包科”年度目标责任书。

林芝市人民医院内一科次仁罗布

我是林芝市人民医院的内一科医师，主要从事心血管介入治疗方面的工作，师从于广东省第二批组团式援藏专家莫海亮与第三批组团式援藏专家黄晓忠。在两位援藏专家的帮带下，我个人的专业技术水平得到了显著提升，迅速成长为本市介入治疗的骨干。我的感受是：

一是院领导高瞻远瞩，第一时间安排进修。我市为西藏地区心脑血管疾病的高发区，来我院就诊的心脑血管疾病患者众多。在医疗人才组团式援藏工作开展之前，我院内科医师只能够开展高血压、心力衰竭、心律失常等一般疾病诊治，但在急性心肌梗死血管再通治疗上技术不够成熟，冠脉介入治疗也是一片空白，急性心肌梗死的抢救成功率不够理想，死亡率较高。在院领导的统筹安排下，2016年3月至2017年3月，我到广东省人民医院进修，系统学习介入治疗。

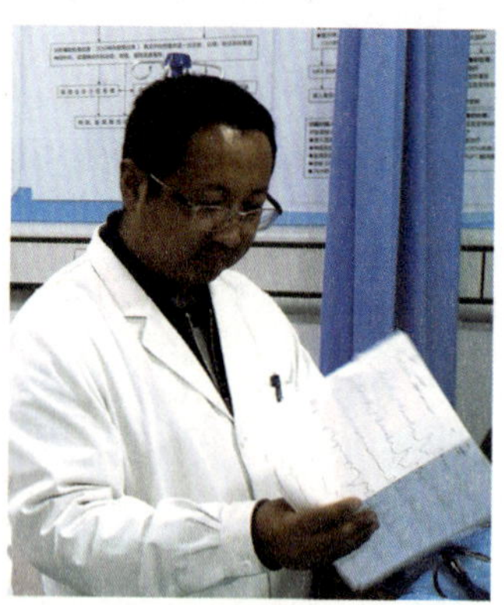
次仁罗布

二是援藏专家师带徒，解疑释惑。2017年3月，我从广东省人民医院进修回来，在莫海亮老师的帮带下，我成功开展了急性心肌梗死溶栓治疗，成功救治了 13 例急症患者。自 2017 年 9 月以来，在黄晓忠老师的帮带下，我院介入手术从第一例冠状动脉造影到第一例支架植入术，再从第一先心封堵术到第一例下肢动脉支架植入术，一次次把我们的技术带到一个新的高度。我也从一个只会做简单造影的医生蜕变成为独当一面的心内科医生。现在，我能独立完成冠状动脉造影、肾动脉造影、临时起搏器植入术、左室造影、简单病变的冠状动脉支架植入术等。

三是从零的突破到介入治疗日趋成熟。2018 年 5 月 19 日，我院作为牵头单位，与自治区“1+7”医院、自治区第三人民医院等 18 家医疗机构共同成立“西藏心脑血管急症救治专科联盟”，作为林芝胸痛中心与六县一区卫生服务中心签订了合作协议。我科还建立了西藏心脑血管专科联盟微信群，真正实现“五个共享”。我院完成了由依靠组团式援藏专家“输血”，到自身“造血”能力不断增强，再到向全区“献血”的格局性转变。

四是人才培养持续在路上。三年里，我在介入治疗技术上有了很大的提升，但我不是我院的唯一，我院本地人才培养持续在路上。三年多来，我院已选派 100 多名专业技术人员到广东省支援医院进修学习，我科普布扎西医师已于 2017 年 3 月被选派到广东省人民医院进修学习心电生理射频消融技术。

在未来，我将继续向组团式援藏专家学习，提升自身医疗技术，把我院心血管专科建设成为自治区重点学科，并辐射带动全市的心血管疾病诊治能力，为实现“两降一升”“三不出”目标任务贡献林芝力量。

山南市扎囊县人民医院

自三级医院帮扶贫困县级医院工作开展以来，国家指定湖南省株洲市中心医院和株洲市妇幼保健院对口帮扶我院。2017年两家医院共有8名专家对口支援我县人民医院，其中医教科管理员1名，护理部管理员1名，眼科医生1名，财会管理员1名，麻醉医生1名，呼吸内科医生1名，心内科医生1名。2018年的支援医生人数为6名，其中株洲市中心医院医生4名，株洲市妇幼保健院医生2名。通过援藏专家的不懈努力，我县人民医院取得了长足进步。具体有以下几点：

一是医院管理得到显著提升。①医院管理走向了科学化、数字化。全面实施了电子病历、电子处方，实现24小时实时结算。②绩效考核机制走在了全区县级医院的前列。③成为了全区首家县级“爱婴医院”。④被列为“国家级公立医院综合改革试点医院和西藏自治区县级公立医院综合改革示范医院”。⑤医院的人才梯队建设取得成效，目前已聘任的高级职称有2名，中级职称13名，待聘任的中级职称4名。⑥在2017年山南市卫生计生委举办的医疗急救技能竞赛中，我县人民医院获得了全市第一名。

二是援藏医疗专家的“传、帮、带”成效显著。通过 8 名援藏专家协同其他援藏医疗队，妇产科、普外科、五官科、儿科、消化内科、影像科、理疗科、财务科、麻醉科、眼科等都有了援藏专家手把手亲自培养出来的优秀徒弟，并能独立完成相关业务，做到人走技术常在。

三是业务开展方面。2017 年，我院门急诊人数 55245 人次，同比增长 14%；住院患者 1372 人次，同比增长 5%。能够开展胆系等普外科、妇科腔镜微创、高危孕产妇剖宫产、无痛人流等手术以及理疗方面各种特色诊疗、CT 等各种检查，保障了广大人民群众的生命健康。

四是设备有了无私援助。2017 年，支援单位为我院解决了诸多困难，如螺旋 CT 机、骨科设施设备、眼科显微镜手术仪及晶体、小儿心肺复苏教学模具等设备，并解决了部分资金问题。

五是援藏工作增添党建工作。援藏专家紧密结合“两学一做”“四讲四爱”“党员奉献月”等一系列活动，多次开展免费义诊活动，体现了“讲党恩爱核心”，给艰苦的老百姓送去了党的温暖。开展了白内障免费复明手术活动，为 109 例白内障患者进行手术，不仅解决了贫困和高年龄白内障患者的困难，也让群众了解了党和政府对百姓的关心和温暖。

阿里地区普兰县人民医院

2016 年 4 月，陕西省汉中市中心医院与普兰县人民政府、普兰县卫生服务中心签订了《对口帮扶协议书》，并迅速组建第一批援藏医疗队抵达普兰县，包括麻醉科、检验科、放射科、手术室护士、内科等专业的优秀青年骨干，开展了为期半年的帮扶工作。当时，医院医疗水平受限，条件艰苦，汉中市援藏团队面临着恶劣的环境。利用援藏的有限时间，他们克服重重困难，积极开展工作，成功完成 10 例手术，开展医疗培训 300 人次，下乡义诊 3 次，门诊量 1500 人次，并对相关文件档案进行整理，为创“一甲”做好了铺垫。

2017 年 5 月初，第二批援藏队伍按时抵达普兰县开展工作，队员包括护理人员、外科、麻醉科、放射科等专业。在艰苦的条件下，援藏队伍积极开展工作，成功完成 20 例手术，义诊 5 次，门诊 1600 人次，并以师带徒的形式培养了一批可以独立完成外科止血、缝合、包扎、骨折固定等处理的优秀医师。其中，援藏专家李晓涛在长时间连续出入高海拔地区送患者后因肺水肿住院，仍带病坚持工作，制定、完善了医疗规章制度，帮助医院顺利完成了创“一甲”任务。

2018 年 4 月下旬，由耳鼻喉科主任张翔和普外科主任李克峰带队的第三批援藏队伍来到普兰县。第三批医疗队要在完成对口帮扶任务的同时帮助医院开展“二甲”创建工作。面对“二甲”创建要求和医院的种种困难，队员们积极认真按照“二甲”要求开展工作，制定措施，落实方案。在“创甲”工作的同时，他们也心系普兰县人民的健康，成功开展了 5 例手术，其中还为一位 70 多岁的尼泊尔老人进行了急诊膀胱造瘘术，加深了中尼两国人民的友谊。援藏医生为普兰县全县干部职工开展免费义诊，开展腹部彩超、心电图、血压、肺部疾病、心脏彩超、脑血流图、肝功、肾功、血脂、血糖、血常规、尿常规、血尿酸等相关检查和诊断等，以及女性的乳腺增生、乳腺纤维瘤、乳腺彩超等。在实际操作过程中，援藏专家团队带教了当地的藏族医生，指导了当地的医疗工作，免费发放药品。他们用自己的实际行动把优质医疗服务送到老百姓家门口，得到了当地群众的交口称赞，同时与当地医务人员融成一片。

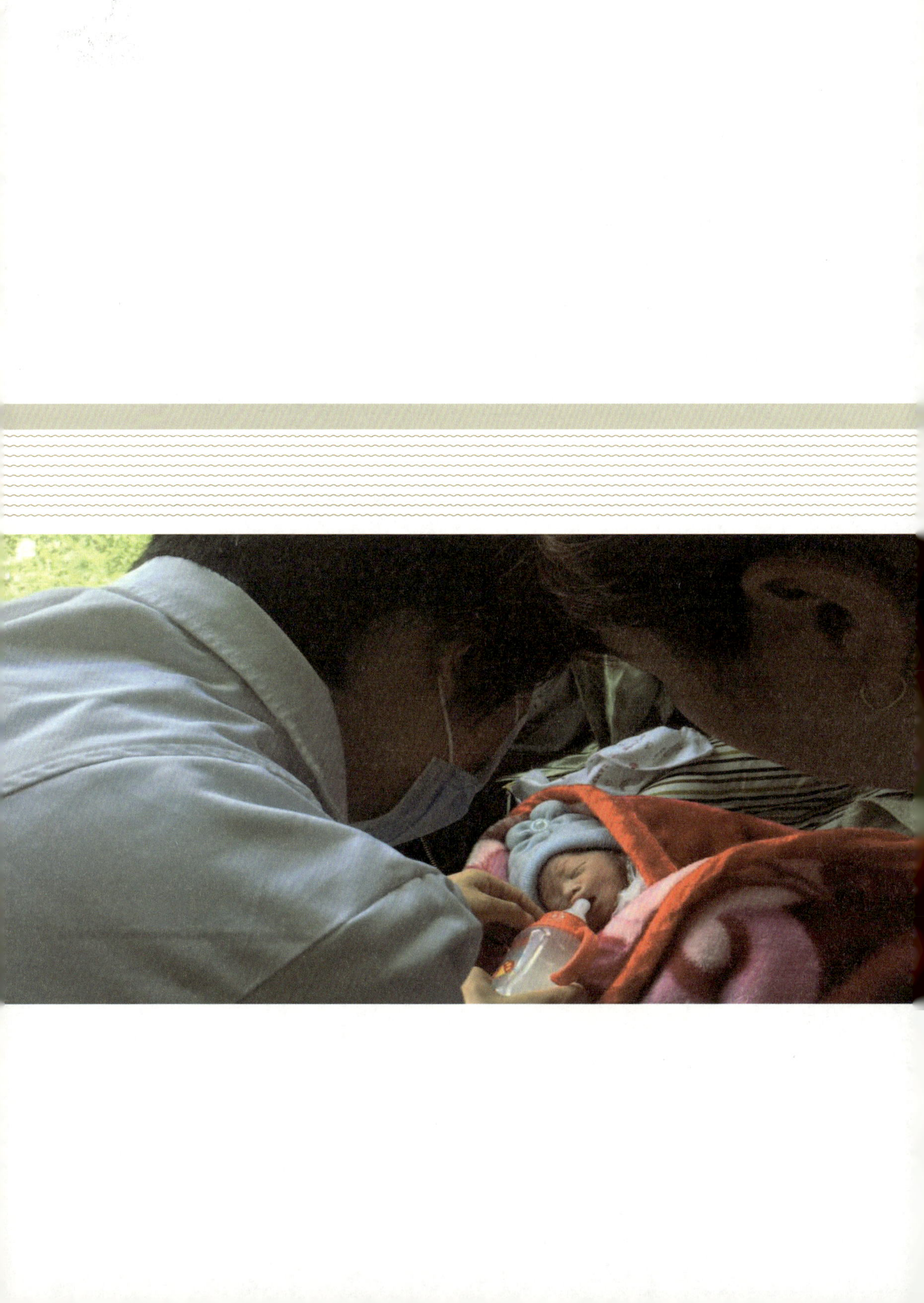

60

第四章 福祉

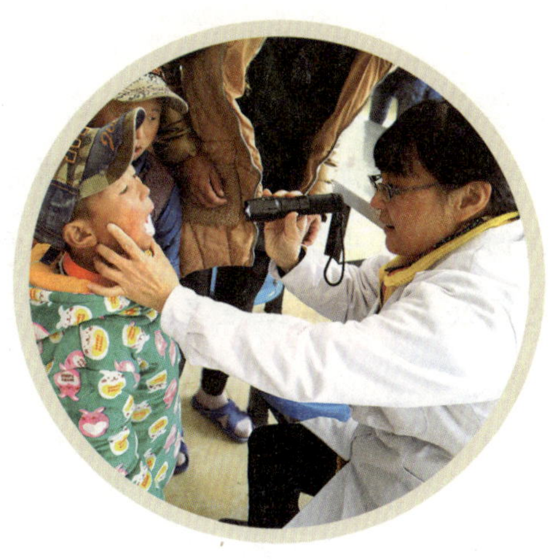

自 2015 年 8 月启动医疗人才组团式援藏工作以来，中央组织部、国家卫生健康委高位推动，北京、辽宁、上海、安徽、广东、重庆、陕西 7 省（直辖市）把医疗人才组团式援藏作为重大政治任务，精心挑选 8 家牵头医院、65 家对口支援医院支持西藏自治区“1+7”医院建设发展。援藏团队在西藏开展了多项新业务、新技术，填补刷新区域内医疗技术空白 1014 项，全面提升了自治区、地市医院管理水平和诊疗服务能力。已有累计 367 种“大病”、2208 种“中病”能在自治区内接受到内地“三甲”医院同质化治疗，实现孕产妇、婴儿死亡率持续下降和住院分娩率显著提升，使全区医疗卫生事业发生了格局性变化，实现了历史性进步。

下面这些鲜活的案例，就是组团式援藏专家在西藏工作期间，开展新业务、新技术，特别是抢救危重症患者和帮带本地医疗骨干成长的情况，使我们可以从中探究专家们援藏期间的心路历程，想必也会激励更多致力于西藏卫生事业发展的有志有才之士参与到援藏工作中来。

你是我们的“安吉拉”

这是藏族群众对援藏专家北京大学人民医院血液科唐菲菲医生表达的心声。

“安吉拉”是藏族同胞对医护人员的尊称，是英文“angel”（天使）的谐音，在藏族同胞的心中，医护就是拯救他们的天使。在克服了初进高原身体的各种不适后，我抱着“不忘初心、撸起袖子加油干”的想法，开足马力做临床工作。首先，我每天的教学查房从问病史、查体到诊疗思路的形成，都力争做到全面、细致、易懂；每周的专业知识授课时间，我详尽讲授理论知识并结合实例加深医生对知识的理解和掌握；每月至少开展一次疑难危重病历讨论，针对临床诊治中遇到的确诊困难或者疗效不确切的病例，各级医务人员从住院医师到主任医师均需发表意见展开讨论，制订患者的最佳诊治方案，提高医疗服务质量。其次，每周一中午 12 点，远程连线北京大学人民医院血液科即北京大学血液病研究所的“午间道”，不仅传播专业血液知识，更让当地医生感受了北京大学人民医院的浓烈文化和学习氛围。再次，一对一帮带西藏本地医生，培养血液青年骨干，并打破固有局面，促使学习变被动为主动。在西藏自治区人民医院首次开展年轻医师“月读书报告”，改被动学习为主动研究，在充分调动青年医师学习积极性的同时，科内学术氛围上升到了一个新高度。最后，加强护理人员的血液知识培训。科室血液护理基础非常薄弱，很多护士对血液病患者护理知识欠缺。考虑到西藏离北京太远，医护人员又如此缺乏，大批人员去京进修学习并不实际，通过远程教学对自治区人民医院护理人员进行培训，并建立至少每季度培训一次的制度，确保远程培训持续化，大大地提高了血液护理水平。

在党中央的特殊关怀及各级领导的高度重视下，经过组团式援藏医疗队的不懈努力，西藏自治区人民医院医疗水平已经有了明显的进步。组团式援藏医疗受到了藏族同胞的高度赞扬和热烈拥护，藏族同胞真切地体会到了在家门口看上北京专家的便利。我所援助的自治区人民医院风湿免疫血液内科，其医护的血液诊疗和护理水平也明显得到了提高，终结了西藏自治区血友病不治时代，目前西藏自治区人民医院已经成为西藏自治区第一家也是目前唯一一家可以治疗血友病的医院，真正做到了“大病不出藏”。

（西藏自治区人民医院供稿）

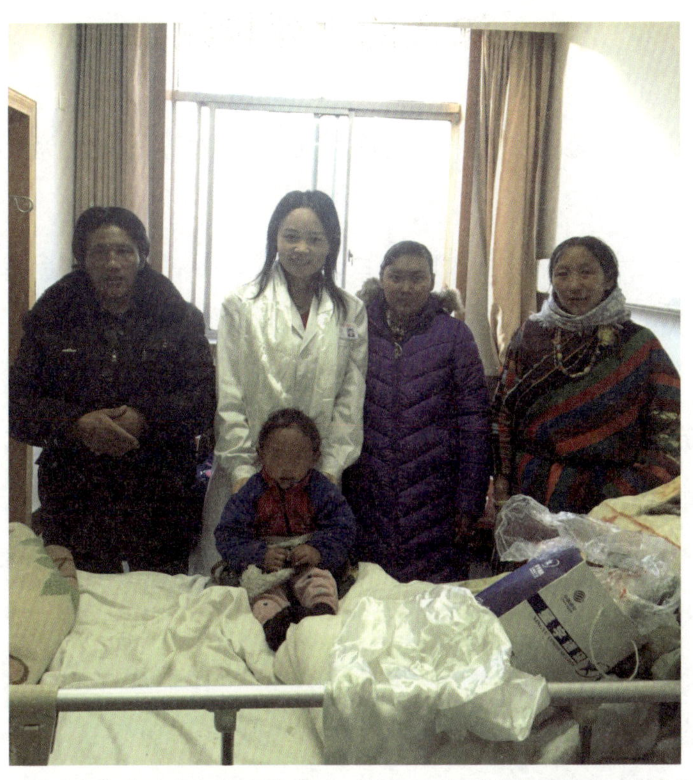

唐菲菲（左二）成功救治一例危重的“噬血细胞综合征”患者，挽救了一个家庭

深夜的生死抢救

援藏专家北京大学第三医院妇产科刘春雨医生亲历了一场生死抢救。

已近半夜，刚刚入眠。白天忙着门诊，高原反应虽然已经有所好转，但稍微一活动，甚至按平时的语速说话都会觉得心慌、疲惫。迷迷糊糊中手机响了，显示的是医院的号码。这是当地医生第一次半夜打电话叫我，我也是第一次这么晚奔走在医院里。刚刚应该是下过雨，地上积着一滩一滩的水。冲进手术室时，产妇出血量已经多达2000ml了，属于严重的产后大出血，心率120次/分，血压85/55mmHg，失血性休克前期。在北京，我遇见过很复杂的难治性产后出血，抢救时有非常强大的团队在一起配合，也有充足的血源保障。这个藏族同胞仅仅34岁，绝不能轻易就失去子宫。我一定要尽最大努力为她保留子宫。手术台上加强宫缩，进行保留子宫的一切止血措施；台下加快补液速度，继续联系血库。当血库回复说有400ml血时，手术室所有人都情不自禁地欢呼了起来。很快血袋领了回来，输上血了，那一刻我热泪盈眶。感谢兄弟科室的共同努力！产妇保住了子宫，抢救成功了！

发展中的医院，一定会遇到意想不到的困难。一个人的能力虽然是有限的，但是我们有前方的不懈努力，还有后方医院的大力支持。而我们在这里参与医院的建设，见证西藏医疗事业快速发展，这是我们来援藏的责任和意义！相信我们的努力工作一定会让西藏人民享受到更好的医疗服务。

（西藏自治区人民医院供稿）

京藏联手救治重症患儿一线牵

2017年11月，西藏自治区人民医院儿科收治了2例重症紫癜性肾炎患儿，一例为11岁男童，另一例为10岁女童，均由日喀则地区人民医院转诊而来。两位小朋友经常规的规范化激素治疗后效果不佳，尿液检查提示持续尿蛋白阳性、潜血阳性。来自北京大学第一医院儿科援藏专家张清友联合肾脏内科医生为两位小朋友做肾脏穿刺活检，标本送往北京大学第一医院进行病理分析。报告提示病变为系膜增生性、局灶增生性紫癜性肾炎。结合病理报告，张清友与肾脏内科援藏专家刘立军会诊，并远程视频连线北京大学第一医院儿科肾脏病专家姚勇制订治疗方案。

几位专家讨论后，分别为两位患儿制订了加用环孢素A、环磷酰胺冲击疗法两种方案，并详细讨论用药注意事项。两位患儿经治疗，病情均有明显好转，尿蛋白显著降低，肾功能恢复正常。诊治充分发挥了“组团式援藏”多学科联合和京藏携手优势，从援藏专家跨学科会诊到两地专家远程查房讨论，过程紧凑、流畅。为了患儿的健康，两地专家跨越了时空的障碍，因地制宜，使重症患儿转危为安。

（西藏自治区人民医院供稿）

援藏 遂了我的愿 验了我的能

北京协和医院护理部援藏专家关玉霞如此说。

早在 2017 年 3 月，我便申请参加医疗人才组团式援藏。当时的决定得到了家人的全力支持。作为一名党员，又是一名护理工作者，我有责任为西藏的护理、西藏人民的健康事业贡献微薄之力，我为能成为一名援藏队员感到骄傲和自豪。我的岗位是西藏自治区人民医院护理部主任。护理部的工作十分忙碌，基础条件不可能短时间内改善，但护理工作可以以内涵建设为抓手。

首先，我对全院护士长的护理操作及护理文件书写进行了培训与考核，进而规范和指导护士们的日常操作。随后，我开展了首届全院护理授课大赛。全院护理人员都积极参与，通过授课大赛，护士们的业务知识得到了提升，也全面挖掘了护士们做好工作的潜能。

除了提高护士长的护理水准，更重要的是更新护士长的知识结构。我邀请援藏专家们为全院护士长和护士们授课，使她们不出西藏就能听到专家的讲座。通过学习，她们能了解到更多前沿的专业知识。每次授课后，护理部都会对护士长进行考核，以帮助她们更好地掌握学习内容，让继续教育常态化、让学习成为一种习惯，渗透给每一个护理人员。在护理质量控制方面，我将协和的制度及管理细节灌输给她们，希望自治区人民医院的护理水平能逐渐向协和大西院的标准靠拢。我选取一个病房作为示范病房，将协和的药品管理、病室规范、消毒隔离、护理文件规范书写、弹性排班等标准逐一进行移植，帮助病房制定健康教育手册，完善工作流程。通过反复检查制度执行情况，逐渐形成新的工作标准和氛围。

我在实践中体会到不仅要提高自治区人民医院的护理水平，还要提高全区护理水准。为此，我与中华护理学会积极协调联合筹备举办“全区首届护理质量控制中心的培训班”，并免费资助基层学员。届时，国内护理届的高手将齐聚拉萨，共同学习和分享护理管理方面的先进经验。

（西藏自治区人民医院供稿）

对西藏的“大爱”深深感动着我 让我不遗余力地做到“授人以渔”

西藏自治区人民医院内分泌科主任、北京大学人民医院组团式援藏专家罗樱樱如此说。

2017年7月29日，作为第三批组团式援藏医疗队的一员，我怀着激动又忐忑的心情来到了西藏这片雪域高原。我的“徒弟”叫孟树优，是内分泌科一名非常优秀的年轻医生。在师带徒的过程中，我有几点深刻的体会：

一、本地学员对西藏的“大爱”深深感动着我，让我不遗余力地做到“授人以渔”

小孟家在河北，她研究生毕业之后，毅然放弃了内地的工作机会，和同样是医生的先生来到西藏工作。在西藏自治区人民医院，我遇到了许许多多像小孟一样的医务人员。他们远离父母，远离子女，将自己的青春甚至一生都奉献给了西藏。他们这种“大爱”深深地打动了我，让我不遗余力地做到“授人以渔”。

二、能力培养是关键。师带徒要注重“授人以渔”，而不仅仅是“授人以鱼”

我们通过多种方式对储备人才进行系统培养，不仅有面对全科人员的小讲课、教学查房，我还会在日常工作中对小孟进行个体化的临床思维的指导与训练，鼓励小孟自己准备讲课材料，给全科医生进行病例分享、读书报告，同时指导小孟自主进行科研工作，参与文章撰写、课题申报，并将她送到北京大学人民医院内分泌科进修学习。通过这些多元化的培养模式，小孟在较短的时间内取得了很大的进步。

三、鼓励学员自主实施新技术、新业务，增强学员的自信心

在我来到西藏后的这10个月中，我科开展了多项新技术、新业务。每开展一项新技术、新业务，我都会在保证医疗安全的前提下，鼓励本地学员以及科室的医务人员尽可能自主实施。这样一方面保证了本地学员能够真正掌握这些新技术，另一方面也能够让本地学员获得成就感，更有动力、也更有信心学习和开展新的医疗服务技术。

四、注重医疗、教学和科研能力的协同发展，实现为科室培养业务骨干的目标

在科室的业务学习中，我也鼓励年轻医生，尤其是和我签署帮带协议的学员小孟尽可能多上讲台。从一开始仅仅是进行简单的病例汇报，到之后能够熟练地制作幻灯片，讲解某一疾病的诊疗思路；从开始仅仅能够进行中文文献的读书报告，到之后能够慢慢阅读英文文献，对国际上大规模临床试验的研究

结果进行分享和解读，我看到了小孟从一个青涩的年轻医生逐渐成长为一个成熟的带教老师的美丽蜕变。总之，在“师带徒”的帮带过程中，我不仅感受到了本地学员高涨的学习热情，也看到了他们认真严谨的学习态度，同时帮带工作对我自己也是一种鞭策和学习，教学相长。“师带徒”也让我自己从技术、学术和做人中获得了更高的提升。

（西藏自治区人民医院供稿）

气管镜下抢救危重儿

2016年4月20日中午，拉萨市市民次旦卓玛给出生14天新生儿喂食糌粑糊糊时出现窒息，紧急到拉萨市人民医院新生儿病房就诊。当时，患儿呼吸困难、面色青紫，进行常规抢救和呼吸机支持治疗效果不明显。北京儿童医院组团式援藏专家杨海明博士分析病因，并组织科内讨论，认为若不解除气道梗阻病因，死亡率会极高。在明确最佳治疗方案后，杨海明博士克服种种困难，果断在床旁行支气管镜下肺部灌洗术。气管镜下见左主支气管大量黏稠黄色分泌物，右中叶可见大量黏稠淡黄色分泌物，给予生理盐水反复灌洗后各支通气改善。术后患儿临床症状立即得到明显改善，常规治疗一周后患儿痊愈出院。

新生儿期吞咽不协调，加之喂养不当，容易出现窒息。窒息是新生儿死亡的主要原因之一，是新生儿期急症，既往类似患儿死亡率极高。气管镜下肺部灌洗是治疗此类患者的最佳治疗手段，见效快，抢救成功率高，可明显降低死亡率。

（拉萨市人民医院供稿）

第一例支气管镜手术成功后医疗人才组团式援藏专家杨海明与患者合影

夺回急性除草剂中毒患者命

患者尼玛贡觉，男，28岁，因“服除草剂后神志恍惚20小时”，于2017年5月31日由拉萨市人民医院内一科转入重症医学科行监护治疗，当时患者意识呈嗜睡状，瞳孔直径约2mm，颈强直弱阳性，全腹散在压痛，肝区叩痛，肠鸣音8次/分。四肢肌力3级，膝腱反射消失。经辅助检查后，援藏专家刘冲主任当即诊断：急性2，4-D丁酯（除草剂）中毒、急性中毒性脑病、双肺感染等。在刘冲主任指导下，先后请呼吸内科协助诊治肺部感染、血透室刘航主任（援藏）行血液灌流治疗、高压氧舱普次主任行5天高压氧治疗。患者经多学科联合治疗后病情逐渐好转并趋于稳定，于2017年6月14日痊愈出院。

该患者为拉萨市人民医院收治的第一例2,4-D丁酯中毒病例，在院领导及刘冲主任积极协调下，ICU及其他相关科室大力配合，取得了良好的治疗效果，体现了拉萨市人民医院对疑难重症患者较高的诊疗水平和多学科的团结协作精神。

（拉萨市人民医院供稿）

迎难而上 救治“全身黄染”急重患者

患者巴桑，男，40岁，因“全身皮肤出现黄染15天”急诊拟“黄疸原因待查”收入拉萨市人民医院外一科，入科后查腹部彩超发现：肝外阻塞性黄疸；胆总管下段实性等回声占位，肝内肝外胆管扩张。诊断为：①黄疸原因待查；②肝外阻塞性黄疸；③胆总管占位。

2017年8月23日收住拉萨市人民医院外一科，并于2017年9月12日在全麻下行剖腹探查+whipple术+腹腔引流术，手术耗时较长，切口较大，术后受手术应激创伤较大，需转入重症医学科监护治疗。在援藏专家陈光强主任指导和医护人员的密切监护下，积极持续镇痛、抗感染、补液、输血、对症支持、营养治疗后，患者病情平稳转外科继续行专科治疗。

（拉萨市人民医院供稿）

医教研协同打造教学型科室

自2015年8月医疗人才组团式援藏工作启动实施以来，在院党委及各级领导的正确领导下，在心内科各援藏专家精心栽培下，心血管肾病科医护人员真抓实干，加强病房管理、基础管理、安全管理和细节管理，齐心协力，圆满完成了各项任务。

三年多来，各援藏专家于每周四在科内进行小讲座，进行业务知识更新及临床诊断和治疗规范化培训；每周五进行教学查房，不定期开展院内讲座及各种临床操作考核。在援藏专家的指导下，科室不断完善和落实医疗工作制度，修正并完善了医疗质量与安全管理小组工作计划、紧急替代程序与方案、心内科急危重症抢救流程、心内科绿色通道管理制度、内三科临床路径（原发性高血压、慢性心力衰竭、心房颤动、急性冠脉综合征、心律失常）的实施及电脑录入、变异和退出原因分析表。在专家指导下，我们已成功申报H型高血压比较效果学研究课题（国家“十二五”重大专项项目），《西藏地区H型高血压流行病学调查研究》获西藏自治区科技厅2017年重点科技项目立项经费支持。通过开展医教协作、以教促学，为教学型医院打下了基础。

（拉萨市人民医院供稿）

单采术让多血症无处遁形

2016 年 6 月入藏以来，日喀则市人民医院血液科主任朱骏（第二批组团式医疗队专家），引进了美国先进的血细胞分离系统，开创性地在全球首次运用“红细胞单采术”治疗高原红细胞增多症。目前该技术顺利开展，血液科本地医师独立开展“红细胞单采术”近半数以上。患者血红蛋白最高达 268g/L，平均 228g/L，每次单采红细胞 1000~1700mL，同时输入等量的置换液补充血容量。患者均顺利接受单采术，无一例在术中术后出现不良反应。部分患者平时难以控制的高血压下降到正常，部分患者高尿酸血症、凝血功能异常、血小板减少等异常血液指标也在术后完全恢复。

不少患者术后发现，困扰他们多年的头晕头痛、胸闷气促、疲乏无力、食欲缺乏、失眠健忘等症状，有一定的改善，甚至完全消除，久违的健康感觉终于回来了。一位波拉（老伯）在术后兴奋地拉着医生的手说：“我好像回到了 20 岁！”他亲切地称朱骏医师为“高原红安吉拉（医生）”。

（日喀则市人民医院供稿）

藏民次顿与“辫子医生”

藏民次顿吃东西不顺畅已经半年多。日喀则市人民医院胸外科经过一系列检查，发现次顿食管远端完全被肿瘤占据，长度居然已经占到食管的了 1/3，并且侵犯了部分胃组织，而近端的食管严重扩张，直径是正常人的 3~4 倍，只有施行 Ivor−Lewis 翻身二切口手术才能解决问题。

2017 年 9 月 1 日，手术由茅腾主任主刀。由于长时间专注操作，在手术过程中茅腾主任出现了缺氧情况。他戴上了鼻吸氧导管坚持完成手术，笑称自己也做了一回西藏手术室里的“辫子医生”。经过 3 个半小时，克服种种困难，完美地将患者的食管和胃吻合在了一起。本地医生惊叹道：“从没看到过血管骨骼化解剖得那么干净！”此时，茅医生却因为体力透支，在手术室坐了许久。经过严格的液体控制和呼吸道管理，术后第 5 天，次顿已经拔除了胃管和引流管并可以下床活动。为确保吻合口愈合良好，患者术后 9 天进行钡餐检查。令人高兴的是吻合口通过良好，未见吻合口瘘，次顿不久便顺利出院。

（日喀则市人民医院供稿）

我来做你来看——达瓦医生难忘的手术

时间：2017 年 11 月 6 日

地点：日喀则市人民医院神经外科

人物：神经外科全体医生、五官科、眼科团队

事件：患者，女性，51 岁，因突发头痛一天，发现颅内出血入院。入院查体：神志清楚淡漠，GCS12 分，双侧瞳孔等大等圆，光反射 +，四肢肌力 V，病理征 –。患者入院后完善 CTA 和 CT 检查，报告提示：右侧额叶脑内血肿，CTA 提示右侧大脑前动脉胼胝体段动脉瘤。

鉴于患者血管瘤位置的特殊性，出血较多，意识状况差，我们紧急组织了全科的大讨论。在讨论中基本考虑为大脑前动脉瘤破裂出血，当地医生对动脉瘤手术治疗相对经验和信心不足。在充分考虑了手术可能遇到的困难和风险后，我们积极地进行手术准备。11 月 6 日，急诊为患者采取手术治疗，手术采用冠状切口（日喀则地区首次开展此类切口手术），手术中在显微镜下清楚看见部分血肿，暴露动脉瘤主体及瘤颈。在援藏老师的指导下，当地达瓦主任做了第一例动脉瘤夹闭术，夹闭手术后清理残留血肿，严密止血，伤口缝合。患者术后 CTA 证实动脉瘤完全夹闭，在 ICU 治疗后康复，顺利出院。

（日喀则市人民医院供稿）

母婴安全的港湾

结合本地孕妇产检以及产科收治患者中危重孕产妇多的情况，组团式援藏专家帮助妇产科建立了日喀则市人民医院孕妇保健卡，规范产检流程制度，同时联合 ICU、心内科、呼吸科、血液科、肾内科等多科室建立日喀则市人民医院危重孕产妇诊疗中心，并于 2017 年 12 月提交中心建设材料，2018 年 3 月起正式运行。

目前在组团专家指导下，在妇产科普赤主任、ICU 吉律主任以及呼吸科、心内科、肾内科组团援藏专家和本地主任共同努力下，已联合救治多例诸如妊娠合并急性失血性休克、妊娠合并心力衰竭、妊娠合并肺部感染高热、妊娠合并急性胰腺炎、妊娠合并子痫以及严重 HELLP 综合征等危重孕产妇患者，抢救成功率 100%，做到了母胎平安。下一步妇产科计划借助上海市第一妇婴保健院妇产科力量，建立以远程会诊、远程授课、远程抢救指导为基础的集危重孕产妇诊断、管理、救治为一体的综合平台，加强日喀则市人民医院危重孕产妇的救治能力，降低孕产妇、新生儿的死亡率。

（日喀则市人民医院供稿）

新生儿无陪护 医生护士做“妈妈”

2017年12月，搬迁新院后的创“三甲”期间，在儿科全体医护人员的努力下，在上海市增派的胡勇主任及陆春梅护士长的帮助下，日喀则市人民医院儿科成功地将新生儿病区转为无陪护病房，是整个西藏自治区首个真正的无陪护新生儿病房。作为无陪护病房，虽然对医生、护士的要求更高，所有生活护理如喂奶、换尿布等以及所有病情观察都需要医生、护士来完成，但能使得整个病区的环境得到极大的改善，不仅能保持整洁、安静，而且大大减少了交叉感染的发生。

2017年8月，儿科与眼科主任邱庆华及五官科主任李庆忠合作，开展了西藏自治区首例早产儿ROP筛查及日喀则地区首例新生儿听力筛查。从2018年6月起，儿科将与五官科合作常规开展听力筛查，在一定程度上弥补了日喀则地区新生儿筛查的空白。

（日喀则市人民医院供稿）

胎粪吸入重度呼吸衰竭患儿转危为安

2017 年 11 月 13 日，山南市人民医院儿科首次开展高频机械通气联合肺表面活性物质，成功抢救一名胎粪吸入综合征合并气胸重度呼吸衰竭的患儿。当时在妇产科出生的时候，患儿全身染满胎粪，呼吸极度微弱，节律不整，又合并气胸，生命危在旦夕。入院后立即给予辐射台保暖，吸痰清理呼吸道，维持血糖、血压及内环境稳定，暂禁食，外周静脉营养提供热卡，对症支持治疗并首次应用高频机械通气联合肺表面活性物质保护肺功能。儿科团队夜以继日，精心监护治疗。经过半个月的住院治疗，孩子呼吸困难逐渐好转，气胸吸收，顺利出院。

出院后按时对该高危患儿进行随访干预，患儿营养神经发育均正常。对患儿的救治，填补了山南高频通气治疗技术、肺泡表面活性的应用以及高危儿随访干预技术的空白。

（山南市人民医院供稿）

肝病检测新进展 诊断科学治病有方

2016 年 8 月以来，山南市人民医院病理科与感染科合作成功开展 25 例肝穿刺活检病理联合免疫组化检测，填补了山南市一项技术空白。山南市人民医院发挥组团式援藏多学科协作优势，在第二批、第三批安徽省组团式援藏医疗队专家病理科张伟、焦南林和感染科李劲松、李风成的指导下，为慢性肝炎患者进行分级分期病理学诊断并进行有针对性的抗病毒治疗，获得满意的疗效，并完成对学员的带教培训，学员目前均可独立进行操作。

（山南市人民医院供稿）

介入治疗填补山南市技术空白

2018 年 3 月 21 日，山南市人民医院成功开展山南市首例经皮下腔静脉滤网置入术，填补了技术空白。

2018 年 4 月 11 日，山南市人民医院成功开展山南市首例经皮肝动脉化疗栓塞术，填补了技术空白。

2018 年 4 月 11 日，山南市人民医院成功开展山南市首例浅静脉曲张泡沫硬化术，填补了技术空白。

医院充分发挥安徽省组团式援藏医疗人才优势，在安徽中医药大学第一附属医院援藏专家主任医师张万高的现场指导下，在影像科李斌杰等医护人员的配合下，成功为患者实施了微创介入治疗。患者创伤小，第二天就能下床活动，没有任何不适。该手术的开展为山南市介入微创治疗奠定了坚实基础。

（山南市人民医院供稿）

你的笑容是我最大的动力

2017年9月25日，安徽省第三批组团式援藏医疗专家、山南市人民医院骨科主任潘檀成功实施山南市第一例类风湿性关节炎、髋关节强直的人工全髋关节置换术。手术全过程顺利，手术后患者病情得到显著改善。

患者，男，36岁，山南市隆子县人。患者长期受类风湿性关节炎困扰，全身多关节畸形、僵硬，因疼痛无法睡眠，生活质量极差。来到山南市人民医院住院诊治，骨科主任潘檀及主任次仁伦珠经过详细询问病史，认真体格检查，仔细阅片。经与患者及家属充分沟通后，兼顾不仅要解除病痛，更要为患者及家属尽最大可能节约费用的目标，制订了人工全髋关节置换手术方案。一切准备就绪后，由潘檀主刀，次仁伦珠、索朗和普顿医生参与，患者在全麻下历时1小时10分钟，完成右髋人工全髋关节置换手术，手术顺利，切口及创伤小，出血少。患者麻醉苏醒后，即可进行右髋的伸屈活动。患者脸上露出了久违的笑容，家属也是激动地不停道谢。

（山南市人民医院供稿）

30 分钟明确病变 合力施术挽救生命

2017 年 11 月 29 日，山南市人民医院成功开展山南市第一例术中快速冰冻切片病理检查（简称“术中冰冻”），填补了山南市一项技术空白。山南市人民医院病理科通过第三批安徽省组团式援藏医疗队成员焦南林及带教学员扎西卓玛的共同努力，在肝胆外科和手术室协助下成功为一名胆囊占位患者进行了术中冰冻检查。30 分钟内为患者明确了病变的良恶性，为术中手术方案的制订提供了强有力的支持。这标志着山南市人民医院诊疗水平再上一个新台阶。术后常规病理检查结果与术中冰冻结果一致，患者已经康复出院。

（山南市人民医院供稿）

成功救治重型颅脑外伤患者

一名23岁的男性患者因“外伤致意识障碍3小时”入林芝市人民医院外二科。颅脑CT示：右侧额颞顶叶部硬膜下血肿，右侧额骨凹陷性骨折。诊断为：①重型颅脑损伤；②脑疝；③右侧额颞顶部硬膜下血肿；④右侧额颞叶脑挫裂伤；⑤右侧额骨骨折；⑥吸入性肺炎。

入院时患者GCS评分7分，右侧瞳孔散大，病情十分危重。入院后，外二科医护人员迅速完成术前检查，排除手术禁忌证后，迅速送往手术室，于2017年7月23日凌晨2:00在全麻下行“右侧额颞顶部硬膜下血肿清除＋颞极下减压＋硬膜扩大修补＋右侧额颞顶部去骨瓣减压术”。外二科副主任、广东省第三批医疗人才组团式援藏专家宋烨全程指导。手术过程顺利，术后患者双侧瞳孔等大，带气管插管转入重症医学科，予呼吸机辅助呼吸。经过外二科、重症医学科全体医护人员的精心治疗和护理，术后第3天患者意识逐渐恢复，能配合查体。经内二科继续行康复治疗后，患者于2017年8月18日康复出院。

该病例是外二科首例标准去大骨瓣减压手术并康复出院的患者，同时也是在外二科、重症医学科、内二科多学科合作，

共同努力下成功救治的首位患者，标志着林芝市人民医院对重型颅脑外伤的救治达到了新的水平，重型颅脑损伤救治率明显提高。

（林芝市人民医院供稿）

列车上的生死救援

2017 年 6 月 13 日晚上，广东省第二批医疗人才组团式援藏医疗队队员利鸿胜、孙小聪、莫海亮、罗朝汉、高红梅在完成了与日喀则市人民医院交流学习，返回拉萨的列车上，有旅客突发急性高原反应。他们上演了与时间赛跑，抢救急性高原反应危重患者，将旅客从鬼门关拉回来的感人一幕，赢得了人民群众高度赞赏。

患者是一名 20 多岁的女性，深度昏迷，面色苍白，呼之不应，全身湿冷，呼吸脉搏微弱，血氧饱和度只有 40%。“已休克，低血糖昏迷，脱水明显！”队员们齐心协力把患者平放在列车过道上，摆放休克体位，抬高双下肢。罗朝汉负责维持秩序协调抢救，高红梅给予患者口灌葡萄糖，孙小聪负责给患者供氧，利鸿胜跪在旁边随时准备进行心脏胸外按压，莫海亮负责肢体保暖……经过十多分钟的紧急抢救，患者慢慢清醒过来，面色渐显红润，血压 85/40mmHg，呼吸脉搏平稳，但呕吐不止。这时离列车到达终点站还有十多分钟车程，大家一边安慰患者，一边继续给予吸氧，同时已经与医院取得联系，救护车已在车站站台等候就绪。

（林芝市人民医院供稿）

林芝市人民医院肝病治疗迈上新台阶

2017 年 11 月 14 日，林芝市人民医院完成西藏地市级医院首例前入路右半肝切除手术，患者 60% 的肝脏被切除，手术顺利，术后患者病情稳定。

患者玛某，女，52 岁，察隅人，因“腹胀腹痛 4 年余”入院。入院 CT 显示右肝巨大占位，直径 18cm×12cm，考虑肝包虫。针对患者的病情，第三批组团式援藏专家李川江医师会同外二科主任阿多、副主任周斌贤进行了详细的术前讨论，决定采用前入路方式行右半肝完整切除。手术由李川江医师主刀，在柔性援藏专家蔡高阳副主任医师、本院麻醉科刘晓青副主任医师和欧阳嘉华护士的通力配合下手术顺利进行。打开腹腔后，先行右侧肝动脉、门静脉分离结扎切断；左半肝和右半肝出现缺血分界线；循缺血线钳夹分离肝实质直达患者下腔静脉；离断右肝管、右肝静脉、肝短静脉。至此，患者右侧病变的肝脏和左侧肝脏完全分离；最后，再游离切断右肝冠状韧带、肝肾韧带、右肝周粘连，完整取出右半肝。手术历时 4.5 小时，术中未输血，术后患者顺利返回外二科，术后两天已进全流食。首例右半肝切除手术的顺利完成标志着林芝市人民医院的肝包虫救治水平、肝切除手术水平迈上新台阶。

（林芝市人民医院供稿）

成功抢救重症大量脑出血患儿

2016年12月16日，在林芝市人民医院儿科副主任、广东省第二批医疗人才组团式援藏专家冯晓敏医师的指导下，儿科全体医务人员通力配合、全力以赴，成功抢救一名大量脑出血患儿。次仁拉嘎是一个来自墨脱县的婴儿，出生仅一个多月，在入院一周前患上了新生儿晚发型维生素K缺乏性出血症，因维生素K摄入不足导致肝脏无法生成足量凝血酶原。入院时大面积颅内出血，昏迷不醒，双侧瞳孔对光反射迟钝，面色蜡黄，血色素仅有同龄新生儿的1/4，全身凝血功能因维生素K的缺乏而明显异常，病情十分危急。冯晓敏医师立即组织儿科医务人员对患儿病情进行讨论，拟定治疗方案，采取给予心电监护、给氧、补充维生素K、止血、脱水降颅内压、输血、对症营养脑细胞及预防感染等一系列抢救措施。经抢救，患儿恢复了自主意识，全身凝血功能恢复正常，面色红润。在继续治疗后转至普通病房，脱离吸氧，进行神经康复治疗。患儿预后良好，凝血正常，意识清醒。

（林芝市人民医院供稿）

与死神抗争每一秒

2017年5月27日晚8点，林芝市人民医院内一科收治1名突发胸腹痛的46岁男性患者，经检查确诊为左肾包膜下巨大血肿、急性肾衰竭、高钾血症、低白蛋白血症。第三批组团式援藏专家、医疗队副队长、血透室副主任刘庆华积极参与抢救，指导内科杨薇、普布扎西医师为患者积极行CT检查、股静脉置管和血透治疗，明确诊断，稳定病情，并为患者创造了宝贵的手术机会。因情况危急，为挽救患者生命，医院紧急启动了全院会诊机制。内一科邀请外科和麻醉科紧急会诊，认为手术指征明确，决定当晚立即手术。在麻醉医师的保驾护航下，外科团队完成了医院首例肾脏巨大错构瘤大出血手术，术中输血达3000mL。术后刘庆华主任多次到外科病房会诊和查看该患者、调整医嘱，与各位主任一起，风险接力，最终控制了患者病情。患者神志逐渐转清、尿量增多、生命体征平稳，最后康复出院。

（林芝市人民医院供稿）

NRDS 患儿的新生

2017 年 7 月 14 日，林芝市人民医院接诊了一位自林芝市妇幼保健院转诊来的 NRDS 患儿（新生儿呼吸窘迫综合征）。患儿出生 10 小时，入院时全身皮肤黏膜青紫，呼吸极度困难。在儿科主任张莉红同志和第三批援藏工作队陈彰圣主治医生的主持下，全科医务人员立即对该患儿展开抢救，在有创呼吸支持下，开展了林芝市人民医院首例固尔苏治疗法。固尔苏注射成功半小时后，患儿缺氧症状即得到了明显好转，赢得了患者家属的充分肯定。

在下一步工作中，我们将继续探索、学习，引进更加先进的工作理念和诊治技术，切实提高自身医务水平，以更好的态度、更优秀的技能服务我市广大农牧民群众。

（林芝市人民医院供稿）

通力合作 挽救弱小的生命

2016年8月9日，昌都市人民医院收诊一名“左侧硬膜外血肿、左侧尺桡骨骨折”患儿。在重庆市医疗人才组团式援藏专家的带领下，成功为患儿开展了“硬膜外血肿清除术”，并转入ICU予以呼吸机辅助治疗。治疗中，由于患者病情骤变致使心跳、呼吸停止，医务科立即组织ICU、儿科、麻醉科、神经外科等医生一起实施抢救，4分钟内患儿心跳、呼吸恢复，成功挽救了患儿的生命。

本次联合抢救工作，是医疗人才组团式援藏开展以来医院多科合作、紧密配合、通力合作的一次典范；是医院加强人才培养，加强全院应急救援专业技能培训的成果。同时，也体现了医院在面对医疗突发性事件时的应急处置能力。

（昌都市人民医院供稿）

多发伤患者救治

患者吴某，男，22 岁，于 2016 年 12 月 7 日因车祸胸背部疼痛不适入院。入院诊断：胸 12 椎体爆裂性骨折伴截瘫；双肺挫伤伴血胸；脑挫伤。患者椎体骨折，骨碎片突入椎管，压迫脊髓导致截瘫。援藏专家易文强院长查看患者后，组织骨科、麻醉科、胸外科、ICU 多科专家会诊讨论制订了周密的手术方案，于 2016 年 12 月 14 日在全麻下经后路行胸 12 椎体爆裂性骨折复位、减压、椎弓根螺钉经伤椎内固定术。术后患者恢复良好。

（昌都市人民医院供稿）

一把手术刀带来的健康和新生

患者旺某，女，22 岁，近两年自觉右下肢麻木，因“右下腹痛 5+ 月，加重 2+ 月”入院。彩超及 CT 提示：右侧盆腔包块，妇科检查右侧固定包块，考虑“阔韧带肌瘤、卵巢肿瘤，不排除外腹膜后肿瘤”。经妇产科、普外科、麻醉科充分讨论后，于 2017 年 10 月 13 日在全麻下行剖腹探查术。术中发现右侧盆腹腔腹膜后肿瘤，大小约 12cm × 9cm × 8cm，上达右侧髂总血管分叉处，下达宫颈旁，固定，占据了整个右侧盆腔，右侧输尿管爬行于肿块外上份，髂血管暴露困难。在妇产科、普外科协同下完整切除了肿块，手术后患者恢复良好。

（昌都市人民医院供稿）

临危不惧 成功救治巨大脑膜瘤患者

患者扎某，女，56 岁，因反复头痛、头晕伴左侧上肢肌力减退 1 年，加重 10 天来院就诊。CT 检查提示：右侧颞顶部见 47 ㎜ ×38 ㎜大小占位性病变，诊断为：巨大脑膜瘤。经重庆市医疗援藏队神经外科专家详细询问病史，查看 CT 影像会诊后认为诊断明确，建议手术治疗。经全院专家集体讨论，认为我院现有技术力量和设备基本满足手术需求，但手术难度较大。经过充分酝酿并拟订了详细的手术方案和术后恢复疗程，由本院张琪医师配合援藏专家，于 2016 年 8 月 5 日上午 10 时进行手术。手术历时 3 小时，成功切除了患者脑部肿瘤。术后患者恢复良好，痊愈出院。

颅内巨大脑膜瘤手术是昌都市首例，其成功是重庆市医疗人才组团式援藏医疗专家和本地医务人员缜密分工协作的成果，充分展现了组团式医疗援藏对昌都市人民医院医疗技术的推动，进一步提升了人民群众的满意度。

（昌都市人民医院供稿）

生死时速检验急救能力

2018年5月4日下午6时，一名1岁半大的女孩儿在家吃水果时发生误吸导致窒息，送至昌都市人民医院急诊科时，患儿面色青紫，全身抽搐，生命垂危。急诊科、麻醉科、儿科、耳鼻喉科、放射科迅速联动，20多名医护人员在第一时间立即对患儿实施气管插管，成功复苏！

患儿复苏后，各科医务人员随同护送至放射科行胸部和头颅CT检查。在检查前，患儿再次出现窒息症状，儿科医生准确判断为异物堵塞气道立即联合各科医生予以清理呼吸道、止惊、镇静、降颅压等处理，患儿病情稍稳定。顺利完成CT检查后转送至儿科重症监护病房。之后，患儿在呼吸机辅助通气下各项生命体征已趋于稳定。

（昌都市人民医院供稿）

超低体重新生儿的生死一线

患儿系 G2P26+ 月孕顺产，出生体重 900 克，因“育后反应差，呻吟伴口吐白沫 20 分钟”入院。我们第一时间进行了清理呼吸道、氧疗，1 分钟后 Apgar 评分 7 分，继续氧疗，10 分钟 Apgar 评分 8 分。入院诊断为新生儿窒息、新生儿呼吸窘迫综合征、早产儿、超低出生体重儿、脑损伤。患儿病情非常危重，生存率较低。院领导高度重视，要求全院专家共同会诊，全力抢救。在治疗过程中患儿先后出现低蛋白血症、心肌损伤、病理性黄疸、蛛网膜下隙出血及小脑出血、大脑半球及小脑发育不良、低血钾、中度贫血等并发症。在儿科全体医护人员精心治疗下，患儿渡过了一个又一个难关。20 天后，患儿体重增长到 1240 克，呼吸平稳，能自行经口喂养。

6 个月早产，出生体重只有 900 克，并发有蛛网膜下隙出血、小脑出血、大脑半球及小脑发育不良等并发症的患儿经医院全力救治后健康存活，创造了昌都婴儿救治的奇迹。

（昌都市人民医院供稿）

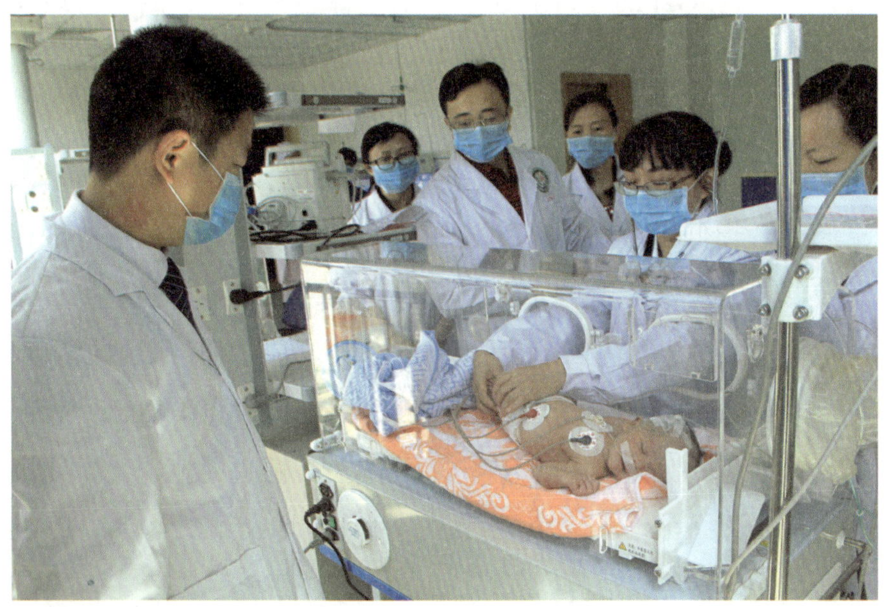

成功抢救体重900g、严重并发症新生儿后，多学科联合查房

心跳呼吸骤停的孕妇母子平安

患者央某，女，44岁，因“停经8+月”于2016年9月18日收入妇产科。入院诊断：G13P128+月宫内孕单活胎；妊娠合并贫血（重度）。患者于2016年9月19日16时突发心搏骤停，叹气样呼吸，双侧瞳孔3mm，对光反射消失。

医务科、护理部第一时间组织了重症医学科、儿科、内科、麻醉科等科室医护人员进行了抢救。经复苏，患者恢复心跳，用呼吸球囊辅助呼吸，随后将患者转入重症医学科。经全力治疗，患者神志逐渐清醒，生命体征趋于稳定，并于9月21日顺产一女活婴，体重2500克，Apgar评分10分。

该患者为超高龄多胎经产妇，在突发心跳、呼吸骤停的情况下经组团式援藏专家的指导，我院医护人员成功进行复苏术，并顺产活婴，母女平安，成为一段医疗界的佳话。

（昌都市人民医院供稿）

缺氧不缺临床学术精神

2017年11月，由大连医科大学附属第一医院副院长马灵斐担任领队的第三批辽宁组团式援藏医疗队员抵达那曲不到一个月的时间，ICU就与普外科协作成功抢救一例年仅7岁的巨大肝包囊破裂入腹腔并发急腹症的极特殊危重患儿。抢救过程中，那曲地区人民医院ICU主任（大连医科大学附属第一医院重症医学科的第三批援藏专家）李青栋副教授更是充分发挥其在临床学术方面的专长，克服种种困难，不辞辛劳检索并阅读参考了大量专业英文文献，发现具有确诊意义的“蛇样征”和“纺纱征”，这两个典型征象同时出现在年仅7岁患者身上更是极为罕见。李青栋主任全程参与抢救并随诊直至患者术后完全康复出院，追踪总结了第一手临床资料。

为使这例宝贵的病例诊治经验能快速传播推广出去，使更多的临床一线医生掌握，在第二批援藏重症医学科主任周峻峰、那曲当地ICU主任邱成、那曲当地普外科主任益西平措的协助下，以最快的速度将相关资料按照标准临床病例报告的格式要求总结成英文文章。目前文章已经被收录入美国国家医学图书馆Medline数据库，并能在Pubmed官网上检索。

（那曲市人民医院供稿）

一心赴救以济危急

抵达那曲仅仅10天的时间，那曲地区人民医院组团式援藏专家、ICU主任李青栋会同主任邱成，在援藏护士长赵艳红的配合下，完成了那曲地区人民医院首例经皮扩张气管切开术。患者是一名高血压脑出血术后由神经外科转入ICU的藏族同胞，术后一支气管插管机械通气中，同时合并肺部感染、严重电解质紊乱等并发症。在综合评估了患者的全身状态、喉部及气管局部情况后，经征得家属同意，决定为患者行床旁经皮扩张气管切开术（简称PDT）。经过充分的术前准备，在ICU医护人员的密切配合下，第三批援藏ICU护士长赵艳红更是亲自负责手术全程的气道吸痰护理，保证手术的安全。由于医护人员的熟练操作，手术不到半小时就顺利完成，手术过程几乎无出血。在大连医科大学附属第一医院重症医学科以院包科重点援建的帮助下，此项技术是那曲地区人民医院ICU独立完成的首例经皮扩张气管切开术。

（那曲市人民医院供稿）

援藏新技术挽救新生命

2017 年 3 月 27 日，一名产妇因部分性前置胎盘无法正常分娩，在那曲市人民医院妇产科急诊行剖宫产手术。当家属及全体医护人员沉浸在手术成功的喜悦之中，却发现女婴没有自主呼吸及心跳。经产科医生全力抢救，患儿恢复心跳，但仍没有自主呼吸，在吸氧状态下氧饱和度也仅为 33%。此时情况非常危急，如果不及时处理，患儿可能出现因呼吸衰竭而危及生命。组团式援藏专家李玖军教授根据多年的诊疗经验，提出应用“肺表面活性物质（固尔苏）”进行治疗。凌晨 2:55 李玖军教授不顾疲劳，在第一时间赶到科室亲自指导治疗。在全体儿科医护人员的不懈努力下，治疗过程十分顺利，患儿病情得以迅速缓解，血氧饱和度上升至 95%。

这是生命的奇迹，是组团式援藏专家和本地医院医护人员一起创造的奇迹。经过半个多月的恢复治疗和精心呵护，目前患儿病情稳定。

（那曲市人民医院供稿）

换血救治新生儿

2017 年 8 月 15 日，辽宁省第二批医疗人才组团式援藏首席专家李玖军教授在大查房过程中，了解到危重患儿米琼之女，胎龄 33 周，体重 2000 克，生后 12 天，患儿诊断为早产儿、低出生体重儿，并出现意识状态不好，呼吸不规律，角弓反张体位，提示有胆红素脑病，可能导致核黄疸，极可能出现脑瘫、癫痫、智力障碍等后遗症。

经过积极治疗，患儿病情未见明显改善。在这种情况下，将患儿体内过多的胆红素置换出去，减轻后遗症的发生是最有效的治疗办法。经征得家属同意，决定进行全血置换术。儿科援藏副护士长娄新华指导达瓦穷达、格桑曲珍、边玛卓玛等备齐手术物品，完成交叉配血并迅速建立静动脉通路。通过外周动脉抽血，外周静脉输血，同量同步的办法换血 200 毫升。期间，密切监测患儿生命体征变化，换血过程中患儿病情平稳，历时 2 小时换血成功。

如此小胎龄的早产儿换血在 4600 米海拔高原的那曲乃至西藏都是首例。这一技术，填补了藏区新生儿救治技术的空白。

（那曲市人民医院供稿）

培养好本地骨干

在第二批组团式援藏医疗专家胡景阳老师到达阿里地区人民医院开展工作前，外科的次旦扎西只是手术台旁的医助。在胡景阳老师的指导下，次旦扎西不断学习骨折复位内固定术的理论与实践操作技能，2017 年 7 月，胡景阳老师援藏期满时，次旦扎西已能够独立熟练开展股骨骨折、胫腓骨骨折、尺桡骨骨折、锁骨骨折等四肢及长骨干骨折切开复位内固定术。

第三批组团式援藏医疗队李武军老师到阿里地区人民医院外科之前，次旦扎西医生还是一个胆囊切除术的医助，在李武军老师的带领下，经过半年多的不断学习，目前次旦扎西已能够独立完成单纯性胆囊结石在腹腔镜下行胆囊摘除术。在两批援藏专家的带教下，次旦扎西已成为科内的业务骨干，主刀的手术量和成功率都在不断提升。

（阿里地区人民医院供稿）

组团式援藏再造医院急诊科

长期以来，阿里地区人民医院急诊科只能处理一些简单的病情和观察输液患者。第三批组团式援藏专家王国恩老师到来以后，主动向院领导申请承担急诊科的建科工作。在院领导的支持下，王国恩带领5名医生建立了急诊科，开始救治危重患者。随着医护人员和器械设备的日渐完善，王国恩老师带领全科医护人员不断学习理论知识、设备操作、急救技术和药物的使用，时刻为接诊患者做最好的准备，急诊科接诊率不断提高的同时，技术也在持续进步。

2017年9月26日凌晨，在急诊科开科只有3个月的情况下，王国恩老师组织第三批援藏医疗专家成立抢救小组，成功抢救一名急性心梗、心跳呼吸骤停3小时的患者，在世界屋脊的阿里创造了世界范围内抢救成功率不到1%的成功案例。2018年4月8日，王国恩老师带领急诊科全体医护人员成功救治普兰县境内因大型车祸受伤的26名患者。此次救治工作的有条不紊、井然有序，体现了急诊科医护人员在王国恩老师的带领下急救知识和急救工作掌握得越来越熟练。

（阿里地区人民医院供稿）

60

第五章 硕果

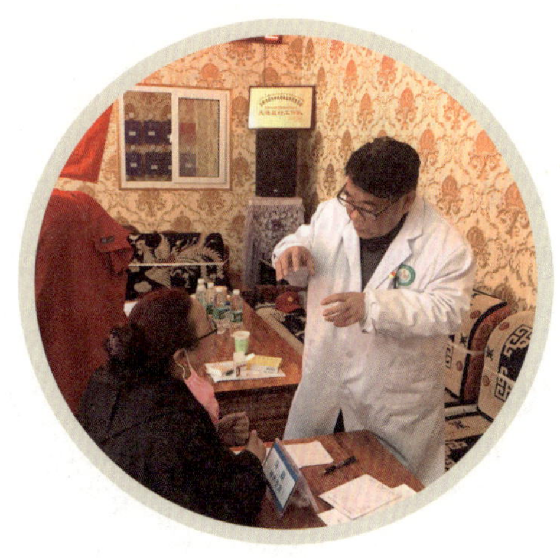

在中央组织部、国家卫生健康委的高位推动和对口支援省（直辖市）、有关单位的有力支持，以及西藏自治区区党委、政府坚强领导，西藏自治区区党委组织部强力推进下，西藏自治区卫生健康委和“1+7”医院围绕“合理、可实现、可持续、可评价”总要求，扎实推进医疗人才组团式援藏工作，取得明显成效。现将2015~2018年相关统计数据分析如下。

一、医院管理发展情况

（一）资金投入情况

三年多来，承担对口支援任务的7省（直辖市）共投入援藏资金4.6亿元，用于7地市人民医院基础设施建设、医疗设备采购、科研教学等项目。整合各级财政及援藏资金累计投入28.85亿元，用于医院基础设施建设、大型医疗设备采购、人员培训。

（二）科室建设情况

三年多来，紧扣“两降一升三不出”目标，“1+7”医院科室从 2014 年 163 个增加到现在的 380 个，平均每家医院增加 27.75 个职能科室；其中首设科室有 107 个，通过“以院包科”，打造符合受援地医疗服务需求和医院实际的心血管内科、妇产科、儿科、骨科、血液科等 85 个基础较好、群众就医需求大的重点科室、特色科室。贯彻支援目标实现不脱钩的要求，推动 8 家牵头单位、65 家包科医院与“1+7”医院 164 个科室签订了长期帮扶协议，125 个科室签订了“以院包科”的协议。北京协和医院和北京大学三家医院援藏医疗队帮助西藏自治区人民医院建成了全区首个 PCR（基因扩增）实验室；日喀则市人民医院挂牌成立 10 个“上海（日喀则）临床医学诊疗中心”，全区首个院士专家工作站落户日喀则市人民医院；广东省援藏医疗队帮助林芝市人民医院挂牌成立全区首个腹膜透析示范中心；那曲市人民医院正式挂牌成立大连医科大学附属那曲市人民医院。

表 1　医院科室建设情况

（单位：个）

医院名称	2014 年科室数	2018 年现有科室数	增加数	规范二级专业分科科室数	重点科室数	新建 ICU 等临床辅助科室	以院包科数	援助医院挂牌的临床诊疗中心数
西藏自治区人民医院	30	52	22	7	8	2	30	0
拉萨市人民医院	19	33	14	16	4	6	4	5
日喀则市人民医院	25	50	25	13	10	7	10	10
山南市人民医院	19	50	31	8	12	2	33	12
林芝市人民医院	20	54	34	13	14	10	17	11
昌都市人民医院	20	50	30	20	25	2	11	4
那曲市人民医院	15	40	25	0	8	2	8	3
阿里地区人民医院	15	51	36	19	4	10	11	0
合　计	163	380	217	96	85	41	125	45

（三）新业务开展情况

三年多来，充分运用内地医院优势资源、先进经验和技术成果，逐步建立支援医院和“1+7”医院之间的远程医疗合作平台、诊疗平台，初步形成稳定的服务合作关系和人力、技术、设备资源共享链条，推广和开展新业务新技术 1464 项，填补空白 995 项，攻克难题 951 个，“打包”先进经验 833 个，不断提升医院医疗服务能力；进一步规划临床诊疗行为，落实、优化和再造流程 284 项，建立了符合实际、简单明了、操作性强的诊疗流程体制；充分发挥援藏专家优势，联合申报国家级、自治区级科研项目 464 项，其中 168 项科研课题得到科技部门立项。

表 2　新业务开展情况

医院名称	开展新业务新技术数（项）	填补空白（项）	攻克难题（项）	“打包”移植先进经验数（个）	优化和再造流程（项）	已立项科研项目数（项）	获得省部级以上课题成果奖（个）	国际、国内刊物上发表学术文章（篇）
西藏自治区人民医院	100	8	196	169	11	42	4	359
拉萨市人民医院	27	4	139	39	5	19	0	63
日喀则市人民医院	376	390	402	369	114	37	0	72
山南市人民医院	304	48	6	54	16	19	0	48
林芝市人民医院	198	136	62	87	75	21	0	53
昌都市人民医院	166	107	104	92	26	14	0	32
那曲市人民医院	194	177	6	12	22	8	0	12
阿里地区人民医院	99	125	36	11	14	16	0	25
合　计	1464	995	951	833	284	168	4	664

（四）制度建设情况

针对医院管理滞后、医疗流程不顺畅、医疗制度不健全等情况，帮助受援医院加强精细化管理、健全规章制度、完善工作标准、规范执业行为，从粗放式管理向精细化、科学化迈进。三年内，合计健全完善医院内部决策、工作例会、人员任免、考核评价、财务监督等规章制度 5268 项，基本形成了专家治院、制度管人的医院管理新格局；医院制订学科和专科发展规划 553 个，其中制订学科发展规划 251 个，专科发展规划 302 个。

表 3　医院制度建设情况

（单位：个）

医院名称	制订学科专科发展规划数			健全规章制度		
	总 计	学科发展规划	专科发展规划	总 计	管理制度	业务制度
西藏自治区人民医院	204	98	106	1431	921	510
拉萨市人民医院	37	16	21	373	218	155
日喀则市人民医院	53	18	35	470	168	302
山南市人民医院	51	32	19	371	168	203
林芝市人民医院	18	2	16	223	126	97
昌都市人民医院	99	33	66	1542	1140	402
那曲市人民医院	55	28	27	71	35	36
阿里地区人民医院	36	24	12	787	327	460
合 计	553	251	302	5268	3103	2165

二、医院人才培养情况

（一）加强卫生技术人员情况

三年多来，通过引进、招聘、公开招考等方式，“1+7”医院卫生技术人员从 2014 年的 1962 人，增加到现在的 3596 人；其中引进人才 673 人，区内公开选调 841 人，聘用 120 人；761 名技术人员职称得到提高，其中高级职称人员从 2014 年 142 人增加到 233 人，中级职称人员从 2014 年 670 人增加到 681 人。

表 4 医院卫生技术人员情况

（单位：人）

医院名称	2014 年	2018 年	增加数	引进数
西藏自治区人民医院	761	948	187	142
拉萨市人民医院	271	410	139	33
日喀则市人民医院	222	514	292	71
山南市人民医院	229	345	116	62
林芝市人民医院	117	404	287	107
昌都市人民医院	245	578	333	113
那曲市人民医院	75	299	224	122
阿里地区人民医院	42	98	56	23
合 计	1962	3596	1634	673

（二）人才培养情况

全面落实“团队带团队”“专家带骨干”“师傅带徒弟”的培养机制，援藏医疗专家帮带 554 个医疗团队、1279 名本地医务人员，培养本院骨干医务人员 879 名、县级医院技术骨干人员 1285 名，选派 1076 名有培养潜力的本地医务人员和新入职医生到支援医院跟岗培训、进修。

表 5　人才培养情况

（单位：人）

医院名称	结对帮带团队	结对帮带本地医务人员	培养本院骨干技术人员	选派到支援医院学习人数	培养县级医院骨干医师数
西藏自治区人民医院	45	202	153	194	1
拉萨市人民医院	62	132	55	132	45
日喀则市人民医院	86	207	229	76	293
山南市人民医院	124	256	80	92	80
林芝市人民医院	65	190	196	207	647
昌都市人民医院	73	99	63	128	78
那曲市人民医院	43	71	41	200	127
阿里地区人民医院	56	122	62	47	14
合　计	554	1279	879	1076	1285

（三）开展学术交流情况

通过开展“一带一”“一带多”和业务讲座等方式开展各类培训，“1+7”医院医务人员在院内受训达 119589 人次。三年来，“1+7”医院开展各类学术活动，组团专家开展学术交流 679 场，邀请区外专家进藏开展学术交流 713 场，组织本地医务人员参加区内外学术交流和活动人数达 11759 人次，本地专家参与学术交流达 13823 人次。

表 6 医院学术开展情况

医院名称	组团专家开展学术交流数（次）	邀请区外专家进藏开展学术交流（次）	组织本地医务人员参加区内外学术交流和活动人（人次）	本地专家参与学术交流人数（人次）
西藏自治区人民医院	215	187	3543	3367
拉萨市人民医院	38	69	1288	333
日喀则市人民医院	223	131	4029	3764
山南市人民医院	52	108	94	3578
林芝市人民医院	64	99	1813	2561
昌都市人民医院	56	110	127	98
那曲市人民医院	21	4	16	30
阿里地区人民医院	10	5	849	92
合　计	679	713	11759	13823

三、医院业务及收入情况

（一）业务开展情况

三年多来，“1+7”医院在医疗人才组团式援藏专家和本地医务人员的共同努力下，医院总门诊量、住院量、手术量逐年增多，2018 年的门诊量、住院量、手术量分别比 2014 年增长了 37.55%、76.23%、76.02%。危重病人抢救成功率达到 89.82%；2018 年，累计 338 种“大病”不出自治区、1990 种“中病”不出地市就能治疗。

表 7　2014 年、2018 年医院业务开展情况
（单位：人次）

医院名称	门诊量		住院量		手术量	
	2014 年	2018 年	2014 年	2018 年	2014 年	2018 年
西藏自治区人民医院	584200	567718	19308	21330	6282	17801
拉萨市人民医院	117200	239844	7277	10640	2014	3042
日喀则市人民医院	119584	143312	9349	14791	3300	7809
山南市人民医院	105660	316871	5417	18951	1415	6160
林芝市人民医院	94561	214500	5627	8443	1270	2632
昌都市人民医院	120500	96188	6444	9812	3908	4578
那曲市人民医院	73561	112076	1180	10185	536	1239
阿里地区人民医院	47100	45993	900	3661	571	704
合　计	1262366	1436502	55502	97813	19296	33965

（二）医院收入情况

三年多来，“1+7”医院收入逐年增加，总收入 706460.03 万元，其中业务收入 475906.09 万元，业务收入中技术劳务收入 236006.94 万元。2018 年“1+7”医院总收入、业务收入、技术劳务收入分别占三年总收入的 29.95%、30.62%、28.84%。

按照“合理、可持续、可实现、可评价”的理念，区卫生健康委指导“1+7”医院完善中长期发展规划、人才队伍发展规划，继续加强医院能力建设，有序推进医疗人才组团式援藏工

作。加强和巩固信息化建设，放大“1+7”医院的引领辐射效应，切实把“1+7”医院优势医疗资源辐射到县级医院，发挥引领示范作用，实现医疗资源和专家资源共享，优势互补，整体提升自治区、地市、县三级医疗卫生服务能力，早日实现“三不出”和“两降一升”的目标。

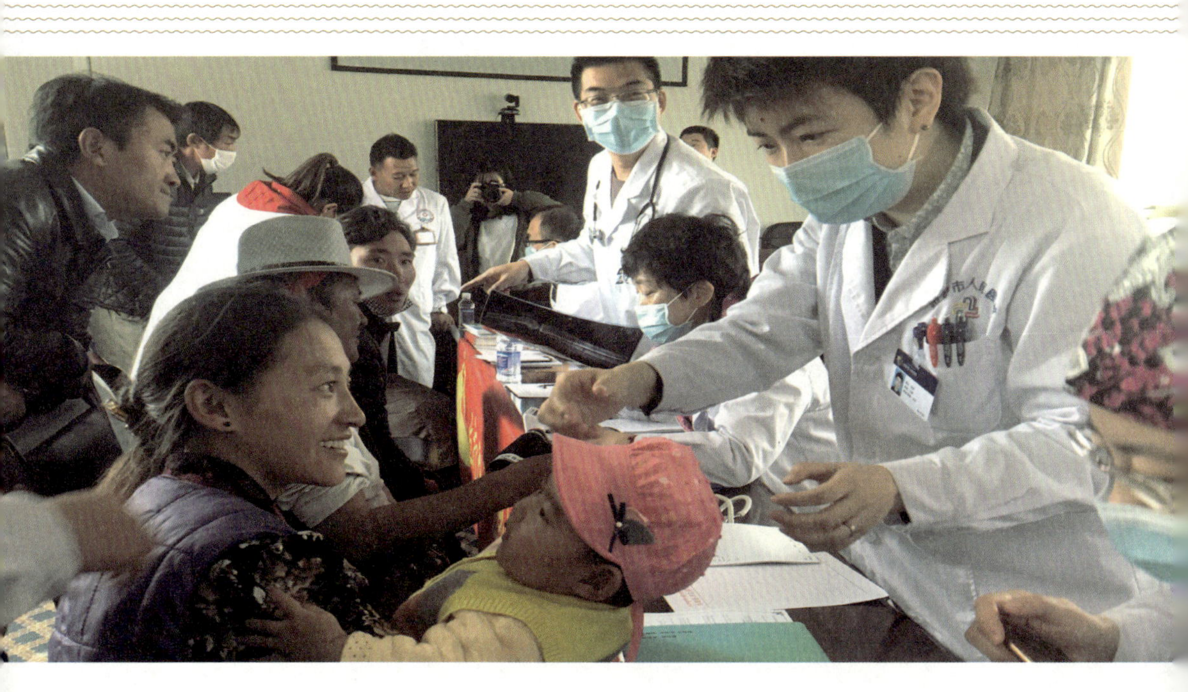

60

第六章 团队

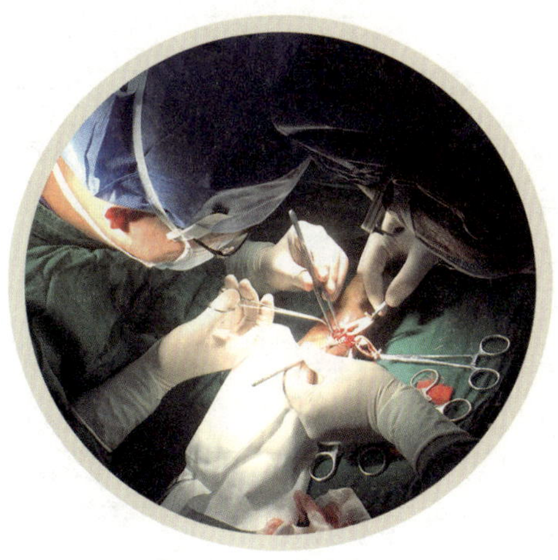

第一批医疗人才组团式援藏人员名单

（143人）

西藏自治区人民医院（29人）

序号	姓名	援派前工作单位	专业方向	职称/职务
1	韩 丁	北京协和医院	医院管理/心血管内科	院长助理/副教授
2	孙 红	北京协和医院	护理	副主任/副主任护师
3	王惠珍	北京协和医院	护理（手术室）	护士长/主管护师
4	邱 玲	北京协和医院	临床检验	副主任/研究员
5	易 杰	北京协和医院	麻醉	副主任/主任医师
6	钟定荣	北京协和医院	病理	副主任/主任医师
7	芮 曦	北京协和医院	重症医学	副主任医师
8	史亦丽	北京协和医院	临床药理	主任药师
9	游珊珊	北京协和医院	超声诊断	副主任医师
10	李 斌	北京协和医院	影像医学	副主任医师
11	袁晓培	北京大学人民医院	耳鼻喉	副主任医师
12	徐 钰	北京大学人民医院	呼吸内科	副主任医师
13	张圆圆	北京大学人民医院	血液	主治医师
14	周灵丽	北京大学人民医院	内分泌	主治医师
15	刘 田	北京大学人民医院	风湿免疫	主治医师
16	马 丽	北京大学人民医院	急诊	主治医师
17	袁 炯	北京大学第三医院	普通外科	主治医师
18	李 渊	北京大学第三医院	消化内科	副主任医师
19	李 华	北京大学第三医院	妇科	副主任医师
20	王墨培	北京大学第三医院	肿瘤内科	副主任医师
21	刁垠泽	北京大学第三医院	骨科	副主任医师
22	王可毅	北京大学第三医院	胸外科	副主任医师

续表

序 号	姓 名	援派前工作单位	专业方向	职称 / 职务
23	丁燕生	北京大学第一医院	心血管内科	副主任医师
24	盛琴慧（11 月换丁燕生）	北京大学第一医院	心血管内科	主任医师
25	许 戎	北京大学第一医院	肾脏内科	副主任医师
26	孙 葳	北京大学第一医院	神经内科	副主任医师
27	郝 瀚	北京大学第一医院	泌尿外科	主治医师
28	赵晓文	北京大学第一医院	神经外科	主治医师
29	郭春英	北京大学第一医院	眼科	主治医师

拉萨市人民医院（15 人）

序 号	姓 名	援派前工作单位	专业方向	职称 / 职务
30	于亚滨	首都医科大学附属北京妇产医院	儿科	院长助理
31	王素美	首都医科大学附属北京朝阳医院	妇产科	副主任医师
32	徐小红	首都医科大学附属北京妇产医院	妇科	副主任医师
33	郭 蕾	首都医科大学附属北京天坛医院	妇产科	主治医师
34	李渝红	北京清华长庚医院	护理	主管护师
35	蔡 玲	首都医科大学宣武医院	消化内科	主治医师
36	彭 智	北京大学肿瘤医院	消化肿瘤	主治医师
37	胡建华	首都医科大学附属北京佑安医院	中西医结合	主任医师
38	胡居龙	首都医科大学附属北京地坛医院	消化内科	主治医师
39	李晓锋	首都医科大学附属北京安贞医院	心脏外科	主治医师
40	杨海明	首都医科大学附属北京儿童医院	呼吸内科	主治医师
41	侯文英	首都儿科研究所	普外科	主任医师
42	龚小军	首都医科大学附属北京世纪坛医院	儿科	主治医师
43	范 军	北京积水潭医院	心内科	副主任医师
44	王 媛	北京老年医院	心内科	副主任医师

日喀则市人民医院（12 人）

序号	姓名	援派前工作单位	专业方向	职称/职务
45	邵志民	复旦大学附属华东医院		副院长、副研究员、主治医师
46	赵光明	上海交通大学附属第一人民医院	放射科 MRI	主治医师
47	张　伟	上海交通大学附属第六人民医院	骨科	副主任医师
48	李震宇	华东疗养院	物理诊断科	主治医师
49	李儒芝	复旦大学附属妇产科医院	产科	副主任/副主任医师
50	王昕海	复旦大学附属华山医院	普外科	主治医师
51	余洪猛	复旦大学附属耳鼻喉科医院	耳鼻喉科	主任医师
52	王瑞良	上海交通大学医学院附属新华医院	重症监护	主治医师
53	高晓东	上海交通大学医学院附属瑞金医院	血液内科	副主任医师
54	陆　奕	上海交通大学医学院附属上海儿童医学中心	儿科	医务部副主任兼接待部主任/主治医师
55	常义忠	同济大学附属同济医院	消化内科	主治医师
56	朱文伟	上海中医药大学附属岳阳中西医结合医院	中西结合	副主任医师

山南地区人民医院（20 人）

序号	姓名	援派前工作单位	专业方向	职称/职务
57	虞德才	安徽省立医院	医院管理、普外科	副院长/副主任医师
58	孙言才	安徽省立医院	药学	科长助理/主任药师
59	杨万玲	安徽省立医院	护理学	科护士长
60	顾如兵	滁州市第一人民医院	消化内科	副主任医师
61	李　勇	滁州市第一人民医院	麻醉	副主任医师
62	冯小凤	滁州市第一人民医院	妇产科	副主任医师
63	陈　妹	滁州市第一人民医院	生化检验	副主任医师
64	陈　敏	滁州市第一人民医院	ICU 护理	主管技师
65	张海峰	六安市人民医院	儿科学	副主任医师

续表

序 号	姓 名	援派前工作单位	专业方向	职称 / 职务
66	陈 然	六安市人民医院	神经内科学	副主任医师
67	李建委	六安市中医院	耳鼻咽喉科	科副主任 / 主治医师
68	余学军	六安市中医院	放射医学	科副主任 / 主治医师
69	江爱国	六安市第二人民医院	护理	副主任护师
70	吕留强	淮北市人民医院	心血管专业	副主任医师
71	孙 伟	淮北市人民医院	呼吸专业	副主任医师
72	梁 丽	淮北市人民医院	新生儿护理	主管护师
73	赵 玲	淮北市人民医院	外科护理	主管护师
74	夏新华	淮北矿工总医院	骨科	副主任医师
75	陈淑侠	淮北矿工总医院	新生儿科	主治医师
76	姚慧琳	淮北矿工总医院	微生物检验	副主任技师

林芝市人民医院（15 人）

序 号	姓 名	援派前工作单位	专业方向	职称 / 职务
77	林冠文	广东省第二人民医院	内科	院感科副科长 / 主治医师
78	俞玲娜	广东省第二人民医院	护理	护理部副主任 / 主管护师
79	龙伟光	广东省第二人民医院	心胸外科	医务科副科长 / 主治医师
80	安 杰	中山市人民医院	重症医学科	副主任医师
81	刘智尚	中山市人民医院	消化内科	主治医师
82	刘 尉	中山市黄圃人民医院	急诊科	主治医师
83	张晓峰	中山市小榄人民医院	神经外科	副主任医师
84	任 伟	中山市博爱医院	儿科	主治医师
85	陈倩冬	中山市东凤人民医院	ICU	副主任医师
86	陈 湘	中山市中医院	超声科	主任医师
87	李 玲	中山市板芙医院	检验科	主管检验师

续表

序号	姓名	援派前工作单位	专业方向	职称 / 职务
88	沈慧敏	中山大学附属第一医院	妇科	主任医师
89	黄　霖	中山大学孙逸仙纪念医院	脊柱外科	主任医师
90	周汉建	中山大学附属第三医院	心血管内科	教研室副主任 / 副主任医师
91	杨又春	中山大学附属第五医院	麻醉科	副主任 / 主任医师

昌都市人民医院（15 人）

序号	姓名	援派前工作单位	专业方向	职称 / 职务
92	郑云章	重庆市开县人民医院	中医、精神	党委副书记、主任中医师
93	胡　兰	重庆市铜梁区中医院	护理	护理质管办主任
94	刘秀燕	重庆市永川区中医院	中医妇科	主治中医师
95	汪升学	重庆市黔江中心医院	检验	中级
96	彭佳琼	重庆三峡中心医院	妇科	副主任医师
97	刘　玥	重庆市九龙坡区中医院	重症医学护理	主管护师
98	李　锋	重庆市江津区中心医院	儿科	副主任医师
99	王佑强	重庆市垫江县人民医院	普外	医务科副科长、副主任医师
100	黄　璞	重庆市第五人民医院	内分泌	主治医师
101	王显红	重庆市第九人民医院	心内	副主任医师
102	袁梅芳	重庆市长寿区人民医院	儿科	副主任医师
103	余　政	重庆市涪陵中心医院	神经外科	副主任医师
104	余相华	重庆市垫江县人民医院	骨科	副主任医师
105	张　冲	重庆市开县人民医院	医学影像	主治医师
106	牟　林	重庆市肿瘤医院	麻醉	副主任医师

那曲地区人民医院（21人）

序号	姓名	援派前工作单位	专业方向	职称／职务
107	李春山	辽宁医学院附属第二医院	医学影像	主任医师
108	王　冰	辽宁医学院附属第一医院	神经外科	主治医师
109	曾　魏	辽宁医学院附属第一医院	普外科	主治医师
110	李忠强	抚顺市矿物局总医院	循环内科	副主任医师
111	李双拾	本溪市中心医院	重症医学	副主任医师
112	彭新义	丹东市第一医院	内科	主治医师
113	李洪君	锦州市中心医院	神经内科	主治医师
114	胡晓峰	营口市中心医院	心内	主任医师
115	房凌海	阜新市中心医院	呼吸内科	主任医师
116	左　洋	辽阳市中心医院	普外科	主任医师
117	王丙海	铁岭市中心医院	麻醉科	副主任医师
118	侯申岩	朝阳市中心医院	检验科	主管检验师
119	王　宁	中国医科大学附属第一医院	普外科	主任医师
120	孔德磊	中国医科大学附属第一医院	呼吸内科	主治医师
121	陈英汉	中国医科大学附属盛京医院	妇产科	主治医师
122	赵成广	中国医科大学附属盛京医院	儿内科	主治医师
123	唐孟苏	中国医科大学附属第四医院	眼科	主治医师
124	于国强	辽宁中医药大学附属二院	肺病科	主治医师
125	宋筱靓	辽宁中医药大学附属医院	干诊科	主治医师
126	许瑞雪	大连医科大学附属第一医院	神经外科	副主任医师
127	袁　亮	大连医科大学附属第二医院	骨外科	主任医师

阿里地区人民医院（16人）

序号	姓名	援派前工作单位	专业方向	职称/职务
128	于勇	陕西省人民医院	医院管理	心血管病院副院长、省人民医院院办副主任、主治医师
129	韩丰立	陕西省第四人民医院	呼吸内科	副主任医师
130	魏亚辉	咸阳市中心医院	神经外科	副主任医师
131	马健康	安康市中心医院	医学影像	副主任医师
132	赵当霞	宝鸡市中心医院	控感	副主任护师
133	姜永红	渭南市中心医院	胸外科	副主任医师
134	庞咪	西安市第九医院	重症监护	主管护师
135	侯瑾	西安市第一医院	护理	主管护师
136	李宇凤	榆林市第一医院	护理	护师
137	王乾慧	商洛市中心医院	检验	主管检验师
138	温亮	汉中市中心医院	心血管内科	主治医师
139	韩秀平	延安大学附属医院	内科	主治医师
140	陈进才	西安交通大学第一附属医院	普外科	副主任医师
141	谢小鲁	西安交通大学第一附属医院	心血管内科	副主任医师
142	刘明	西安交通大学第二附属医院	妇产科	副主任医师
143	张正良	西安交通大学第二附属医院	急诊科	主治医师

第二批医疗人才组团式援藏人员名单

(181 人)

西藏自治区人民医院（33 人）

序号	姓名	援派前工作单位及职务	职称 / 职务	受援单位从事专业
1	韩 丁	北京协和医院 副院长	副主任医师	院长
2	周洪柱	北京大学第三医院医务处处长、北京市海淀医院（第三医院海淀院区）副院长	副院长	副院长
3	王文泽	北京协和医院病理科	副主任医师	病理科主任
4	王 亮	北京协和医院超声医学科	主治医师	影像科主任
5	杜小莉	北京协和医院药剂科	副主任药师	药学部主任
6	刘中娟	北京协和医院检验科	副主任技师	检验科主任
7	王 郝	北京协和医院重症医学科	副主任医师	ICU 主任
8	谭 刚	北京协和医院麻醉科	副主任医师	手麻科主任
9	潘志英	北京协和医院麻醉科	主管护师	手麻科护士长
10	孔令燕	北京协和医院放射科	主治医师	影像科主任
11	沈 宁	北京协和医院护理部总护士长	主管护师	护理部主任
12	蒋 斌	北京大学第三医院普通外科	副主任医师	普通外科主任
13	姚 炜	北京大学第三医院消化内科	副主任医师	消化内科主任
14	迟洪滨	北京大学第三医院生殖医学中心	副主任医师	妇产科主任
15	王京弟	北京大学第三医院胸外科	副主任医师	心胸外科主任
16	肖 宇	北京大学第三医院肿瘤科	主治医师	肿瘤科主任
17	马 勇	北京大学第三医院运动医学研究中心	副主任医师	骨科主任
18	盛琴慧	北京大学第一医院心血管内科	主任医师	心血管内科
19	徐大民	北京大学第一医院肾脏内科	主治医师	肾脏内科主任
20	张 巍	北京大学第一医院神经内科	副主任医师	神经内科主任

续表

序号	姓名	援派前工作单位及职务	职称／职务	受援单位从事专业
21	侯新琳	北京大学第一医院儿科	主任医师	儿科主任
22	孟一森	北京大学第一医院泌尿外科	主治医师	泌尿外科主任
23	张　扬	北京大学第一医院神经外科	副主任医师	神经外科主任
24	吴　元	北京大学第一医院眼科	副主任医师	眼科主任
25	贾会学	北京大学第一医院感控处	助理研究员	院感科主任
26	暴　婧	北京大学人民医院呼吸与危重症医学科	主治医师	呼吸内科主任
27	黄文凤	北京大学人民医院急诊科	主治医师	急诊科主任
28	莫晓冬	北京大学人民医院血研所	主治医师	血液科主任
29	张东湖	北京大学人民医院信息中心	工程师	信息处副主任
30	韩　琳	北京大学人民医院耳鼻喉科	副主任医师	耳鼻喉科主任
31	任　倩	北京大学人民医院内分泌科	主治医师	内分泌科主任
32	姚海红	北京大学人民医院风湿免疫科	主治医师	风湿免疫科主任
33	陈　明	北京大学第一医院心血管内科	主任医师	心血管科主任

拉萨市人民医院（15人）

序号	姓名	援派前工作单位及职务	职称／职务	受援单位从事专业
34	于亚滨	北京妇产医院院长助理、发展运行部主任，2015年选派进藏工作三年	副主任医师	院长
35	邓明卓	北京友谊医院信息中心主任	副主任医师	副院长
36	刘　冲	北京友谊医院医务处	副主任医师	医务处主任
37	田　昕	北京友谊医院院办副主任	助理研究员	办公室主任
38	刘　航	北京朝阳医院泌尿外科	副主任医师	内一科副主任
39	张丽丽	北京积水潭医院妇产科	主治医师	产科副主任
40	李家谋	北京天坛医院骨科	副主任医师	骨科副主任
41	宁尚秋	北京安贞医院心脏内科	副主任医师	内二科副主任
42	常文静	北京世纪坛医院	护师	内科护士长

续表

序 号	姓 名	援派前工作单位及职务	职称 / 职务	受援单位从事专业
43	吕 涛	北京清华长庚医院妇科	主治医师	妇科副主任
44	高 路	北京儿童医院心脏内科	副主任医师	儿科副主任
45	梁金鑫	首都儿科研究所重症医学科	副主任医师	儿科主任
46	张莉莉	北京佑安医院护理部	副主任	护理部主任
47	马 淑	宣武医院老年病（综合）科	副主任医师	干部科主任
48	宋丽红	北京地坛医院医院感染管理处	医师	感染控制科主任

日喀则市人民医院（23 人）

序 号	姓 名	援派前工作单位及职务	职称 / 职务	受援单位从事专业
49	张 浩	上海市医务工会第八届委员会常务副主席（正处级）、上海市医工俱乐部主任		党委书记、副院长
50	路彦钧	上海交通大学医学院附属仁济医院绩效管理办公室副主任		副院长
51	狄建忠	上海市第六人民医院院内感染控制办公室主任、医务处副处长		创三甲办副主任
52	龙子雯	复旦大学附属肿瘤医院胃及软组织外科，医院团委书记	副主任医师	医务处主任
53	王翔飞	复旦大学附属中山医院心内科	主治医师	心内科
54	邹煜明	上海中医药大学附属龙华医院消化内科	副主任医师	消化内科
55	何永刚	上海交通大学医学院附属瑞金医院普外科	主治医师	普外科
56	施忠民	上海市第六人民医院骨科	副主任医师	骨外科
57	吴 惺	复旦大学附属华山医院神经外科	主治医师	神经外科
58	周洁如	上海市第一妇婴保健院妇产科	主治医师	妇产科
59	于 洋	上海交通大学医学院附属新华医院急诊医学科	主治医师	ICU
60	张 建	上海交通大学医学院附属上海儿童医学中心重症监护室	主治医师	儿科

续表

序号	姓名	援派前工作单位及职务	职称/职务	受援单位从事专业
61	杜怀栋	复旦大学附属眼耳鼻喉科医院耳鼻喉科	副主任医师	耳鼻喉科
62	吴海波	上海中医药大学附属岳阳医院神经内科	副主任医师	中西医结合科
63	张大江	复旦大学附属儿科医院放射科	主治医师	放射科
64	杨 波	华东疗养院物理诊断科	主治医师	超声科
65	袁 博	上海市第十人民医院检验科	主管技师	检验科
66	罗 伟	上海交通大学医学院附属第九人民医院麻醉科	副主任医师	麻醉科
67	陈 巍	上海交通大学医学院附属瑞金医院呼吸科	主治医师	呼吸内科
68	张新志	上海中医药大学附属曙光医院肾内科	副主任医师	肾内科
69	朱 骏	上海市第一人民医院血液科	主治医师	血液科
70	陈 伟	上海市同济医院急诊内科	主治医师	急诊科
71	王 超	复旦大学附属妇产科医院病理科	副主任医师	病理科

山南市人民医院（32人）

序号	姓名	援派前工作单位及职务	职称/职务	受援单位从事专业
72	虞德才	安徽省立医院西区（省肿瘤医院）副院长、普外科	副主任医师	院长
73	吴双正	安徽省立医院重症医学	副主任医师	ICU
74	夏养华	安徽省立医院神经外科	副主任医师	神经外科
75	王 莹	安徽省立医院超声医学	主治医师	B超
76	蔡赵兰	安徽省立医院医疗管理	经济师	医疗管理
77	谢成娟	安医大一附院神经内科	副主任医师	神经内科
78	闵新康	安医大一附院麻醉科	主治医师	麻醉科
79	唐 亮	安医大一附院泌尿外科	主治医师	泌尿外科
80	李先红	安徽省儿童医院新生儿内科	副主任医师	内科
81	徐玉梅	安徽省儿童医院新生儿内科	主管护师	新生儿护理
82	孙 泰	安徽中医药大学第一附属医院医学检验	主管技师	检验科

续表

序 号	姓 名	援派前工作单位及职务	职称 / 职务	受援单位从事专业
83	刘涛峰	安徽中医药大学第一附属医院皮肤科副主任	主任医师	皮肤科
84	陈 浩	安徽中医药大学第一附属医院科副主任	副主任药师	药剂科
85	张 燕	安徽省蚌医一附院肾内科	副主任医师	肾内科
86	刘同海	安徽省蚌医一附院	高级会计师	财务管理
87	李 伟	安徽省蚌医一附院呼吸病科	副主任医师	呼吸病科
88	张 帆	安徽省皖南医学院弋矶山医院护士长	主管护师	助产
89	张 伟	安徽省皖南医学院弋矶山医院病理诊断	副主任医师	病理科
90	张 磊	安医大二附院普外科	副主任医师	普外科
91	包满珍	安医大二附院门诊部护士长	副主任护师	护理部
92	赵玉文	安徽省淮北矿工总医院急诊科	副主任医师	急诊科
93	汪德海	安徽省淮北市人民医院眼科	副主任医师	眼科
94	张世芬	安徽省合肥市妇幼保健院（省妇幼保健院）妇产科主任	副主任医师	妇产科
95	李少杰	安徽省滁州市中西医结合医院影像	主治医师	放射科
96	赵 炬（去世）	安徽省滁州市中西医结合医院口腔科	主治医师	口腔科
97	韩玉虎	安徽省阜阳市太和县人民医院骨科副主任	副主任医师	骨科
98	钟 霞	安徽省阜阳市人民医院院感科副主任	主管护师	感染控制科
99	李劲松	安徽省阜阳市传染病医院传染病科副主任医师	副主任医师	感染控制科
100	陈云峰	安徽省六安市人民医院耳鼻喉科	主治医师	耳鼻喉科
101	王 华	安徽省六安市中医院心电图专业	主治医师	心电图室
102	彭杰成	安徽省安庆市第一人民医院心内科	副主任医师	心内科
103	李祥春	安徽省安庆市立医院消化内科	副主任医师	心内科

林芝市人民医院（16 人）

序 号	姓 名	援派前工作单位及职务	职称 / 职务	受援单位从事专业
104	杨 磊	南方医科大学南方医院烧伤外科学教研室主任兼烧伤科副主任	主任医师	副书记、副院长
105	江康伟	广东省农垦中心医院医务科副科长	主治医师	医处科副科长
106	易冰霞	广东省茂名市人民医院感染科副护士长	副主任护师	护理部副主任
107	黄炽明	广东省人民医院普外三科	主任医师	外科
108	颜志坚	广东省湛江市中心人民医院骨外一科	副主任医师	骨科
109	钟景灿	广东省茂名市人民医院神经外科副主任医师	副主任医师	脑外科
110	莫海亮	广东医科大学附属医院心血管内科	副主任医师	心血管科
111	陈仕梅	广东省高州市人民医院消化内科	副主任医师	消化内科
112	冯晓敏	广东省茂名市中医院儿科	主治医师	儿科
113	高红梅	广东省湛江市第二人民医院妇产科	副主任医师	妇产科
114	罗朝汉	广东省高州市人民医院急诊科	主治医师	急诊科
115	吴耀初	广东省湛江市第二人民医院影像科	副主任医师	放射科
116	利鸿胜	广东省茂名市人民医院麻醉科	主治医师	麻醉科
117	孙小聪	广东医科大学附属医院重症医学科	副主任医师	ICU
118	傅园美	广东省高州市人民医院 CCU 科护理组长	主管护师	ICU 护士
119	黎汉坤	广东省湛江市中心人民医院	主管药师	临床药师

昌都市人民医院（18 人）

序 号	姓 名	援派前工作单位及职务	职称 / 职务	受援单位从事专业
120	易文强	重庆市垫江县人民医院纪委书记	主治医师	副院长
121	林兴良	重庆市永川区中医院护士长	主管护师	护理部主任

续表

序号	姓名	援派前工作单位及职务	职称/职务	受援单位从事专业
122	周海波	重庆市铜梁区中医院医务部主任	主治医师	医务科科长
123	雷晓峰	重庆市肿瘤医院副主任医师	副主任医师	麻醉科主任
124	吴 琴	重庆市人民医院妇产科	副主任医师	妇产科主任
125	吴 成	重庆市中医院妇产科主治医师	主治医师	妇产科副主任
126	郑 荣	重庆市九龙坡区中医院外科副主任	副主任医师	外二科主任
127	於 晞	重庆市开县人民医院神经外科副主任	副主任医师	外二科主任
128	鲁远彪	重庆市第九人民医院内分泌科	副主任医师	外二科副主任
129	潘 雪	重庆市第五人民医院内分泌科	主治医师	内二科副主任
130	向 勤	重庆市长寿区人民医院副院长	副主任医师	内一科主任
131	黄永红	重庆市南川区人民医院	副主任护师	ICU 护士长
132	余 霞	重庆市长寿区人民医院儿科	副主任医师	儿科主任
133	罗 勇	重庆医科大学附属永川医院儿童内科	主治医师	儿科副主任
134	徐华建	重庆医科大学附属第一医院第一分院检验科副主任	副主任技师	检验科主任
135	朱明洪	重庆市涪陵中心医院影像教研室主任	副主任医师	放射科主任
136	杨 琼	重庆市人民医院三院院区麻醉科	主管护师	手术室护士长
137	江世先	重庆市急救医疗中心	主管护师	供应室护士长

那曲地区人民医院（26 人）

序号	姓名	援派前工作单位及职务	职称/职务	受援单位从事专业
138	樊 辉	大连医科大学第二医院副院长	副院长	院长
139	李春山	锦州医科大学附属第二医院院长助理（副处级）	主任医师	副院长
140	迟寿军	辽宁中医药大学经济管理学院副院长	副院长	副院长
141	杨 生	中国医科大学附属盛京医院内分泌科教授	主治医师	医务科副科长

续表

序号	姓名	援派前工作单位及职务	职称／职务	受援单位从事专业
142	于秀臣	中国医科大学附属第四医院 院内感染管理办公室主任科员	主管护师	护理部副主任
143	张　岚	锦州医科大学附属第一医院 护理部副主任、副教授	副主任护师	护理部副主任
144	陈洪源	中国医科大学附属第一医院信息中心	工程师	信息科科长
145	周峻峰	大连医科大学附属第一医院	副主任医师	ICU 主任
146	李润玖 （替换王辉）	大连医科大学附属第一医院	副主任医师	ICU
147	陈晶玉	大连医科大学附属第二医院重症监护室	主管护师	ICU
148	段瑀琦	大连医科大学附属第二医院重症监护室	护士	ICU
149	甘　露	锦州医科大学附属第三医院药剂科	副主任中药师	药剂科主任
150	官彦雷	大连医科大学附属第一医院神经外科副教授	副主任药师	外二科副主任
151	姜洪磊	中国医科大学附属第四医院第二普通外科治疗组组长、副教授	副主任医师	外一科副主任
152	李　威	中国医科大学附属盛京医院妇产科讲师	副主任医师	妇产科副主任
153	李玖军	中国医科大学附属盛京医院小儿急诊急救内科副主任、教授	主任医师	儿科副主任
154	娄新华	锦州医科大学附属第三医院护理部副主任	主管护师	儿科副护士长
155	孔宏亮	辽宁省人民医院心血管内四副主任	主任医师	内科副主任
156	包志凡	中国医科大学附属口腔医院讲师	主治医师	口腹科副主任
157	肖明明	辽宁省人民医院病理科	副主任医师	病理科主任
158	孙喜家 （替换马春燕）	中国医科大学附属第一医院麻醉科	副主任医师	麻醉科主任
159	柴　丽	锦州医科大学附属第一医院	副主任医师	耳鼻喉科副主任

续表

序 号	姓 名	援派前工作单位及职务	职称 / 职务	受援单位从事专业
160	隋韶光	大连医科大学附属第二医院急诊科教研室副主任	副主任医师	急诊科主任
161	杨初蔚	大连医科大学附属第二医院急诊科	主治医师	急科诊
162	田茂芸	大连医科大学附属第二医院急诊科	主管护师	急诊科护士长
163	王洪涛（替换蒲宏月）	大连医科大学附属第二医院急诊科	护师	急科诊

阿里地区人民医院（18 人）

序 号	姓 名	援派前工作单位及职务	职称 / 职务	受援单位从事专业
164	于 勇	陕西省人民医院心血管病院副院长（组团式继续留任）	副院长	院长
165	黄德波	陕西省石泉县中医医院院长助理兼医务科长	副主任医师	二甲办主任
166	胡景阳	陕西省渭南市中心医院	主任医师	外科
167	乔 晋	西安交通大学第一附属医院神经内科副主任	副主任医师	质控科主任
168	梁亚萍	陕西省结核病防治院（第五人民医院）检验科副主任	副主任检验技师	检验科
169	张卫善	西安交通大学第一附属医院医学影像科	主治医师	放射科
170	刘章平	陕西省镇安县医院放射科副主任	主治医师	放射科
171	李 谦	西安交通大学第二附属医院	主治医师	B 超室
172	韩 昱	陕西省肿瘤医院远程会诊中心副主任	助理工程师	信息科主任
173	胡 佩	陕西省铜川矿务局机关卫生院综合办药师、干事		信息科
174	魏建华	西安医学院第一附属医院设备供应科	主管技师	装备室设备科主任
175	张卫涛	陕西中医药大学附属医院	主治医师	医务科副科长

续表

序 号	姓 名	援派前工作单位及职务	职称 / 职务	受援单位从事专业
176	刘利宁	西安医学院第二附属医院	副主任医师	心脑血管
177	张峻霄	陕西省西北妇女儿童医院	主任医师	妇产科
178	杨 继	西安市第四医院产三科副主任	副主任医师	妇产科
179	代 泉	西安交通大学口腔医院	主治医师	口腔科
180	马 强	西安第一医院眼二病区副主任	副主任医师	眼科
181	赵 智	陕西省人民医院新生儿科	主治医师	儿科

第三批医疗人才组团式援藏人员名单

（195 人）

西藏自治区人民医院（31 人）

序 号	姓 名	援派前工作单位	职称 / 职务	受援单位从事专业
1	吴文铭	北京协和医院	主任医师（资格）	院长
2	张一休	北京协和医院	副主任医师（资格）	超声科
3	申 乐	北京协和医院	副主任医师	麻醉科
4	师 杰	北京协和医院	副主任医师	病理科
5	刘 炜	北京协和医院	主治医师	放射科
6	柴文昭	北京协和医院	副主任医师	重症医学
7	赵 彬	北京协和医院	主管药师	药剂科
8	关玉霞	北京协和医院	主管护师	护理部
9	李尊柱	北京协和医院	主管护师	ICU
10	窦红涛	北京协和医院	副主任技师	检验科
11	郑 博	北京大学第一医院	副主任医师	心血管内科
12	刘立军	北京大学第一医院	副主任医师	肾脏内科
13	孙永安	北京大学第一医院	副主任医师	神经内科
14	张清友	北京大学第一医院	副主任医师 / 副教授	儿科
15	姚 林	北京大学第一医院	主治医师	泌尿外科
16	李春伟	北京大学第一医院	主治医师	神经外科
17	赵 亮	北京大学第一医院	主治医师	眼科
18	赵秀莉	北京大学第一医院	主管护师	感控处
19	李 茹	北京大学人民医院	副主任医师	风湿免疫科
20	郑宏伟	北京大学人民医院	副主任医师	耳鼻喉科
21	罗樱樱	北京大学人民医院	副主任医师	内分泌

续表

序号	姓名	援派前工作单位	职称 / 职务	受援单位从事专业
22	杜　昌	北京大学人民医院	主治医师	急诊科
23	唐菲菲	北京大学人民医院	主治医师	血液科
24	李　冉	北京大学人民医院	主治医师	呼吸内科
25	孙　磊	北京大学人民医院	技士	信息中心
26	王　港	北京大学第三医院	副主任医师	普通外科
27	李　军	北京大学第三医院	副主任医师	消化科
28	曹宝山	北京大学第三医院	副主任医师	肿瘤科
29	赵衍斌	北京大学第三医院	主治医师	骨科
30	刘春雨	北京大学第三医院	主治医师	妇产科
31	宋金涛	北京大学第三医院	主治医师	胸外科

拉萨市人民医院（18人）

序号	姓名	援派前工作单位	职称 / 职务	受援单位从事专业
32	于亚滨	北京妇产医院	副主任医师	院长
33	邓明卓	北京友谊医院	副主任医师	医院管理
34	常文静	北京世纪坛医院	护师	临床护理管理
35	梁金鑫	首都儿科研究所	副主任医师	儿科
36	张莉莉	北京佑安医院	副主任护师	护理管理
37	刘沙雷	北京地坛医院	主治医师	医疗质量管理
38	王　玲	北京朝阳医院西院	副主任医师	呼吸内科
39	崔　湧	北京肿瘤医院	副主任医师	放射科
40	刘　旭	北京友谊医院	主治医师	肾内科
41	龚晓峰	北京积水潭医院	副主任医师	骨科
42	阴赪茜	北京安贞医院	主任医师	心血管内科
43	任　健	北京妇产医院	主治医师	妇产科
44	郑宇朋	北京同仁医院	副主任医师	泌尿外科

续表

序号	姓名	援派前工作单位	职称/职务	受援单位从事专业
45	胡　冰	首都医科大学附属北京儿童医院	副主任医师	儿科
46	陈光强	首都医科大学附属北京天坛医院	主治医师	ICU
47	李军杰	首都医科大学宣武医院	副主任医师	神经内科
48	文洪林	首都医科大学附属北京中医医院	副主任医师	临床检验
49	周春莲	北京友谊医院	主治医师	医院感染控制管理

日喀则市人民医院（31 人）

序号	姓名	援派前工作单位	职称/职务	受援单位从事专业
50	张　浩	上海医务工会常务副主席	研究员	市卫生和计划生育委员会副主任、市人民医院党委书记、副院长第二批组团式援藏医疗队队长
51	路彦钧	上海交通大学医学院附属仁济医院绩效办副主任	副主任研究员	副院长
52	狄建忠	上海市第六人民医院医务处副主任，院感科主任，普外科副主任医师	副主任医师	院长助理，创三甲办主任
53	龙子雯	复旦大学附属肿瘤医院团委书记，副主任医师	副主任医师	院长助理，医务科主任
54	赵铭宁	上海交通大学医学院附属新华医院普外科	副主任医师	普外科
55	燕晓宇	上海市第六人民医院骨科	副主任医师（资格）	骨科
56	李　凯	上海中医药大学附属龙华医院消化内科	副主任医师	中西医结合科
57	许彭鹏	上海交通大学医学院附属瑞金医院血液内科	主治医师	血液内科
58	谭玮鳞	上海市第一妇婴保健院妇产科	主治医师	妇产科

续表

序号	姓名	援派前工作单位	职称／职务	受援单位从事专业
59	宋之君	上海市儿童医院新生儿科	主治医师	儿科
60	任　重	复旦大学附属中山医院内镜中心	主治医师	消化内科
61	虞　剑	复旦大学附属华山医院神经外科	主治医师	神经外科
62	茅　腾	上海市胸科医院胸外科	副主治医师	胸外科
63	马　俭	上海市肺科医院呼吸科	副主任医师	呼吸科
64	李庆忠	复旦大学附属眼耳鼻喉科医院耳鼻喉科	副主任医师	耳鼻喉科
65	李宪凯	上海市第十人民医院心内科	副主任医师资格	心内科
66	费晓春	上海交通大学医学院附属瑞金医院病理科	主治医师	病理科
67	陆子赟	复旦大学附属妇产科医院检验科主管技师	主管技师	检验科
68	吴利忠	上海交通大学医学院附属第九人民医院放射科	副主任医师	影像诊断
69	张　源	复旦大学附属儿科医院	主治医师	超声诊断
70	陈　琦	上海交通大学医学院附属新华医院麻醉与重症医学科	副主任医师	麻醉科
71	韩世盛	上海中医药大学附属岳阳医院肾内科	主治医师	肾内科
72	张忠伟	复旦大学附属肿瘤医院	主治医师	重症医学科
73	鞠　睿	复旦大学附属中山医院网络中心干部	助理工程师	信息科
74	左洪鹏	同济大学附属同济医院急诊医学科主治医师	主治医师	门急诊
75	奚文华	上海交通大学医学院附属上海儿童医学中心医务部	主管技师	医学装备科
76	干光磊	上海市中医医院石门路综合办副主任		总务科
77	陶乐维	上海中医药大学附属曙光医院内分泌科	主治医师	内分泌科

续表

序号	姓名	援派前工作单位	职称/职务	受援单位从事专业
78	张　进	上海交通大学医学院附属仁济医院泌尿科	副主任医师	泌尿外科
79	邱庆华	上海市第一人民医院眼科	副主任医师	眼科
80	乌丹旦	上海交通大学医学院附属第九人民医院口腔颅颌面科	主治医师	口腔科

山南市人民医院（35人）

序号	姓名	援派前工作单位	职称/职务	受援单位从事专业
81	虞德才	安徽省立医院	副院长	院长
82	周浩泉	安徽省立医院	副主任医师、科室副主任	儿科
83	杨田军	安徽省立医院	副主任医师	呼吸、重症医学
84	陈　昱	安徽省立医院	主治医师	神经外科
85	张敬安	安徽省立医院	主治医师	腹部超声
86	屠　强	安徽省立医院	工程师	网络、服务器
87	戴立英	安徽省儿童医院	主任医师	儿科
88	丁　敏	安徽省儿童医院	主管护师	儿科
89	汪海涛	安徽省儿童医院	副主任医师	儿科
90	张　敏	安徽医科大学第一附属医院	副主任技师	医学检验
91	田仰华	安徽医科大学第一附属医院	副主任医师	神经内科
92	许　锐	安徽医科大学第一附属医院	主治医师	呼吸内科
93	侯　辉	安徽医科大学第二附属医院	副主任医师、病区主任	普外科学
94	汪晓兰	安徽医科大学第二附属医院	主管护师、护士长	护理学
95	刘　刚	蚌埠医学院第一附属医院	副主任医师	麻醉科
96	刘　磊	蚌埠医学院第一附属医院	副主任医师、科室副主任	肾病科

续表

序号	姓名	援派前工作单位	职称/职务	受援单位从事专业
97	吴玉荣	蚌埠医学院第一附属医院	高级会计师	财务管理
98	焦南林	皖南医学院弋矶山医院	主治医师	病理科
99	杨　峰	皖南医学院弋矶山医院	医师	心电图
100	孙翔云	皖南医学院弋矶山医院	主管护师	护理
101	张万高	安徽中医药大学第一附属医院	副主任医师、科室副主任	放射介入
102	陈浩（留任）	安徽中医药大学第一附属医院	主任药师	临床药学
103	谢业丽	安徽省妇幼保健院	副主任医师	妇产科
104	陈　果	安徽省妇幼保健院	副主任医师	妇产科
105	宋国祥	淮北矿工总医院	副主任医师	泌尿外科
106	宁厚桂	淮北市人民医院	副主任医师	急诊内科
107	齐来雪	滁州市第一人民医院	主治医师	CT\MR
108	姚晓倩	滁州市第一人民医院	主管护师	感染办
109	吴停停	六安市中医院	主治医师	耳鼻喉科
110	江爱国	六安市第二人民医院	副主任护师	外科护理
111	郭　峰	六安市人民医院	主治医师	血液内科
112	潘　檀	阜阳市人民医院	副主任医师	骨科
113	李风成	阜阳市第二人民医院	主治医师	感染科
114	吴义先	安庆市立医院消化内科	主治医师	消化内科
115	姚　尚	安庆市第一人民医院	主治医师	心血管内科

林芝市人民医院（22人）

序号	姓名	援派前工作单位	职称/职务	受援单位从事专业
116	李　欣	广东省人民医院	主任医师	院长
117	黄晓忠	广东省人民医院	副主任医师	内一科（心内科）
118	孙　凌	广东省人民医院	主治医师	功能科

续表

序 号	姓 名	援派前工作单位	职称 / 职务	受援单位从事专业
119	刘庆华	中山大学附属第一医院	主任医师、副教授	内二科(肾内科、血透中心)
120	廖 康	中山大学附属第一医院	副主任技师	检验科
121	李 勇	中山大学孙逸仙纪念医院	副主任医师	放射科
122	刘 丹	中山大学孙逸仙纪念医院	副教授/副主任医师	保健科(内分泌和代谢病科)
123	李川江	南方医科大学南方医院	副主任医师、讲师	外二科（肝胆外科）
124	宋 烨	南方医科大学南方医院	副主任医师	外二科（神外科）
125	陈胜利	南方医科大学珠江医院	主任医师	儿科
126	陈彰圣	南方医科大学珠江医院	主治医师	儿科
127	赵自平	南方医科大学第三附属医院	主任医师	外一科（骨科）
128	农凌波	广州医科大学附属第一医院	副主任医师	内二科（ICU）
129	黎建军	中山大学附属肿瘤医院	副主任医师	内一科（内镜室）
130	文 斌	广东省妇幼保健院	副主任医师	妇产科
131	赵莉娜	广东省妇幼保健院	副主任医师	妇产科
132	余 健	暨南大学附属第一医院	主管护理师	护理部副主任、心导管室护士长
133	杨文俊	广州市第一人民医院	主治医师	外一科（泌尿外科）
134	曲 博	中山大学中山眼科中心	主治医师	眼科
135	容明灯	南方医科大学口腔医院	副主任医师	口腔科
136	周 欣	中山大学附属第五医院	副主任	三甲办、医务科
137	曾卫强	广东省人民医院	副主任药师	药学部

昌都市人民医院（20 人）

序 号	姓 名	援派前工作单位	职称 / 职务	受援单位从事专业
138	易文强	重庆市垫江县人民医院	党委委员、副院长 / 主治医师	院长
139	滕 苗	重庆医科大学附属第一医院合川医院	副院长/副主任医师	医院管理、烧伤整形

续表

序号	姓名	援派前工作单位	职称/职务	受援单位从事专业
140	何发明	重庆医科大学附属第一医院	副主任医师	重症医学
141	刘丽萍	重庆医科大学附属第一医院	护士长/副主任护师	护理学
142	马　颖	重庆医科大学附属第二医院神经外科	副主任医师	神经外科
143	刘　仪	重庆医科大学附属第二医院	副科长/主管护师	医疗质量管理
144	李　春	重庆医科大学附属儿童医院	主治医师	儿科学、新生儿学
145	陈军华	重庆医科大学附属儿童医院感染科	副主任医师	儿科
146	李民凤	重庆市人民医院	副主任/副主任医师	心内科
147	黄书明	重庆市人民医院	副主任医师	肝胆外科
148	李琳彬	重庆市中医院	副主任技师	医学检验
149	李启刚	重庆医科大学附属永川医院	副主任医师	胃肠外科
150	杨时光	重庆医科大学附属永川医院	副主任医师	呼吸内科
151	刘　军	重庆市急救医疗中心放射科	副主任/主任医师	影像诊断
152	黄智勇	重庆市肿瘤医院	副主任医师	骨科
153	陶　兰	重庆市妇幼保健院	副主任医师	妇产科
154	沈红霞	重庆市妇幼保健院	主治医师	影像医学与核医学
155	高德胜	重庆三峡中心医院	副主任/副主任医师	麻醉科
156	李兴贵	重庆市第五人民医院	副主任/主任医师	神经内科
157	杨雪梅	重庆市第五人民医院	副主任/副主任医师	妇产科

那曲地区人民医院（19人）

序号	姓名	援派前工作单位	职称/职务	受援单位从事专业
158	马灵斐	大连医科大学第一临床学院	副院长	院长
159	李春山	锦州医科大学附属第二医院院长助理（副处级）	主任医师	副院长
160	唐　颖	大连医科大学附属二院	病理科副主任医师	肿瘤的分子病理及临床病理诊断

续 表

序 号	姓 名	援派前工作单位	职称 / 职务	受援单位从事专业
161	郭大伟	中国医科大学附属第四医院	副主任医师、副教授	肝癌的诊疗
162	文广富	中国医科人大学附属盛京医院	小儿内科主治医师、讲师	儿科急救
163	陈 锋	中国医科大学附属第一医院	信息中心助理研究员	数据挖掘、数据库开发
164	高 娜	大连医科大学附属第一医院	妇二科副主任	妇科肿瘤，宫颈疾病，卵巢肿瘤
165	李青栋	大连医科大学附属第一医院	重症医学科副主任医师	急性肾损伤，机械通气镇痛镇静，神经重症
166	赵艳红	大连医科大学附属第一医院	急腹症二科主管护师	
167	杨 琳	大连医科大学附属第二医院	急诊科副主治医师	急诊外科及 ICU
168	刘东武	辽宁中医药大学附属医院	副主任中医师	中西医结合治疗风湿病
169	冯英军	丹东市中心医院	手术室主管护师	
170	李宝亮	辽宁省人民医院	急诊内科副主任医师	呼吸科，心内科，急诊
171	任振堃	锦州医科大学附属第三医院	临床药学部药师	药理学 / 临床药学
172	马忠骥	本溪市中心医院	副主任医师	
173	班允超	中国医科大学附属第一医院	神经外科主治医师	颅脑肿瘤、外伤及脑出血的手术治疗
174	刘 勇	抚顺市中心医院	医疗质量管理办公室副主任	病案信息技术
175	韩 峰	中国医科大学附属盛京医院	医务部副主任、副教授	药理学，临床药学，医疗质控
176	孙佳星	中国医科大学附属盛京医院	超声科主治医师、讲师	超声诊断学

阿里地区人民医院（19人）

序号	姓名	援派前工作单位	职称/职务	受援单位从事专业
177	于　勇	陕西省人民医院	公共卫生硕士	院长
178	郑建杰	西安交大一附院	副主任医师	内科
179	刘　强	延边大学附属医院神经内科	副主任医师	内科
180	马晓华	西安市第八医院	主治医师	内科
181	李文涛	西安交大一附院	主治医师	外科
182	赵勤鹏	西安市红会医院	副主任医师	外科
183	李武军	西安医学院一附院	主治医师	外科
184	李志斌	西北妇女儿童医院	副主任医师	妇产科
185	段　钊	西安交大二附院	副主任医师	妇产科
186	马　倩	西安市第四医院	主管护师	妇产科
187	余宏川	西安市儿童医院	副主任医师	儿科
188	丁彩霞	陕西省肿瘤医院	主治医师	检验科
189	刘　明	西安市第一医院	副主任医师	眼科
190	谢小伟	宝鸡市中心医院	主治医师	手术室
191	景　鹏	咸阳市中心医院	主治医师	耳鼻喉科
192	赵　海	陕西省人民医院	医师	检验科
193	仝莉芳	汉中三二〇一医院	主管护师	护理部
194	王国恩	西安交大二附院	副主任医师	急诊科
195	王　瑞	汉中市中心医院	网络工程师	信息科

第四批医疗人才组团式援藏人员名单

（178 人）

西藏自治区人民医院（31 人）

序 号	姓 名	援派前工作单位	职称 / 职务	受援单位从事专业
1	吴文铭	北京协和医院副院长	主任医师	院长
2	夏 宇	北京协和医院超声科副主任	主任医师	超声科
3	唐 帅	北京协和医院麻醉科	副主任医师	麻醉科
4	姜 英	北京协和医院病理科	副主任医师	病理科
5	曹 剑	北京协和医院放射科	副主任医师	放射科
6	崔 娜	北京协和医院重症医学部	副主任医师	重症医学科
7	张 凡	北京协和医院药学科	主管药师	药剂科静配中心
8	周文华	北京协和医院急诊科	主任护师	急诊科护士长
9	张海洋	北京协和医院手术室护士长	主管护师	手术室教学老师
10	赵 颖	北京协和医院检验科	副研究员	检验科组长助理
11	李俊霞	北京大学第一医院消化内科	主任医师、副教授	消化内科
12	刘 林	北京大学第一医院内分泌科	主治医师	内分泌内科
13	季涛云	北京大学第一医院儿科	副主任医师、副教授	儿科
14	张 隽	北京大学第一医院普外科	副主任医师	普通外科
15	范 宇	北京大学第一医院泌尿外科	主治医师	泌尿外科
16	林 钢	北京大学第一医院胸外科副主任	科室副主任、副主任医师	胸外科
17	田 艳	北京大学第一医院肿瘤化疗科	主治医师	肿瘤化疗科
18	章 磊	北京大学第一医院信息科	主管技师	信息中心
19	张 前	北京大学人民医院心脏中心	副主任医师	心脏中心
20	苗 恒	北京大学人民医院眼科	副主任医师	眼科

续表

序号	姓名	援派前工作单位	职称/职务	受援单位从事专业
21	王斌	北京大学人民医院	主治医师	神经外科
22	王艳槟	北京大学人民医院妇产科	主治医师	妇产科
23	王琰	北京大学人民医院肾内科	主治医师	肾内科
24	吕萌	北京大学人民医院血液科	主治医师	血液科
25	曹煜隆	北京大学人民医院感染科	管理研究实习员	感染管理办公室
26	姚中强	北京大学第三医院风湿免疫科	副主任医师	风湿免疫科
27	李坚	北京大学第三医院神经内科	副主任医师	神经内科
28	谢立锋	北京大学第三医院耳鼻喉科	副主任医师	耳鼻喉科
29	杜毅鹏	北京大学第三医院呼吸内科	主治医师	呼吸内科
30	怀伟	北京大学第三医院急诊科	主治医师	急诊科
31	王成	北京大学第三医院运动医学科	副主任医师	运动医学

拉萨市人民医院（16人）

序号	姓名	援派前工作单位	职称/职务	受援单位从事专业
32	邓明卓	北京友谊医院	副院长	院长
33	文洪林	北京中医医院	主任医师	检验科
34	陈光强	北京天坛医院	副主任医师	ICU
35	任铁	北京积水潭医院	院长办公室主任	医院管理
36	姜心言	北京地坛医院	研究实习员	行政管理
37	李想	北京肿瘤医院	助理研究员	医政管理
38	李江	北京安贞医院	副主任医师	心内科
39	朱剑	北京朝阳医院	主治医师	呼吸科
40	高岱佺	北京宣武医院	主治医师	神经内科
41	马莹	北京妇产医院	副主任医师	产科
42	栗鹏程	北京积水潭医院	副主任医师	手外科
43	付猛	北京清华长庚医院	主治医师	泌尿外科

续表

序 号	姓 名	援派前工作单位	职称 / 职务	受援单位从事专业
44	张 迪	首都儿科研究所	主治医师	新生儿科
45	郑 洁	北京同仁医院	主任医师	肾内科
46	刘春涛	北京友谊医院	主治医师	消化科
47	商雪辉	北京胸科医院	副主任护师	护理管理

日喀则市人民医院（24 人）

序 号	姓 名	援派前工作单位	职称 / 职务	受援单位从事专业
48	翁书强	复旦大学附属中山医院消化内科	副主任医师	消化内科
49	郭卫刚	复旦大学附属中山医院胸外科	副主任医师	胸外科
50	胡枢坤	复旦大学附属华山医院神经外科	主治医师	神经外科
51	夏敬文	复旦大学附属华山医院呼吸内科	主治医师	呼吸内科
52	罗兴晶	复旦大学附属儿科医院麻醉科	主治医师	麻醉科
53	郑 宇	上海交通大学医学院附属瑞金医院血液科	主治医师	血液科
54	蒋佳祺	上海交通大学医学院附属瑞金医院	放射科技士	放射科
55	黑振宇	上海交通大学医学院附属新华医院普外科	主治医师	普外科
56	彭御冰	上海交通大学医学院附属仁济医院泌尿外科	主治医师	泌尿外科
57	汤政德	上海交通大学医学院附属第九人民医院心功能室	主治医师	超声诊断科
58	陈 峰	上海交通大学医学院附属上海儿童医学中心财务部	主任助理	财务科
59	刘闻欣	上海市第六人民医院骨科（副主任医师资格）	主治医师	骨科
60	许 修	上海市第六人民医院医学装备处	助理工程师	医学装备科
61	胡孝辉	上海第一妇婴保健院妇产科	主治医师	妇产科
62	李廷俊	上海市儿童医院儿内科	主治医师	儿科

续表

序号	姓名	援派前工作单位	职称/职务	受援单位从事专业
63	石广森	上海市第一人民医院眼科	主治医师	眼科
64	明　强	上海市第十人民医院心内科	主治医师	心内科
65	顾　超	上海中医药大学附属龙华医院脑病科（副主任医师资格）	主治医师	中医科
66	黄　伟	上海中医药大学附属龙华医院信息中心	工程师	信息科
67	陈维旭	复旦大学附属眼耳鼻喉科医院口腔科	主任助理、副主任医师	口腔科
68	张　浩	上海市卫生计生委医务工会	副主席	党委书记
69	路彦钧	交通大学医学院仁济医院绩效办	副主任	副院长
70	狄建忠	上海市第六人民医院	院办主任，普外科主任医师	院长助理
71	龙子雯	复旦大学附属肿瘤医院	团委书记，胃外科主任医师	院长助理，医务处主任

山南市人民医院（29人）

序号	姓名	援派前工作单位	职称/职务	受援单位从事专业
72	吴晓莉	安徽医科大学第一附属医院	院长助理/高级政工师	院长
73	裴　静	安徽医科大学第一附属医院	副主任医师	普外科
74	梁有峰	安徽医科大学第一附属医院	副主治医师	心内科
75	夏红灯	安徽医科大学第一附属医院	副主任技师	临床检验
76	姜　徽	安徽医科大学第一附属医院	主治医师	麻醉
77	张兴荣	安徽省立医院重症医学科	主治医师	重症医学
78	余　舰	安徽省立医院	主治医师	神经外科
79	刘向阳	安徽省立医院	助理会计师	财务
80	屠　强	安徽省立医院西区	工程师	计算机
81	顾　炯	安徽医科大学第二附属医院	主治医师	普外科学
82	朱进军	安徽医科大学第二附属医院	病案信息技师	医务管理/社会医学与卫生事业管理

续表

序号	姓名	援派前工作单位	职称/职务	受援单位从事专业
83	马宜传	蚌埠医学院第一附属医院	副主任医师	放射科
84	陈　峥	蚌埠医学院第一附属医院	主治医师	肾病科
85	郭卫兵	蚌埠医学院第一附属医院	会计师	设备科
86	许愿愿	安徽省儿童医院	副主任医师	临床儿科
87	汤增洁	安徽省儿童医院	主管护师	护理
88	谢婷婷	合肥市妇幼保健院	副主任医师	妇产科
89	徐疾飞	安庆市第一人民医院	副主任医师	泌尿外科
90	徐小丽	安庆市立医院	主治医师	妇科
91	潘绍新	淮北市人民医院	副主任医师	眼科
92	丰荣红	淮北矿工总医院	主治医师	超声
93	侯　静	阜阳市第二人民医院	主治医师	结核科
94	杨小如	安徽中医药大学第一附属医院	主治医师	口腔医学
95	吴　健	安徽中医药大学第一附属医院	主管药师	临床药学
96	黄　曦	皖南医学院弋矶山医院	主治医师	病理
97	李逸峰	皖南医学院弋矶山医院	主治医师	骨科
98	黄　馨	六安市人民医院	行政副主任/副主任医师	重症医学科
99	吴停停	六安市中医院	主治医师	耳鼻咽喉科
100	王永贵	滁州市第一人民医院	主治医师	呼吸内科

林芝市人民医院（18人）

序号	姓名	援派前工作单位	职称/职务	受援单位从事专业
101	陈祖辉	暨南大学附属第一医院	院感科主任/主任医师	医务科
102	单宏波	中山大学肿瘤防治中心	副主任医师	消化科
103	王东烨	中山大学孙逸仙纪念医院	主治医师	放射科
104	王　斌	广州市第一人民医院	副主任医师	泌尿外科

续表

序号	姓名	援派前工作单位	职称/职务	受援单位从事专业
105	秦　伟	中山大学附属口腔医院	副主任医师	口腔科
106	袁晓兰	广东省妇幼保健院	副主任医师	妇产科
107	许　燕	广东省人民医院	副主任医师	超声科
108	姜　丽	中山大学附属第三医院	门诊主任/副主任医师	康复科
109	李剑波	中山大学附属第一医院	主治医师	肾内科
110	李　梅	中山大学孙逸仙纪念医院	副主任医师	神经内科
111	吴　文	南方医科大学附属第三医院	副主任医师	骨科
112	杨春华	中山大学附一医院	副主任医师	ICU
113	陈彰圣	南方医科大学珠江医院	主治医师	儿科
114	刘利东	广州医科大学附属第一医院	副主任技师	检验科
115	李伟光	南方医院	副主任技师	神经外科
116	余　健	广州暨南大学附属第一医院	主管护师	护理部
117	黄晓忠	广东省人民医院	副主任医师	心内科/介入科
118	李　欣	广东省人民医院	主任医师	院长

阿里地区人民医院（21人）

序号	姓名	援派前工作单位	职称/职务	受援单位从事专业
119	韩　军	陕西省第二人民医院	副院长、工会主席	院长
120	刘国庆	陕西省中医医院	主治医师	影像中心
121	刘小利	榆林市第一医院	主管护师	PET中心
122	葛冠群	西安交通大学第一附属医院	副研究员	乳腺外科
123	王文涛	西安市红会医院	副主任医师	脊柱外科
124	吴　涛	西安医学院第一附属医院	主治医师	神经外一科

续表

序 号	姓 名	援派前工作单位	职称 / 职务	受援单位从事专业
125	刘 峰	延安大学附属医院	主治医师	神经内科
126	蒋卫东*	西安市儿童医院	副主任医师	门诊内科
127	韩俊丽	西安市交通大学第二附属医院	主治医师	重症医学科
128	童 华	西安交通大学第一附属医院	主治医师	麻醉手术
129	王 智	西安医学院第二附属医院	副主任医师	急诊科
130	罗花南	西安市交通大学第二附属医院	副主任医师	耳鼻咽喉头颈外科
131	董 凯	西安交通大学口腔医院	主治医师	牙周黏膜科
132	胡 斌	西安市第四医院	主任药剂师	药剂科
133	刘警新	陕西中医药大学附属医院	工程师	设备科
134	李艳菊	延安大学附属医院	副主任医师	病理科
135	解 娟	陕西省人民医院	主管检验技师	检验科
136	唐中才	三二〇一医院	副主任医师	功能科
137	邓 宇	陕西省肿瘤医院	工程师	信息数据中心
138	范锁平	陕西省疾病预防控制中心	副主任医师	消毒及病媒生物防控所
139	郭 逸	西安市中心血站	主管输血技师	阿里地区血站业务科

*2018 年 10 月，蒋卫东突发性耳聋无法继续进行组团式援藏工作，由陕西省西安市儿童医院急诊科副主任文俊接替蒋卫东继续开展工作。

昌都市人民医院（20 人）

序 号	姓 名	援派前工作单位	职称 / 职务	受援单位从事专业
140	易文强	重庆市垫江县人民医院	党委委员、副院长 / 主治医师	院长
141	滕 苗	重庆医科大学附属第一医院合川医院	副院长 / 副主任医师	医院管理、烧伤整形
142	何发明	重庆医科大学附属第一医院	副主任医师	重症医学
143	刘丽萍	重庆医科大学附属第一医院	护士长 / 副主任护师	护理学
144	马 颖	重庆医科大学附属第二医院神经外科	副主任医师	神经外科
145	刘 仪	重庆医科大学附属第二医院	副科长 / 主管护师	医疗质量管理

续表

序号	姓名	援派前工作单位	职称 / 职务	受援单位从事专业
146	李　春	重庆医科大学附属儿童医院	主治医师	儿科学、新生儿学
147	陈军华	重庆医科大学附属儿童医院感染科	副主任医师	儿科
148	李民凤	重庆市人民医院	副主任/副主任医师	心内科
149	黄书明	重庆市人民医院	副主任医师	肝胆外科
150	李琳彬	重庆市中医院	副主任技师	医学检验
151	李启刚	重庆医科大学附属永川医院	副主任医师	胃肠外科
152	杨时光	重庆医科大学附属永川医院	副主任医师	呼吸内科
153	刘　军	重庆市急救医疗中心放射科	副主任/主任医师	影像诊断
154	黄智勇	重庆市肿瘤医院	副主任医师	骨科
155	陶　兰	重庆市妇幼保健院	副主任医师	妇产科
156	沈红霞	重庆市妇幼保健院	主治医师	影像医学与核医学
157	高德胜	重庆三峡中心医院	副主任/副主任医师	麻醉科
158	李兴贵	重庆市第五人民医院	副主任/主任医师	神经内科
159	杨雪梅	重庆市第五人民医院	副主任/副主任医师	妇产科

那曲市人民医院（19 人）

序号	姓名	援派前工作单位	职称 / 职务	受援单位从事专业
160	马灵斐	大连医科大学第一临床学院	副院长	院长
161	李春山	锦州医科大学附属第二医院院长助理（副处级）	主任医师	副院长
162	唐　颖	大连医科大学附属二院	病理科副主任医师	肿瘤的分子病理及临床病理诊断
163	郭大伟	中国医科大学附属第四医院	副主任医师、副教授	肝癌的诊疗
164	文广富	中国医科人大学附属盛京医院	小儿内科主治医师、讲师	儿科急救

续表

序 号	姓 名	援派前工作单位	职称 / 职务	受援单位从事专业
165	陈 锋	中国医科大学附属第一医院	信息中心助理研究员	数据挖掘、数据库开发
166	高 娜	大连医科大学附属第一医院	妇二科副主任	妇科肿瘤，宫颈疾病，卵巢肿瘤
167	李青栋	大连医科大学附属第一医院	重症医学科副主任医师	急性肾损伤，机械通气镇痛镇静，神经重症
168	赵艳红	大连医科大学附属第一医院	急腹症二科主管护师	
169	杨 琳	大连医科大学附属二院	急诊科主治医师	急诊外科及 ICU
170	刘东武	辽宁中医药大学附属医院	副主任中医师	中西医结合治疗风湿病
171	冯英军	丹东市中心医院	手术室主管护师	
172	李宝亮	辽宁省人民医院	急诊内科副主任医师	呼吸科，心内科，急诊
173	任振堃	锦州医科大学附属第三医院	临床药学部药师	药理学 / 临床药学
174	马忠骥	本溪市中心医院	副主任医师	
175	班允超	中国医科大学附属第一医院	神经外科主治医师	颅脑肿瘤、外伤及脑出血的手术治疗
176	刘 勇	抚顺市中心医院	医疗质量管理办公室副主任	病案信息技术
177	韩 峰	中国医科大学附属盛京医院	医务部副主任、副教授	药理学，临床药学，医疗质控
178	孙佳星	中国医科大学附属盛京医院	超声科主治医师、讲师	超声诊断学

注：昌都市和那曲市援藏人员为第三批留任。

60

第七章 传承

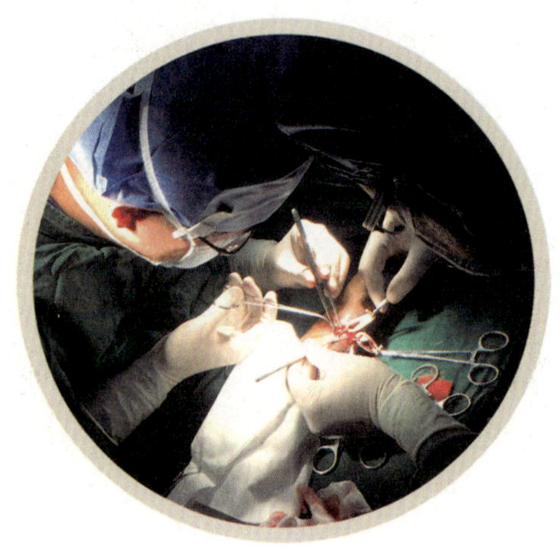

卫生援藏历史考证

许培海

西藏和平解放前医疗卫生条件十分落后，广大农牧区基本处于无医无药状态，仅有拉萨“药王山利众医学院”“门孜康”和日喀则扎什伦布寺“吉吉纳嘎”三所配备藏药及少量藏医外治器材的官办藏医机构和私人诊所，全区藏医药从业人员不足100人。1950年，中国人民解放军十八军和平解放西藏过程中，随军医务人员就开始为人民群众防病治病，并帮助建立了西藏第一所现代医学的医疗卫生机构——昌都人民医院。1951年，解放军医务人员会同卫生部派出的医务人员陆续支援西藏，新建自治区、各地市、各县人民医院和乡镇医疗卫生机构，开启了西藏医疗卫生事业发展的新纪元。卫生援藏经历了服务于和平解放与统战工作、帮助培养本地人才为西藏留下一支带不走的医疗队、分省定区对口支援提高西藏医疗服务水平以及医疗人才组团式援藏等四个不同的发展阶段。

一、医疗卫生工作服务于统战要求

随军入藏，创建医院。1950 年，按照党中央和毛泽东主席做出的西南局担负进军及经营西藏的战略决策，以及“进军西藏，不吃地方”“慎重稳进”等一系列原则要求，时任中共中央西南局第一书记、中国人民解放军第二野战军政治委员、西南军区政治委员邓小平以“政治重于军事、补给重于战斗”的进军方针，领导完成了进军西藏、签订和谈条款、组建中共西藏工委以及建立爱国统一战线等重任。在中央及西南局总体安排部署下，中国人民解放军第二野战军卫生部部长钱信忠派遣该部直属第一医院院长张学彬调任十八军卫生部医务主任，随军进藏，开启现代医学进入西藏的历史之旅。

1950 年 10 月 19 日，十八军先遣部队 52 师将第一面五星红旗插在西藏昌都地区，师卫生处副处长刘恩沛带领苏流、陈惠亭等 20 多名手术队精干人员随军入藏。卫生处手术队驻扎在昌都功德林寺山下的兵营里，为部队指战员提供医疗保障，并开始为昌都地区的各族群众免费提供医疗服务。其中，部分医务人员随后来的军部继续前进到拉萨，刘恩沛任十八军卫生部卫生防疫保健科科长；部分人员到达江孜成立中共江孜分工委卫生科，面向农牧民群众提供门诊医疗服务，苏流同志任科长；部分医务人员继续留在昌都，成立第三办事处卫生所继续为当地群众提供医疗卫生服务。1952 年 6 月 26 日，第三办事处卫生所医务人员集体转业成立昌都人民医院。同年12月5日，卫生部调派69人、西南卫生部调派36人，由王真、卢璋担任正、副队长带领到达昌都，成立卫生部赴昌都民族卫生工作大队。大队医务人员在昌都人民医院参加门诊工作，并成立3个巡回医疗中队和1个机动队，巡回医疗中队每期工作1个半月，回昌都稍事休整总结经验并补充药品后，继续下一个巡回医疗工作循环。巡回医疗队的足迹遍布昌都所有县乡村，医疗服务覆盖所有农牧区群众，同时宣传党中央和毛泽东主席的民族团结和宗教信仰自由政策，为扩大党的政治影响、统战工作发挥了重要作用。1955年7月，卫生部赴昌都民族卫生工作大队人员全部分配至昌都人民医院和昌都地区宁静（现芒康县）、太昭（现工布江达县）、察隅、丁青、类乌齐、左贡卫生院（所）工作，即现在的芒康、工布江达、察隅等县人民医院（卫生服务中心）。1957年，西藏工作大收缩，部分医务人员调回内地，部分技术骨干留藏继续工作。

1951年，西藏和平解放后最早进入拉萨的内地医生其一是以北京协和医院徐乐天为组长的医疗组一行3人，随中央代表张经武于6月13日从北京出发，于9月8日到达拉萨。其二是十八军卫生部医务主任张学彬率20名医务人员，于7月1日随军部从甘孜出发，7月17日到达昌都，8月28日离开昌都，于10月26日抵达拉萨。其三是以崔静洲为队长的重庆支援解放西藏医疗队（后称西南医疗队）一行10人，于5月28日从重庆出发，随十八军经甘孜、昌都，于11月7日抵达拉萨。其四是以陈集舟为组长的中国科学院考察队医疗组一行 4 人，于 6 月 7 日从北京出发，随十八军炮兵营经甘孜、昌都，于 11 月 9 日到达拉萨。其五是以董光为队长的中央医疗队（合并西北西藏工委卫生队，后称西北医疗队）一行 60 余人，于 7 月从北京出发，8 月 28 日随十八军独立支队由青海香日德、通天河经由那曲进藏，于 11 月 27 日到达拉萨。12 月 26 日，五支医疗队在原藏军四代本的营房内成立解放军拉萨门诊部，免费向拉萨各界群众提供医疗卫生服务。1952 年 9 月 8 日，在门诊部及上述第一、二、三、五批次人员基础上，成立拉萨人民医院，西藏军区卫生处副处长张学彬兼任首任院长，设立内、外、妇、皮肤、放射、检验、药房等科室，设病床 30 张。1956 年，西藏自治区筹委会出资 36 万银圆从贵族手中购买土地（即西藏自治区人民医院现址）进行扩建。1962 年，拉萨人民医院更名为西藏自治区人民医院，职工总数达到 373 人，床位数增至 220 张。同年，拉萨市新成立拉萨市人民医院。

1951 年起，党中央又陆续派出医务人员赴藏支援。1951 年 7 月，十世班禅医疗队由赵吉林、杜均先为队长共 10 人，从西宁出发护送十世班禅大师经塔尔寺、拉萨，于 11 月抵达日喀则，后来在日喀则的 10 多间旧房子内，为周边群众看病送药，逐步成立日喀则人民医院。1953 年 5 月，卫生部第一批赴藏卫生工作大队由王传文任队长共 65 人，从北京出发经武汉、重庆、成都、昌都，于 8 月抵达拉萨；1953 年 11 月，卫生部第二批赴藏卫生工作大队由高伦任队长共 45 人，从北京出发经武汉、重庆、成都、昌都，于1954年2月抵达拉萨，均分配至各地市人民医院工作。1954年8月，罗寿玉等8名四川医学院、贵阳医学院毕业生直接分配至西藏工作，经成都、雅安、昌都，于12月抵达拉萨。1955年8月，卫生部赴西藏阿里医疗队王纯道等6人，从北京出发经兰州、乌鲁木齐、喀什、皮山，于10月抵达阿里噶尔昆沙，开辟阿里地区卫生工作。截至1955年年底，西藏卫生人员包括军队转业、卫生援藏及内地医学院校毕业生分配至西藏，总数为312人。

由于1954年12月之前青藏公路、川藏公路均未竣工，以上医务人员均是骑马伴随骡马运输队进藏。随着行军海拔的升高和骡马高原反应的不断加重，以及路过沼泽地、涉水河流对骡马的损失，医务人员便以骡马驮运器械及药品，自己背负行李及银元徒步进藏。卫生部承诺以医务人员到达西藏目的地开始计算，工作满3年（第一批）或2年（第二批）轮换回内地，优先安排工作或赴苏联留学，但大家志愿支援西藏热情高涨以及西藏本地实际需要，除少数医务人员对高寒缺氧极度不适应而返回内地，或如张雪岩牺牲在赴藏路途中，吴玉璞、余德钫等多名同志因高原反应引发心脑血管疾病牺牲，刘吉富等多名同志出诊途中遭叛匪袭击牺牲外，基本都留在西藏各地（市）长期开展卫生援藏工作，还涌现出大批蒋英式的优秀代表，直至1980年后随大批汉族干部调回内地工作或离退休后回内地居住。

20世纪50～70年代，在内地医务人员的大力支持和培养本地藏族医疗人才的基础上，西藏各级医疗机构逐步建立。首先是 1952 年昌都人民医院和拉萨人民医院，1955 年日喀则人民医院建立，也是西藏 20 世纪 50 年代的 3 个医疗中心，至 1959 年西藏 7 地市均建立医疗机构，地市医院普遍实现分科诊疗。1954 年，卫生援藏力量较强的昌都地区率先建立了所属各县医疗机构，其余地市所属各县医疗机构于 1959 年民主改革后相继建立，但总体处于综合门诊阶段，1973 年之后逐步分设门诊和病房。20 世纪 60 年代中期，各县开始建立区级卫生院（每区辖几个乡），70 年代中期普遍建成（现为乡镇卫生院）。20 世纪 70 年代中期，建设到乡卫生院，村一级设立乡村医生、卫生员。现代化医疗服务体系逐步建立健全。

服务人民，争取民心。按照党中央“医疗卫生工作服务于统战要求”的方针，十八军及卫生部派遣的医务人员，均把争取民心、统一战线放在工作首位。在西藏和平解放初期，由于缺乏基本的医疗卫生服务，农牧民群众生病只能拜佛打卦，加之上层反动人员的负面宣传及阻挠，农牧民群众不敢接受也不相信解放军的医疗卫生服务，医务人员就主动开展工作，以医疗卫生工作服务于统战工作：一是通过免费诊治病人，尤其对白内障、外伤手术等治疗取得良好效果，大家口口相传、奔走相告，赢得各界人士的信任。二是给上层社会的贵族、地方政府官员及活佛上门诊治疾病，一些急危重症疗效明显，赢得他们的信任及对现代医学的观念转变。之后农牧民群众拜佛打卦问疾病时，开明的活佛就让他们找解放军医生。如此，既能为群众治病救命，又能提高活佛自己的威信，增加供奉收入。对于农牧民群众，则是逐渐形成科学就医观念。三是针对旧西藏孕妇生孩子只能在牛棚、羊圈、帐篷内的土地上，并由产妇自己用普通剪刀剪断脐带、用羊毛绳捆扎的陋习，重点开展主动上门孕检、产检、新法接生等工作，对减少孕产妇的死亡起到跨越式的作用。四是西藏和平解放初期，拉萨市区及其他城市流浪乞讨人员很多，其中患梅毒、淋病等传染性疾病的人员多，但普遍对油剂长效青霉素等抗生素非常敏感，医务人员主动识别并免费治疗这些病人，赢得底层社会人员的拥护。五是针对西藏天花、白喉、腮腺炎、结核病等传染病高发情况，及时开展牛痘、麻腮风、卡介苗等疫苗接种工作。六是1954年12月之前，由于青藏公路、川藏公路尚未通车，医务人员随行携带入藏的药品逐渐用尽，大家用普通白酒蒸馏自制消毒制剂；就地取材采集本地藏药材，用土办法制备曼陀罗浸膏、莨菪浸膏和远志流浸膏；自制阿片散剂、硫酸镁散剂和止疼片等部分药品用于临床。七是根据当时的对敌斗争需要，20世纪50年代的医务人员基本上身兼三职：白天做好治病救人，业余时间从事生产建设（种蔬菜），夜间站岗放哨。

西藏和平解放后，医院不仅为当地各族群众提供免费医疗卫生服务，对于流浪贫困群众和外地朝佛群众，既免收诊疗费、住院费，还对一些贫苦人员提供衣服、生活费及返程路费。藏汉同胞血肉相连的关系和西藏农牧民免费医疗制度的形成，都是党中央关心关爱西藏人民健康福祉特殊政策和广大医务人员无私奉献的结果。医疗卫生服务赢得藏族同胞的充分信任和交口称赞“金珠玛米亚古都（音）（解放军好）”。农牧民免费医疗制度一直延续至2003年，被以政府投资为主建立、以免费医疗为基础的农牧区医疗保障制度所取代。

注重研究，提高水平。西藏和平解放初期，对高原病的认识和其他一些疾病的治疗都是循序渐进的过程。从川藏、青藏线进藏人员出现高原反应，起初被误认为途中有“瘴气”，通过分发香烟和大蒜进行预防。修筑青藏、川藏公路时，对战士出现的高山不适应症，称为“高山适应不全症”，把病人送下山短期休息或使用维生素C治疗后基本得到恢复。1954年，昌都地区人民医院首次出现“高山病”的诊断。同年，拉萨人民医院（现自治区人民医院）开始组织高原疾病调查研究。1964年，自治区人民医院董金增发表第一篇高原病临床报道，对高原病作了分型，并描述了各型的临床表现及治疗原则等。20世纪70年代，西藏医学科学研究所、自治区人民医院、自治区第一工人医院（现自治区第二人民医院）和西藏军区总医院等单位在高原病命名、分型及诊断标准、治疗原则等方面取得一致意见。期间，外科手术等业务逐渐开展，从在帐篷或藏式房内借助烛光或手电筒开展脓肿切开引流、清创缝合等简单外科手术，到20世纪50年代中期可以开展下腹部手术以及对病人进行基础护理和生活护理。1954年，拉萨人民医院（现自治区人民医院）可以开展肝包虫囊肿摘除等腹部外科手术以及骨科创伤手术。

接种疫苗，预防为主。西藏和平解放初期，传染病的预防和治疗都由医院承担。1956 年 1 月，根据传染病情况，拉萨人民医院（现自治区人民医院）对市区居民普遍接种牛痘苗、霍乱与伤寒混合疫苗、白喉类毒素、痢疾毒苗，其后专门到色拉寺等寺庙为 1000 余名喇嘛接种牛痘疫苗。拉萨人民医院、昌都人民医院、日喀则人民医院医务人员发挥了接种牛痘疫苗的重要作用。三家医院还派出医疗队深入各县宣传和接种疫苗。截至 1959 年年底，西藏共接种牛痘疫苗 348767 人，20 世纪 60 年代初西藏基本消灭天花流行。1961 年 10 月，西藏自治区正式成立第一个专门的卫生防疫机构——西藏卫生防疫站。随着西藏自治区、地市、县三级卫生防疫机构的逐步建立，在“预防为主”方针的指导下，卫生防疫工作逐步得到加强。特别是随着计划免疫的深入开展，一些过去严重危害人民群众健康并广泛流行的急性传染病如天花、霍乱、麻疹、百日咳、流感、斑疹伤寒、猩红热、白喉、脊髓灰质炎等得到了有效控制，传染病的发病率大幅度下降，基本避免了急性传染病大范围流行。1965 年 11 月，西藏在曲水县江贡觉寺山沟建立江曲医院（自治区麻风病医院），初期设置病床 100 张，由广东省新州麻风病医院进行人才支援和当地人员培训工作。此后，成立专业队伍在全区开展麻风病普查救治和麻风村的建设工作，对全区麻风病人给予规范系统治疗。

新法接生，造福妇幼。西藏和平解放初期，十八军医务人员利用巡回医疗、家庭访问、节假日群众集会等机会，通过幻灯片、模型、图片展览、新法接生表演等形式向群众宣传新法接生。1951 年，卫生部专门印制了一套有藏文说明的卫生宣传挂图，重点宣传新法接生和妇幼卫生常识。1952 ~ 1956 年，卫生部赴昌都民族卫生工作大队在昌都举办新法接生培训班，先后培养藏族接生员 158 名，在昌都、波密、丁青等地广泛开展了新法接生。1960 年，林芝地区各县开展新法接生和科学育儿培训工作，共培训接生员 280 人。20 世纪 70 年代初，其他地（市）也开展了新法接生培训工作，全面推广新法接生，大大降低了孕产妇死亡率和新生儿死亡率。

培养人才，固本强基。1953 ~ 1954 年，卫生部赴昌都民族卫生工作大队在昌都举办初级卫生人员培训班 2 期，培训学员 69 名。随后，进藏卫生人员在拉萨、日喀则等地先后办起同类培训班。1956 年，全区吸收藏族卫生干部 254 名，分别参加拉萨、昌都、日喀则医院开办的初级卫生干部训练班，补充基层医疗卫生机构人才队伍。1956 年，经卫生部批准，北京卫生学校为西藏代培养医士专业藏族学生 50 名。此后，四川雅安卫生学校、兰州西北民族学院等院校为西藏培养医士、助产士 200 余名。1960 ~ 1963 年，西藏学员先后毕业，走上西藏医疗卫生岗位。20 世纪 70 年代初开始，全区各地市利用县医院和当地中专卫校作为教学基地，培养了大批乡村医生、农村卫生员和农村接生员。

积极开展爱国卫生运动。1953 年，拉萨、丁青成立清洁卫生委员会，发动群众进行卫生大扫除，清理城市内垃圾粪便，疏通道路排水管道，并开始修建公共厕所和垃圾箱，大力改变公共卫生状况。1968 年后，西藏各地市陆续成立爱国卫生运动委员会，动员组织群众除“四害”、讲卫生，开展“两管五改”工作（管水、管粪，改良水井、厕所、炉灶、畜圈、环境卫生）。开展卫生健康教育宣传，培养群众的卫生健康意识和科学生活习惯。

二、为西藏留下一支不走的医疗队

1973 年 6 月，周恩来总理对卫生部报送的《关于加强西藏自治区医药卫生事业建设的报告》作出重要批示，要求为西藏留下一支不走的医疗队。7 月 3 日，国务院批转卫生部《关于加强西藏自治区医药卫生事业建设的报告》。批示指出，积极培养藏族医药卫生人员是解决西藏地区缺医少药的根本措施，在西藏自治区医药卫生力量尚未成长起来以前，组织医疗队赴西藏工作是完全必要的。《报告》提出，为了加强西藏自治区医疗卫生工作，一方面主要从藏族青年中选调 600 人到内地医学院校培训，另一方面由上海、江苏等省（直辖市）组织 8 个医疗队到西藏工作，每批在藏工作 2 年，由派出省（直辖市）进行轮换。8 ~ 9 月，卫生部组织 8 省（直辖市）派出了辽宁（支援那曲）、上海（支援自治区直属医疗单位）、江苏（支援工业局、交通局系统医疗机构）、山东（支援日喀则）、河南（支援山南）、湖北（支援公安局劳改医院、西藏军区生产建设师澎波医院）、湖南（支援拉萨）、四川（支援昌都）等 8 支医疗队，包括内科、外科、妇产科、儿科、中医、放射、检验、药剂和

卫生防疫、药品制造、医疗器械修理以及医学教育等专业的首批 445 名医务技术人员赴藏。自此开始，卫生部直属单位与内地省市卫生系统陆续向西藏选派医疗队，开始了有计划、大规模的卫生援藏工作。此后 7 年时间，按照周恩来总理的批示要求，卫生部先后派出 5 批共计 2216 名医务人员赴藏支援，以“传帮带”的方式对当地医务人员“传经送宝，面授机宜”，解决当地农牧民群众的看病就医问题。

医疗队员在防病治病的同时，重点在于培训民族医务人员，快速培养西藏本地藏族卫生人员。各医院分别举办短期医疗培训班，并选拔部分医务人员到内地医院进修学习。20 世纪 70 年代，西藏自治区卫生学校从无到有，逐渐从自治区卫生学校及各地市卫校、自治区人民医院护士学校、林芝医学院等多次合并重组，发展为西藏民族学院医疗系、西藏医学院以及 4 所中专医学校，培养本地本科及中专卫生人才。同时，选派大批农牧民子女到内地进行汉藏文化课学习和医学专门培养，选派 1000 余名学生赴山东泰安卫校、河南开封卫校和湖南衡阳卫校学习，毕业达到中专水平。从自治区内汉族干部子女中招录 100 余名初中及高中毕业生到沈阳卫校学习，培养放射和药剂专业人才。从西藏在职和部队转业卫生人员中招录 40 余人到哈尔滨医科大学主修卫生防疫专业。20 世纪 70 ～ 80 年代，沈阳卫校、泰安卫校、开封卫校、衡阳卫校、咸阳卫校、重庆药剂学校等相继为西藏培养各专业中等卫生技术人才 1200 余名。截至 1984 年，自治区民族卫生技术人员发展到 3900 人，占全部卫生技术人员 6725 人的 58%，一支民族医药卫生队伍迅速成长起来。

20 世纪 70 年代，在派遣援藏医疗队员和大力培养本地人才的基础上，西藏医疗服务和疾病控制工作水平快速提升。自治区人民医院等已经能够施行动脉导管未闭手术、甲状腺切除针刺麻醉术、肺叶切除术、食道癌切除术，开展显微外科断指、断肢、断掌再植术。自治区人民医院能够开展血透、腹腔镜治疗等手术。1976 年 2 月，辽宁省医疗队在海拔 4800 米的那曲聂荣县为藏族牧民实施了肝包囊虫摘除和肝脏部分切除术。1978 年 5 月，四川医疗队在那曲丁青县为藏族牧民切除重达 15 公斤的卵巢囊肿。

20 世纪 70 年代，西藏自治区尤其重视传染病的综合防控，积极开展各种传染病的疫苗接种、阻断传播和综合治疗工作。自治区成立专门机构开展结核病预防接种和治疗，建立 7 支地方病防治队深入全区开展鼠疫疫源调查和综合防控。1978 年和 1979 年，吉林省、河北省分别派出鼠疫防治队与西藏地方病防治队联合对日喀则、那曲进行鼠疫自然疫源地调查，为灭鼠防疫奠定基础。成立昌都地区麻风病防治队，组建培训专业队伍，开展麻风病防治工作。组建日喀则、那曲布病防治队，同步开展人畜布鲁氏菌病防治。1978 ~ 1981 年，在西藏全区开展布病调查，共调查 196098 人，查出布病患者 14217 人，均给予积极治疗。1974 年 11 月，西藏自治区人民医院病理科医生李经邦首次确诊西藏克山病人。1977 年，全国克山病病因研究协作组认定西藏自治区堆龙德庆、尼木、曲水县为克山病病区，指导自治区对现症病人予以综合治疗并对人群普遍口服亚硒酸钠预防克山病，1979 年后，病区很少有急型、亚急性克山病人发生。1976 年，全区开展地方性甲状腺肿的普查治疗和预防工作，采用食盐加碘和普服碘油胶丸措施，甲状腺肿患病率由 1976 年的 50% 左右降至 1987 年的基本达到或接近国家甲状腺肿控制目标，部分县再未发现甲状腺肿病人。1975 年 11 月至 1978 年 4 月，西藏自治区动员 1000 余名医务人员深入全区 58 个县开展了以肿瘤为主的人口死因调查（当时阿里地区归新疆管辖，由新疆调查），完成西藏自治区肿瘤死亡调查报告，第一次科学计算出西藏自治区人口出生率、死亡率、自然增长率和各类疾病死亡率。

三、分省定区，对口支援

1979 年，按照党的十一届三中全会以及中央提出的全国支援西藏的精神，卫生部又调整直属单位及分省定区支援西藏卫生事业关系，确定卫生部直属单位支援西藏自治区卫生厅直属单位；湖北、湖南支援拉萨市；广东、河南支援山南地区；四川支援昌都地区；安徽、浙江支援日喀则地区；山西、陕西支援那曲地区；辽宁、黑龙江支援阿里地区，实行新的分省定区、包干支援办法（当时林芝地区各县分属拉萨市和昌都地区）。

1983 年 8 月 18 日，卫生部、国家民委、劳动人事部联合印发《关于经济发达省市对口支援边远少数民族地区卫生事业建设的实施方案》（以下简称《方案》），卫生系统对西藏由分省定区、包干支援改为对口支援办法，是国家较早提出对口支援西藏的方案。卫生部在京直属单位支援西藏自治区卫生厅直属单位；湖北、湖南支援拉萨市；广东、河南支援山南地区，广东省继续支援自治区江曲医院（西藏第一所麻风病院）；四川支援昌都地区；安徽、浙江支援日喀则地区；山西、陕西支援那曲地区；辽宁、吉林、黑龙江支援阿里地区。《方案》要求把帮助培养提高西藏本地卫生技术人员摆到首要位置，培养医疗、卫生、教学、科研、医技以及设备维修等各类专业技术人才，逐步壮大西藏本地技术骨干队伍。考虑到北京、上海、天津等省（直辖市）已有面向其他地区的对口支援任务，本次没有安排3个直辖市对口支援西藏卫生工作。

1984年9月6 ~ 20日，卫生部部长崔月犁带队赴西藏进行医疗卫生工作调研，也是西藏和平解放以来卫生部第一次大型调查组进藏实地调查指导西藏卫生工作。调查组对拉萨、日喀则、林芝的医疗、防疫、妇幼、基层、藏医药和卫生教育进行广泛调研和座谈，慰问援藏医疗队员并座谈听取卫生援藏的意见建议。调查组对西藏和平解放以来的卫生事业发展予以肯定，尤其是全区卫生队伍已有8383人，病床4455张，覆盖自治区、地市、县、乡的医疗机构网络初步形成。存在的主要问题是，人才短缺，没有形成以藏族技术骨干为主的能独立完成医教研任务的卫生工作队伍；组织设置还不合理，没有卫生体系规划；基本上没有建立起预防妇幼保健网，地方病、传染病发病率高；没有制定出台适合西藏特点的卫生事业建设的近期和长期规划；经费

紧张，全民免费医疗的名声很大，但广大农牧民人均医药费水平低、得到的实惠不多，急需进一步加大对西藏卫生的支援力度。

1984 年 11 月 20 ～ 28 日，卫生部部长崔月犁在重庆主持召开卫生部、西藏自治区和对口支援省份卫生厅参加的全国卫生系统支援西藏卫生事业建设三方协商会议（后被认为第一次卫生援藏工作会议）。会议认为，西藏的卫生事业建设除了主要应该依靠自己的力量、充分发挥当地卫生技术人员的积极性外，当前和今后一个时期内仍需要由内地支援。一定要采取更为有力的措施，做好内地省市卫生部门对口支援西藏工作。12 月 28 日，卫生部印发《关于进一步做好对口支援西藏卫生事业建设的几点意见》，要求加大内地省市对口支援西藏卫生工作力度。对口支援西藏自治区卫生厅直属单位的卫生部直属单位由原来的 7 个增加到 11 个，对口支援西藏卫生工作的省份增加到 15 个。具体分工为：中国医学科学院支援西藏自治区人民医院、医科所，中医研究院支援西藏自治区藏医院，中国预防医学中心支援樟木口岸检疫所，北京中医学院、中日友好医院、北京医院支援林芝八一人民医院，北京医学院支援第一工人医院（现自治区第二人民医院），北京医学院、首都医院和四川医学院支援自治区卫生学校，卫生部药品生物制品检定所支援西藏自治区药检所、防疫站。山西、辽宁、吉林、黑龙江、浙江、安徽、河南、湖北、湖南、广东、四川、陕西等 12 省对口支援西藏 7 地市。在 1983 年对口支援关系基础上，增加湖北省支援拉萨市妇幼保健院，广东省支援樟木口岸检疫所；增加上海市（全国结核病防治研究分中心）、山东省、广东省（全国麻风病防治中心）和北京同仁医院（全国防盲技术指导组）分别负责西藏自治区的结核病、麻风病、白内障的防治、业务技术指导和人员培训工作。随后，天津、重庆也接受对口支援西藏任务。1984～1994年，内地省市进藏医疗队73批，卫生援藏人员合计891人。

20世纪80年代，按照卫生部要求，支援省市纷纷支持对口单位的硬件设施建设。1985年8月，由江苏省援建的自治区人民医院扩建工程包括两幢五层的住院大楼和一幢三层的门诊楼通过验收，总建筑面积17176平方米，设有400张病床，8个手术室，并配备比较先进的成套医疗设备。天津市援建那曲地区人民医院住院部建筑面积6250平方米竣工，设有床位203张。山东省援建日喀则地区人民医院门诊大楼竣工。从此，各受援单位进入快速发展时期。

其间，各支援省市继续大力支持西藏的医学人才培养工作。1980～1993年，在西藏自治区内外先后举办内科、外科、妇产科、儿科、五官科、药剂、麻醉、藏医、公共卫生、卫生事业管理等各种学科、各个层次的在职人员培训班75期，参加学习的卫生技术人员和卫生事业管理人员5469名，占同期全区卫生技术人员总数的一半以上。1988年，在全区地市以上医疗卫生单位挑选20名藏族青年主治医师分别到北京医科大学、上海医科大学等9所医科大学跟随导师学习3年，培养一批学科带头人。1991年和1993年，在华西医科大学连续举办两期主治医师骨干

培训班，每期学习一年半，两期共培训藏族主治医师 47 名。

1989 ~ 1999 年（2000 年停止招生），山东省卫生学校、江西省卫生学校、黑龙江省卫生学校、吉林省四平卫生学校、福建省福州卫生学校、江苏省南京市江宁卫生学校相继开办西藏中专班，为西藏培养公共卫生医士、药剂士、检验士、放射医士、妇幼医士等专业中等卫生技术人才 644 人。

20 世纪 80 年代，西藏自治区已经开展乳房再造、拇指再造、小儿麻痹后遗症矫形、二尖瓣分离等手术。1985 年，西藏自治区人民医院设立心血管科，设立病床 30 张，设有心脏重症监护室。1986 年 2 月，拉萨市人民医院成功为一例肺结核病人进行左下肺叶切除术。1990 年 7 月 9 日，自治区人民医院在中国医学科学院阜外医院专家组的指导下，成功为一例先天性房间隔缺损（2cm × 3cm）女性患者施行了体外循环心内直视瓣膜修补术。西藏还能够开展三肝叶和胰头十二指肠切除手术等。与此同时，全区护理技术得到提高，全面进行整体护理，尤其对危重病人的护理水平有显著提高。

1989 年，在中国预防医学科学院的帮助下，西藏自治区卫生防疫站对西藏人体寄生虫分布情况进行了调查，结论是西藏人体寄生虫病分布和感染率、感染度与当地的海拔高度、年平均气温、年平均相对湿度等气候特点有关；发病呈灶状分布，在相距不远的两个地方可以有不同的感染状况，并据此开展寄生虫病防控工作。

1994 年，卫生部在拉萨召开第二次全国卫生援藏工作会议，卫生部副部长殷大奎传达了中央第三次西藏工作座谈会精神，并就切实搞好卫生援藏工作提出要求。会后，卫生部印发《关于进一步加强卫生援藏工作的决定》，重新调整和增加对口支援单位，北京、山西、辽宁、吉林、黑龙江、上海、浙江、安徽、河南、湖北、湖南、广东、四川、重庆、陕西等 15 省市和卫生部 10 个直属单位对口支援西藏各地市、卫生厅的直属单位，卫生部机关支援西藏自治区卫生厅机关，中国医学科学院支援自治区第一人民医院，中国预防医学科学院支援自治区卫生防疫站，中日友好医院、北京医院支援自治区第二人民医院，北京医科大学、华西医科大学、中山医科大学支援自治区卫生学校，上海医科大学支援自治区传染病医院，卫生部药品生物制品检定所支援药检所，陕西省支援拉萨市，安徽省支援林芝地区，山西、辽宁省支援山南地区，四川省支援昌都地区，黑龙江、吉林省支援日喀则地区，北京市、河南省、广东省支援那曲地区，上海市、浙江省、湖北省、湖南省支援阿里地区。1995 年 10 月，卫生部印发《卫生援藏管理办法》，明确了卫生援藏的宗旨和重点内容，对卫生援藏实行项目管理，要求援受双方研究拟定援助规划，明确近期和中远期目标。

1996 年 8 月，由上海市援建的西藏自治区传染病医院完成移交并开业，建筑面积 13851 平方米，结束了西藏无传染病医院的历史。1999 年 6 月，卫生部赴藏大骨节病考察组确定西藏是全国最严重的大骨节病区，7 地市 33 县 108 乡 379 村流行大骨节病。西藏自治区于 2000 年 7 月在昌都边坝县召开全区防治

大骨节病工作现场会，出台《西藏自治区大骨节病综合防治项目规划》，确定采取投放预防性药物、居民搬迁、改粮换粮、改水和健康教育等综合性措施防治大骨节病。

2002 年 5 月，卫生部在深圳市召开第三次全国卫生援藏工作会议。卫生部部长张文康、副部长殷大奎出席会议并讲话，表彰援藏先进集体和个人，要求提高认识，贯彻落实中央第四次西藏工作座谈会精神，提出卫生援藏的重点是干部援藏、技术援藏、经济支援。会议印发了《中共中央组织部、人事部、卫生部关于将卫生援藏纳入对口支援工作有关问题的通知》和《卫生部关于卫生对口支援的指导意见》，将卫生援藏工作正式纳入党政对口支援范围，理顺了卫生援藏与党政援藏的关系，由 17 省市对口支援西藏 7 地市，分别是：北京、江苏对口支援拉萨，吉林、黑龙江、上海、山东对口支援日喀则，安徽、湖北、湖南对口支援山南，广东对口支援林芝，天津、福建、重庆对口支援昌都，辽宁、浙江对口支援那曲，河北、陕西对口支援阿里。调整后，对口援藏省市与各地市卫生部门签订了 115 个卫生援藏项目，折合人民币 1.4 亿元，并继续派出医疗队支援西藏医疗卫生工作。

2006 年 8 月，卫生部在拉萨市召开第四次全国卫生援藏工作会议，卫生部副部长王陇德出席会议并讲话。会议明确“十一五”期间要在公共卫生、农村卫生、重大疾病防治、卫生监督、人才培养、农牧民医疗保障、万名医师支援农村和城市社区卫生服务能力建设等方面加大对西藏卫生支持力度。北京、天津、河北、辽宁、吉林、黑龙江、上海、江苏、浙江、安徽、福建、山东、湖北、湖南、广东、重庆、陕西等17个省市和中国医学科学院、中国疾病预防控制中心、卫生部卫生监督中心、北京医院、中日友好医院、四川大学华西医院、中国中医科学院等7个部局属（管）单位承担对口援藏任务，选派医疗队和援藏干部，深入西藏7地市和74县（区）的各级各类医疗卫生机构工作，并向西藏各级医疗卫生单位提供医疗防疫设备、救灾药品、办公设备、交通工具和资金等折合人民币4.6亿元。“十一五”期间，卫生部、国家中医药管理局协调有关部委安排中央专项资金25.6亿元，支持西藏卫生事业发展。

2010年9月，卫生部在拉萨市召开第五次全国卫生援藏工作会议，卫生部党组书记张茅出席会议并讲话。会议总结卫生援藏工作并进一步明确援藏工作任务，要求巩固完善农牧区医疗保障制度，不断提高西藏人民群众受益程度和医疗保障水平；加强医疗卫生机构基础设施建设，提升远程医疗能力和水平，提升偏远地区医疗服务的覆盖能力；促进基本公共卫生服务逐步均等化，切实加强西藏传染病、地方病、职业病、慢性病以及高原病、精神病的防治能力和技术水平；实施国家基本药物制度，加快推进基层医疗卫生机构人事分配制度、绩效工资考核等综合配套改革；推动公立医院改革，维护公立医院公益性；加强医疗卫生人才培养，推进医药卫生信息化建设；大力发展藏医药事业。会议表彰了卫生援藏工作先进集体和先进个人，援受双方签订了合作协议。

2011 年 11 月，卫生部在北京召开全国卫生系统对口支援西藏工作座谈会，卫生部副部长陈啸宏出席会议并讲话。会议的主要内容是贯彻落实中央第五次西藏工作座谈会精神，总结卫生援藏工作经验，制定和完善了推进西藏医疗卫生事业发展的方针政策。会后相继出台了《卫生部关于推进西藏卫生事业跨越式发展和加快四川云南甘肃青海省藏区卫生事业发展的指导意见》和《关于支持西藏自治区藏医药事业发展的意见》等具体政策措施。

2012 年 8 月，卫生部在西藏林芝召开全国卫生系统对口援藏工作座谈会，卫生部部长陈竺、副部长陈啸宏出席会议并分别讲话。陈竺强调，中央第五次西藏工作座谈会明确了今后一个时期西藏医疗卫生事业的发展方向，就是要全面落实医药卫生体制改革方案，改善基层医疗机构设施条件，加快卫生人才队伍建设，完善以免费医疗为基础的农牧区医疗保障制度，逐步提高国家补助标准和保障水平，加大地方病、高原病、传染病防治力度，提高基本医疗卫生服务的可及性。要求卫生系统贯彻落实好中央领导同志重要讲话和会议精神，突出支援重点，认真落实卫生援藏各项任务；突出智力帮扶，大力提高服务能力和水平；突出群众受益，切实保障和改善农牧民健康。

2014 年 9 月，国家卫生计生委在西藏拉萨市召开全国卫生计生系统对口支援西藏工作会议，国家卫生计生委副主任陈啸宏出席会议并讲话。2016 年，国家卫生计生委制订《国家卫生计生委支持西藏及四省藏区进一步提升基层医疗卫生服务能力方案》，提出5大类14项措施，加大对西藏及四省藏区县、乡、村三级医疗卫生服务人员培训支持力度。帮助西藏和四省藏区培养卫生技术骨干人才，建设一批重点专科；完善和实施住院医师规范化培训制度，加强全科医师培养；实施农村订单定向医学生免费培养项目，巩固“万名医师支援农村卫生工程”成效，建立城市支援农牧区的长效机制。部（委）属管单位以及17个对口援助省市通过资金支持、项目支持、物资支持、智力支持以及管理支持等多种方式对口援助西藏卫生健康工作，西藏医疗卫生工作中的缺口和短板得到补充和提高，医疗卫生的服务面和可及性不断扩大。西藏与祖国内地的联系更加紧密，交流日益广泛，西藏各族群众对伟大祖国的向心力、凝聚力进一步增强。

从2001年开始，卫生部、中国人民解放军总后勤部卫生部做出了军队医院对口支援西部省（市、区）县医院的决定，8所军队医院建立了对口支援西藏8所县医院和2所自治区医院的关系，重点开展医疗服务、智力支援、设备支持和管理帮带等方面的工作。2010年，军队医院对口支援西藏增加到15所县医院。

四、医疗人才组团式援藏

党的十八大以来，以习近平同志为核心的党中央高度重视西藏工作，亲切关怀西藏各族人民的健康。2015年8月24日，中央第六次西藏工作座谈会在北京召开，以习近平同志为核心

的党中央作出了医疗人才“组团式”援藏的重大决策部署，并写入《中共中央关于进一步推进西藏经济社会发展和长治久安的意见》。从此，医疗人才援藏由分散转向集中、由单兵作战转向组团作战，由“输血型”为主的援助方式转向“造血型”为主的援助方式；成批次组团选派医疗骨干，支持西藏自治区人民医院和 7 地市人民医院（简称“1+7”医院）科室建设和人才队伍建设，整体提升“1+7”医院的医疗服务和管理水平。2015 年 8 月，第一批 143 名组团式援藏医疗人才进藏，由北京协和医院、北京大学第一医院、北京大学人民医院、北京大学第三医院对口支援自治区人民医院，北京、上海、安徽、广东、重庆、辽宁、陕西 7 省（直辖市）分别对口支援拉萨、日喀则、山南、林芝、昌都、那曲、阿里 7 地市人民医院。

中央组织部、国家卫生计生委明确了医疗人才组团式援藏工作的主要目标任务。一是 2020 年，孕产妇和婴儿死亡率要分别下降到 80/10 万和 12‰，住院分娩率要达到 95% 以上；2030 年孕产妇和婴儿死亡率要分别下降到 30/10 万和 7‰，住院分娩率继续保持 95% 以上。二是 2020 年，基本实现“大病不出藏、中病不出地市、小病不出县”的目标。三是全面实现城乡居民和在编僧尼免费健康体检、有病就医、孕产妇住院分娩、地方病免费救治全覆盖。四是人均期望寿命到 2020 年从 68.2 岁增加到 70 岁，2030 年增加到 72 岁。五是到 2020 年，“1+7”医院实现“强三甲”“创三甲”目标，74 县级医院基本达到二级医院标准。

中央组织部、国家卫生计生委成立医疗人才组团式援藏工作机构，强力推动各项工作。中央政治局委员、中央书记处书记、中央组织部部长、中央党校校长陈希同志倾注了大量心血和汗水，抓顶层设计、做制度安排，2015～2017年连续三年进藏调研指导，主持医疗人才组团式援藏专题会议推进重点工作。中央组织部常务副部长姜信治，副部长邓声明、张建春，部务委员李小新等领导坚持靠前指挥，研究解决重大问题，推动重点工作落地。十三届全国政协副主席、原国家卫生计生委主任李斌，国家卫生健康委主任马晓伟，副主任王国强、王培安、王贺胜、崔丽、李斌、于学军等领导把医疗人才组团式援藏工作摆上重要议事日程，多次进藏指导工作。王贺胜副主任连续三年进藏实地调研并召开医疗人才组团式援藏和三级医院对口帮扶县级医院工作会议，总结经验，督促工作落实。

西藏自治区党委、政府把推进医疗人才组团式援藏工作作为对以习近平同志为核心的党中央绝对忠诚的有力行动，作为重大的民心工程、民生工程和民族团结工程。自治区党委专门成立了由主要负责同志担任组长的领导小组，制定出台《关于深入扎实推进医疗人才组团式援藏工作的实施意见》，提出了十条政策措施，突破人事管理、绩效考核、财政投入等政策瓶颈。陈全国、吴英杰、洛桑江村、齐扎拉、丁业现、庄严、曾万明、陈永奇、德吉、罗梅等领导高度重视，先后多次深入“1+7”医院调查研究，推动现实问题就地解决。自治区党委原常委、组织部部长曾万明长远谋划、狠抓落实，定期召开医疗人才组团式援藏领导小组办公室会议，召开现场办公会、工作推进会、协调会和到各地市现场调研，研究安排建立“1+7”医院、对口支援、人才队伍建设、经费保障机制。区党委常委、组织部部长陈永奇深入基层开展调研，并主持召开“1+7”医院“师傅带徒弟”工作座谈会，对持续深入开展师带徒工作提出要求。

西藏自治区党委组织部把医疗人才组团式援藏工作作为组织部长工程，牵头抓总，统筹推进。郭强副部长狠抓工作落实，部署制定了《关于加强和改进“1+7”医院党建工作的实施意见》《关于建立医疗人才组团式援藏工作长效机制的意见》等文件，细化措施、明确责任，为“1+7”医院发展提供体制机制保障，确保工作长效化。

对口支援省市、单位以高度的政治自觉，倾力做好医疗人才组团式援藏工作。北京协和医院把西藏自治区人民医院作为“大西院”来建设，参照协和标准打造医疗流程，移植协和文化引领建设现代医院，帮助建成了全区病理诊断质控中心、远程医学及病理诊断中心等医疗平台，把雄厚、优质的技术力量辐射到全区，充分发挥了“领头羊”作用。北京大学医学部协调北京大学第一医院、北京大学人民医院、北京大学第三医院率先实行“以院包科”。北京、辽宁、上海、安徽、广东、重庆、陕西 7 省（直辖市）把医疗人才组团式援藏作为重大政治任务，坚持选最好的医院、建最好的团队、派最好的医生，4 年共计选派 658 名专家，最大限度支援“1+7”医院。

西藏自治区卫生健康委把医疗人才组团式援藏工作作为快

速提升全区医疗水平的重要抓手，抓医院内涵建设，指导推动医疗人才组团式援藏工作往实里做，往深里走。成立以党组书记、副主任王云亭同志为组长，副主任胡学军、许培海为副组长的领导小组，聚焦重点工作，定期召开专题会议研究具体推进措施。按照“三不出”目标要求，建立大病、中病目录清单库，不断拓展可治疗疾病范围。建立医疗人才组团式援藏月报台账工作制度，收集整理60余项反映工作动态的数据指标，实时掌握“1+7”医院工作开展情况。把“1+7”医院作为深化医改的突破口，先后印发了《关于建立现代医院管理制度的实施意见》《关于推进分级诊疗工作的实施意见》《西藏自治区自然科学基金“组团式”援藏医学项目管理办法（试行）》等一系列政策文件，积极推进以“1+7”医院为重点的公立医院人事、薪酬、管理运行等体制机制改革。研究起草《“1+7”医院院长岗位管理及考核办法》《医疗人才组团式援藏工作考核评估方案》《医疗人才“组团式”援藏帮带工作考核办法》，对“1+7”医院和援藏医疗人才量身订制了17大类52项考核指标。

国家卫生健康委协调安排每月2个支援省市向自治区调血1000单位，每年从区外调血达到12000单位（计2.4吨），为“1+7”医院新增手术顺利开展、包虫病患者手术治疗等提供了血液保障，有效解决了血液制约的瓶颈问题。自治区住房建设部门落实援藏专家公寓楼380套，落实了专家食堂、医疗保健、交通等后勤保障工作。

医疗人才组团式援藏取得明显成效。

（一）人才培养成效凸显，整体提升了医院医疗技术人员能力和水平

分层分类制定“1+7”医院近期、中期和长期人才发展规划，明确不同时期、不同阶段的目标任务、重点举措，着力建设一支有梯次、成建制、留得住、用得好的医疗人才骨干队伍。培养了学科带头人、后备学科带头人、专业技术骨干，全面落实“团队带团队”“专家带骨干”“师傅带徒弟”机制。截至 2018 年年底，援藏医疗专家累计帮带 588 个医疗团队、1446 名本地医务人员，培养本院医疗骨干 984 名和县级医院医疗骨干 1593 名，已有 120 余名受援医院医生能够独立开展 1 ～ 2 种新手术，803 人职称得到晋升。选派 1147 名有培养潜力的本地医务人员和新入职医生到对口支援医院跟岗培训、进修业务。选派 23 名地市分管领导和卫生部门、受援医院班子成员到对口支援省市挂职锻炼。2016~2018 年，“1+7”医院引进医务人员 776 人，同时柔性引进各类人才 778 人进藏开展短期服务。

（二）“以院包科”推进有力，基本形成了门类齐全、覆盖较为广泛的科室体系

一是管理力量得到加强。落实“1+7”医院院长全部由牵头医院选派管理经验丰富、医疗技术精湛的人员担任，科室主任或常务副主任大多由具有高级职称的援藏专家担任，增强了科室力量。二是加强信息化改造升级。对“1+7”医院信息系统进

行改造升级，初步建立起以 HIS、LIS、PACS、EMR 为核心，以合理用药、手麻、院感、输血管理、体检、临床路径、多媒体查询为子系统的医院信息化网络，援受双方建立起远程医疗合作。三是精准确定重点科室。结合全区疾病谱，依托 8 家牵头单位、65 家包科医院重点建设 164 个科室，重点打造心血管内科、妇产科、儿科、骨科等 85 类具有高原特色、符合群众就医需求的拳头科室。在受援医院加挂特色专科牌子，实现支援医院与受援科室"捆绑"发展。四是"以院包科"成果丰硕。充分发挥包科医院的资源、技术优势，"打包移植"内地先进经验和技术成果 847 项，共同攻关技术难题 969 个，填补刷新区域内医疗技术空白 1014 项。五是学科建设进一步完善。研究制定了《关于推行组团式援藏医疗人才首席专家的实施意见》，从严从实选聘援藏专家为首席专家，充分发挥首席专家示范带动和支撑作用。先后在"1+7"医院挂牌成立 45 个临床医学诊疗中心，实现支援医院前后方联动、资源共享。截至 2018 年年底，受援医院科室由 163 个增加到 385 个。细化完善学科 197 个，新建必需的临床和医辅科室 46 个，有效解决了科室不健全的诊疗条件短板。

（三）等级医院创建成效明显，等级格局发生根本性变化

以等级医院创建工作为抓手，树立"以评促管、以评促建"意识，围绕创建目标，以钉钉子精神逐项落实管理规范和临床路径，狠抓"1+7"医院内涵建设和能力提升。截至 2018 年年底，

拉萨、日喀则、山南、林芝、昌都、那曲市人民医院顺利创成三级甲等医院，阿里地区创成三级乙等医院，提前完成“1+7”医院等级创建目标。

（四）诊疗能力显著增强，群众健康福祉大幅提升

一是加快实现“三不出”目标步伐。按照“三不出”目标要求，对“大病”“中病”目录清单逐项统计、梳理完善，每季度按能够治疗和不能够治疗两种类型更新一次“大病”“中病”目录，一些常见的“小病”在县级医院就能得到及时治疗。2018 年，“1+7”医院门诊量、住院量和手术量分别比 2014 年增长了 37.55%、76.23% 和 76.02%。二是危急重症救治取得重大突破。受援医院共开展三、四级手术 18430 台，危急重症病人抢救成功率达到 90.88%，比 2014 年提高 21.55%。

（五）医院管理水平提升明显，初步建成现代医院管理制度

一是从深从细加强医院管理。以医院等级创建为抓手，按照《关于建立现代医院管理制度的实施意见》要求，积极推进公立医院人事、薪酬、管理运行等体制机制改革。“1+7”医院运用全面质量管理（PDCA）和品管圈等质量管理工具，积极推进医院管理上水平。二是医院行政管理机制进一步理顺。健全完善了医院内部决策、工作例会、人员任免、考核评价、财务监督等制度 5314 项，基本形成了专家治院、制度管人的医院管理新格局。三是诊疗流程更加规范。进一步规范临床诊疗行为，

落实、优化和再造流程 284 个，建立了符合实际、简单明了、操作性强的诊疗流程体系。四是医院运行效率显著提高。在门诊、导诊、挂号、分诊及诊疗等过程中，合理配置资源，细化岗位职责，推出更多便民举措，尽量缩短患者就医时间，自治区人民医院超声检查由原来的预约 1 周左右实现了零预约。

（六）硬件设施全面改善，为提升医疗水平提供了硬件保障

2016 ~ 2018 年，承担对口支援任务的 7 省市共投入援藏资金 4.6 亿元，用于 7 地市人民医院基础设施建设、医疗设备采购、科研教学等项目。西藏自治区整合各级财政资金累计投入 29.07 亿元，用于医院基础设施建设、大型医疗设备采购、人员培训。日喀则、林芝、山南、昌都市均建起结构合理、功能齐备的现代化医院，拉萨市人民医院原门诊楼通过改造，压缩非业务性工作空间，让群众就医环境更舒适。3.0 核磁、128 排 CT、DSA 介入治疗仪等大型现代化医疗设备已走入“1+7”医院，正在服务于各族群众。

（七）向心力得到加强，民生、民心、民族团结工程效果显著

一是人民健康指数得以提升。通过医疗人才组团式援藏，辐射带动了医疗卫生事业快速发展。二是促进了民族交往交流交融。积极开展“藏汉亲、感党恩”等活动，组织专家巡诊义诊、送医送药，广大援藏医疗人才在与群众的“零距离”接触中结下了深厚情谊，在医疗卫生战线铺设了一条新的民族团结

“丝绸之路”。援藏医生每看好一个病人、开展一台手术都向患者宣讲这是党中央和习近平总书记的关心关怀，以实际行动促进群众感党恩、听党话、跟党走。三是淡化了宗教消极影响。援藏医生主动宣讲科学就医的相关知识，引导就医群众相信医疗科学，自觉抵制愚昧、迷信就医观念。以前许多信教群众习惯于生病到寺庙找活佛、小病拖成了大病。现在群众的就医观念发生了根本改变，生病后更多的是到医院找专家，追求健康文明生活、过好幸福今生的理念逐步深入人心。

五、统筹推进“1774”工程，医疗人才组团式援藏工作进入新阶段

2016 年 2 月，国家卫生计生委、国务院扶贫办等五部委联合印发《关于印发加强三级医院对口帮扶贫困县县级医院工作方案的通知》，决定于 2016 ~ 2020 年在全国联合开展三级医院（含军队和武警部队医院）对口帮扶贫困县县级医院工作，进一步提升贫困县县级医院服务能力，助力农村贫困人口脱贫。内地 86 家三级医院对口帮扶西藏 74 个县（区）85 家医疗机构（含 1 所市妇幼保健院、71 所县人民医院、5 所县藏医院、1 个乡卫生院、1 个社区卫生服务中心、6 个村卫生室），简称“1774”工程。

2016 ~ 2018 年，每年分别选派援藏专家 326 人、369 人、392 人进藏对口帮扶县级医院。截至 2018 年年底，拉萨、山南、

林芝市已经完全按照医疗人才组团式援藏的模式开展工作。为扩大内地三级医院对西藏县级医院的组团式援藏覆盖面，2018年11月27日，西藏自治区卫生健康委在林芝市召开现场推进会，全面推广林芝市县级医院医疗人才组团式援藏的“组织部长工程”经验。2019年5月，国家卫生健康委调整了帮扶力量薄弱的14个县的对口帮扶医院，并将日喀则市昂仁县、南木林县增补加入帮扶范围。各支援单位根据受援单位需求选派5人以上团队进驻。援受双方借鉴组团式经验，细化明确诊疗科目、制定专科发展规划、人才帮带、医院管理等方面的对口帮扶任务，并签订责任书，支援方带领本地人员开展剖宫产、胆囊摘除术、骨科手术等县域新业务，接受受援县每年选派的本地医务人员到对口支援医院跟岗培训、进修业务，提升了医院队伍整体能力和医疗技术水平。西藏已有41所县医院与支援医院开通了远程诊疗系统，开展以合理用药、疑难会诊、基础讲解和专科辅导为主要内容的远程指导工作，全面提高县级医院诊疗服务水平和能力。已有34个县级医院创成二级医院，其中二级甲等11家，二级乙等23家。

包虫病是西藏自治区发病率高、对经济社会和身体健康危害大的重点地方病。2016年流行病学调查显示，西藏包虫病发病率高达1.66%，74个县（区）均有流行，是我国包虫病分布区域最广的省区，给患者及家庭造成严重的健康危害和沉重的经济负担，成为健康扶贫“最难啃的硬骨头”。2017年，西藏自治区建立党委领导、政府主导、部门联动、全社会共同参与的包虫病综合防治工作机制，自治区请国家卫生计生委动员内地近 500 名专家进藏支援，统筹调动 3000 余名区内医务人员，组成 800 多个筛查组，开展全人群筛查。江苏省常熟市疾控中心援藏医生黄轶花同志牺牲在工作岗位上。通过援受双方的共同努力，仅 11 个月时间就完成了全区 300 万人口的全人群筛查。依托医疗人才组团式援藏力量，确定区内 13 家定点医院，预留床位 150 张，累计开展免费包虫病手术治疗 5000 多例，对其他符合药物治疗标准的患者统一免费发放药物，实现应治尽治。

2017 年，西藏自治区借鉴医疗人才组团式援藏工作经验，开展区内城市三级医院对口帮扶高海拔边远贫困地区乡镇卫生院工作，进一步延伸对口帮扶力量，由自治区内 7 家三级医院对口帮扶 15 个高海拔边远贫困乡镇卫生院。

2019 年，自治区卫生健康委研究修订《西藏自治区城市三级医院对口帮扶高海拔边远贫困地区乡镇卫生院工作方案》，新增区内地市级三级人民医院和藏医院为支援派出单位，支援医院增加至 17 家，受援乡镇卫生院增加至 31 家，每批支援人员增加至 94 名，每半年轮换一次，确保全年有对口帮扶专家在乡卫生院工作，全面开展区内大院帮小院对口帮扶工作。

结束语　卫生援藏任重道远

医疗援藏使西藏医疗健康事业发生了根本性的历史性变化和跨越式提升。截至 2018 年年底，西藏自治区卫生健康服务体系全面建立，覆盖区、市、县、乡、村五级的城乡医疗服务网络构建形成，基本医疗、疾病预防控制、妇幼保健、急救和巡回诊疗体系不断完善，全区医疗卫生机构达到1548个，床位16787张，卫生人员24018人。每千人口床位数4.88张（全国2017年5.72张）、卫生技术人员5.54人（全国2017年6.47人）、执业（助理）医师2.41人（全国2017年2.44人），与全国平均水平差距进一步缩小。西藏自治区人均预期寿命由和平解放初期的35.5岁提高至70.6岁，孕产妇死亡率从5000/10万下降到56.52/10万，婴儿死亡率从430‰下降到11.59‰，提前完成2020年预期目标。以免费医疗为基础的农牧区医疗制度建立完善，建立了政府主导，个人自愿参加，政府、集体和个人多方筹资，家庭账户、大病统筹和医疗救助相结合的农牧区医疗制度，形成了以农牧区医疗制度为根本、农牧民大病保险为补充、医疗救助相结合的多层次医疗保障体系，农牧区医疗制度政策覆盖率、参保率均达100%。

卫生健康运行新机制加快形成，自治区党委、政府召开全区卫生健康大会并印发《关于推进健康西藏建设的意见》和《健康西藏2030规划纲要》，深化医改扎实推进，卫生健康治理体系和治理能力现代化加快推进。党的建设全面加强，始终发挥卫生健康系统各级党组织的领导作用，把方向、管大局、作决策、促改革、保落实。

卫生援藏任重道远。卫生健康系统将深入贯彻落实党的十九大精神，以习近平新时代中国特色社会主义思想为指导，

按照中央组织部、国家卫生健康委的部署要求，绵绵用力，久久为功，扎扎实实推进各项工作，为建设健康西藏、实现西藏经济社会跨越式发展和长治久安做出应有的贡献。

本章作者：许培海，曾任西藏自治区卫生健康委副主任（援派），现任国家卫生健康委党校常务副校长、干部培训中心主任

主要参考文献

1. 中共中央文献研究室，中共西藏自治区委员会. 西藏工作文献选编（1949—2005）[M]. 北京：中央文献出版社，2005.

2. 朱晓明，张云等. 西藏通史（当代卷，上、下）[M]. 北京：中国藏学出版社，2016.

3. 西藏自治区志·卫生志编纂委员会. 西藏自治区志·卫生志 [M]. 北京：中国藏学出版社，2011.

4. 中共西藏自治区委员会党史研究室. 中国共产党西藏历史大事记（第一、二、三、四卷）[M]. 拉萨：西藏人民出版社，2018.

附　录 1

关于做好“组团式”援藏医疗人才选派工作有关事项的通知

组通字〔2015〕36 号

北京、辽宁、上海、安徽、广东、重庆、西藏、陕西等省（自治区、直辖市）党委组织部，政府人力资源社会保障厅（局）、卫生计生委，北京大学党委：

根据中央领导同志指示精神，为进一步促进西藏医疗卫生事业发展，改进援藏医疗人才选派方式，决定组织开展医疗人才“组团式”援藏，提高援藏工作的针对性、时效性、可持续性。现就做好“组团式”援藏医疗人才选派工作通知如下。

一、主要任务

医疗人才“组团式”援藏，是指由国家卫生计生委和有关对口支援省市指派医院，成批次组团选派医疗骨干，支持西藏受援医院科室建设和医疗人才队伍建设，通过持续支援，整体提升受援医院的医疗服务能力和管理水平。根据对受援医院的评估情况，每批次确定若干重点科室和具体工作目标，援助结束时按目标考核。

援藏医疗队成员由专业技术人员和综合管理人员组成。专业技术人员主要任务是提升受援医院科室建设水平，充分发挥自身专长和团队优势，“一对一”帮教受援医院相关科室医疗人员，示范从事医疗活动，传授医疗技术，提高受援医院医疗人员的能力和素质，推动相关科室建设不断进步。综合管理人员主要任务是提升受援医院管理水平，其中至少有一人担任受援医院副院级以上领导职务，明确相应职责和分

工，承担医院有关管理责任。受援医院要组建承接医疗团队，“一对一”跟学，并明确其工作任务，同时搞好组团援派人员与现有援派人员的工作衔接。

二、援助对象和结对关系

“组团式”援助对象为西藏自治区人民医院、7个地市人民医院。按照结对关系，北京协和医院牵头援助西藏自治区人民医院，一个对口支援省市援助一个地市人民医院。具体结对关系为：

1. 西藏自治区人民医院——北京协和医院牵头，北京大学第一医院、北京大学人民医院、北京大学第三医院参加；
2. 拉萨市人民医院——北京市所属医院；
3. 日喀则市人民医院——上海市所属医院；
4. 山南地区人民医院——安徽省所属医院；
5. 林芝市人民医院——广东省所属医院；
6. 昌都市人民医院——重庆市所属医院；
7. 那曲地区人民医院——辽宁省所属医院；
8. 阿里地区人民医院——陕西省所属医院。

三、人选条件

医疗队成员须从三甲医院选派，应具备下列条件：政治素质好，作风过硬，有较强的事业心和责任感；专业对口，符合受援医院科室建设需求；身体健康，能够适应高原工作环境。医疗队成员中，高级职称须占一半以上，其中专业技术人员至少具有中级职称。综合管理人员应有较强的组织领导和综合协调能力，担任受援医院院领导职务的，须从担任支援医院副院级以上领导职务的人员中选拔；担任受援医院科室负责人的，须从担任支援医院职能部门副职以上职务的人员中选拔。担任受援医院院领导的，即为医疗队队长，做好医疗队员日常管理和沟通协调等工作。

有关选派单位要把好人选的政治关、能力关、廉政关和身体关，优先把本单位优秀人才选派到西藏工作，让他们发挥作用、经受锻炼。

四、人才管理和有关待遇

“组团式”援藏医疗人才纳入第七批援藏干部人才选派计划管理，具体管理办法按中央组织部、人力资源社会保障部《关于印发〈对口支援西藏干部和人才管理办法〉的通知》（组通字〔2011〕58号）有关规定执行。在受援医院担任院领导职务的在藏工作时间可按3年一轮换把握，其他人员在藏工作时间至少为1年。对西藏需要、派出省市和单位同意、本人表现优秀又自愿延长在藏工作时间或留藏工作的，应予鼓励和提倡。

“组团式”援藏医疗人才在藏工作时间，由原工作单位发放工资，视同原单位在岗人员，享受原工作单位同类同级人员的各项福利待遇，同时享受西藏所在地区同类人员的地区津贴。原工作单位根据实际情况，可给予适当的生活补助，并办理援派期间人身意外伤害保险。援藏医疗人才按受援地的有关规定享受探亲、休假。各单位不得将援藏医疗人才作为分流或下岗对象，援派期满后如原单位撤销、合并或改制，派出省市和单位要负责妥善安排好他们的工作。在医疗人才晋级晋职、评定技术职称方面，同等条件下优先考虑。其他有关激励政策由对口支援省市和单位参照现有同类援派人员的待遇研究确定。

五、工作安排和有关要求

1.时间安排。首批援藏医疗队员于8月20日前进藏工作。请有关省市和单位干部人事部门于8月14日前，将“组团式”援藏医疗人才人选名单、简要情况表、表现材料各一份（附电子版）送西藏自治区党委组织部，西藏自治区党委组织部研究同意后即可进藏。西藏自治区党委组织部适时将人选有关材料报中央组织部干部一局、人力资源社会保障部人力资源市场司、国家卫生计生委医政医管局备案。援藏医疗人才到岗后，将在西藏组织集中培训。西藏受援医院将承接团队人员名单报西藏自治区党委组织部、人力资源社会保障厅、卫生

计生委。

2. 组织实施。中央组织部、人力资源社会保障部负责综合协调和工作统筹。国家卫生计生委牵头负责业务指导、检查评估和目标考核等，明确一名局级干部担任西藏自治区卫生计生委副主任联系“组团式”援助工作。各对口支援省市、有关单位和西藏自治区具体组织实施，做好人员选派和日常管理服务，落实相关保障措施。

3. 有关保障。“组团式”援助西藏自治区人民医院所需经费由国家卫生计生委统筹协调安排，援助地市人民医院所需经费从各对口支援省市1‰援藏资金中列支，主要用于购置、维护必要的医疗设备以及相关基建改造、组织医疗人员培训等。西藏自治区要为医疗队员提供必要的工作和生活条件，做到放手使用、关心关爱，创造平台充分发挥援藏医疗人才的作用。要建立日常联系机制，西藏自治区主动与国家卫生计生委、对口支援省市沟通对接情况，对口支援省市和有关单位要加强与西藏自治区的联系，省市援藏工作队要加强对援藏医疗人员的管理，定期听取医疗队意见，研究解决问题，推动工作开展，同时注意总结医疗人才“组团式”援藏的经验做法。

医疗人才“组团式”援藏是干部人才援藏方式的改进和完善，选优派强医疗队员是一项重要的政治任务。各有关省市和单位要增强政治意识、大局意识和责任意识，按照工作要求，加强领导，密切协作，精心组织，认真做好医疗人才选派管理等各项工作，为切实提高西藏医疗卫生事业发展水平、促进民生改善提供有力人才支持。

附件：“组团式”援藏医疗人才选派计划表（2015~2016年度）

“组团式”援藏医疗人才选派计划表（2015~2016年度）

支援单位	受援医院	重点受援科室	选派人数	专业技术人员	综合管理人员（受援医院任职）
北京协和医院 北京大学第一医院 北京大学人民医院 北京大学第三医院	西藏自治区人民医院	内科、 外科、 妇产科、 重症医学	30	28人：内科（含心血管、呼吸、内分泌、风湿免疫、血液内科、肾内科、急诊、肿瘤）11人、外科（含胃肠、脊柱、泌尿、神经外科）5人、眼科1人、耳鼻喉科（头颈外科）1人、妇科与生殖医学1人、肿瘤化疗1人、医技（含检验、影像、病理）6人、护理2人（含重症医学）	2人：副院长、护理部副主任各1人
北京市所属医院	拉萨市人民医院	内科、妇产科、儿科	15	14人：内科（含心血管、消化）6人、妇产科4人、儿科4人	1人：院长
上海市所属医院	日喀则市人民医院	内科、外科、儿科	12	11人：内科（含消化、重症医学、血液）3人、外科（含脊柱外科、急诊外科）2人、中医内科1人、耳鼻喉科1人、儿科1人、妇产科1人、医技（含超声、放射）2人	1人：副院长
安徽省所属医院	山南地区人民医院	内科、外科、妇产科	20	17人：内科（含心血管、呼吸、消化、神经内科）4人、外科（含骨科、麻醉科）2人、耳鼻喉科1人、妇科1人、儿科2人（其中新生儿科1人）、医技（含放射、检验）3人、护理4人	3人：副院长、药剂科长、护理部主任各1人

续表

支援单位	受援医院	重点受援科室	选派人数	专业技术人员	综合管理人员（受援医院任职）
广东省所属医院	林芝市人民医院	内科、外科、儿科	12	8人：内科（含重症医学、消化、急症）3人、神经外科1人、新生儿科1人、重症护理1人、医技（含心彩超、微生物检验）2人	4人：副院长、医务科长、院感科长、护理部主任各1人
重庆市所属医院	昌都市人民医院	内科、外科、妇产科	15	12人：内科（含心血管、内分泌、重症医学）4人、外科（含神经外科、创伤外科、麻醉科）3人、妇产科（产科、腹腔镜）2人、新生儿科1人、医技（含放射、病理检查诊断）2人	3人：副院长、医务科长、护理部主任各1人
辽宁省所属医院	那曲地区人民医院	内科、外科	12	11人：内科（含重症医学、急诊）3人、外科（含普外科、神经外科、麻醉科、急诊外科）4人、检验1人、护理3人	1人：副院长
陕西省所属医院	阿里地区人民医院	内科、外科、感控科	12	10人：内科（含心血管、急诊）2人、外科（含神经外科、急诊外科）2人、感控科1人、医技（含检验、放射）2人、护理（急症、重症）3人	2人：副院长、医务科副科长各1人
总 计			128	111	17

注：

1. 选派人员中具有高级职称者应占一半以上，其中专业技术人员至少为中级职称；
2. 在受援医院担任院领导的，须从担任支援医院副院级以上领导职务的人员中选拔；
3. 担任受援医院科室负责人的，须从担任支援医院职能部门副职以上职务的人员中选拔。

附　录2

关于进一步加强医疗人才“组团式”支援工作的通知

组通字〔2017〕15号

北京、天津、辽宁、上海、江苏、浙江、安徽、湖南、广东、重庆、西藏、陕西、新疆等省（自治区、直辖市）党委组织部，政府人力资源社会保障厅（局）、卫生计生委，新疆生产建设兵团党委组织部、人力资源社会保障局、卫生局：

《关于做好“组团式”援藏医疗人才选派工作有关事项的通知》和《关于做好“组团式”援疆医疗人才选派工作有关事项的通知》印发以来，医疗人才“组团式”支援工作取得积极进展。为进一步加强医疗人才“组团式”支援工作，促进西藏、新疆医疗卫生事业水平提升，现就有关事项通知如下。

一、明确任务分工，压实支援责任

在坚持一个省市负责援建一所地市医院的基础上，明确一家牵头单位负总责；同时实行“以院包科”，由内地一所医院负责帮扶受援医院一个或几个科室。牵头单位选派干部担任受援医院院长或常务副院长，负责受援医院综合管理、人才发展与绩效考核等工作；其他援派医院要积极配合，服从整体管理，齐心协力做好支援工作。支援任务不完成，结对关系不脱钩。

牵头单位和包科医院要高度重视支援工作，把支援工作列入重要议事日程，作为重要职责抓紧抓好，在人员、技术等方面给予重点保障。主要负责同志要亲自抓亲自管，协调解决问题；分管负责同志要直接抓，

加强督促检查，确保层层落实责任。当前和今后一个时期，要结合当地疾病谱、就医服务需求等实际情况，认真研究制定受援医院短期和长期建设规划，加强科室和医疗人才队伍建设，下大力气培养一批医疗水平信得过、服务能力过得硬、当地医院留得住的医疗人才，整体提升受援医院的医疗服务能力和管理水平。

建立责任人备案制度，援派省市党委组织部、卫生计生委要分别将牵头单位、包科医院分管“组团式”支援工作的负责同志、工作人员名单和调整情况报中央组织部和国家卫生计生委备案，并抄送西藏、新疆、新疆生产建设兵团党委组织部和卫生计生委（卫生局）。

二、精准组建团队，优化支援模式

结合第三批“组团式”援藏、第二批“组团式”援疆医疗人才选派，根据医疗工作规律和工作需要，充分考虑人员组成的配套性和系统性，组建精准对接需求、专业互补的支援团队。坚持好中选优、优中选强，精心选派政治素质强、业务能力好、管理水平高、身体状况优的专家参加支援工作。援派医疗人才轮换要压茬进行，加强项目和任务对接，保证工作连续性。

推动实行首席专家制，首席专家由包科医院选派，在受援医院科室主任的配合下，全面负责所在科室整体规划、学科建设、人才培养、医疗质量管理等工作。完善医疗人才培训帮带机制，加强培训中心（基地）建设，采取“师傅带徒弟”等方式，通过专题讲座、手术带教、教学查房、疑难病例讨论、共同开展课题攻关等多种形式，手把手帮助受援医院培养医疗人才，提升受援医院医疗技术和管理水平。

受援地市要选派优秀干部和业务骨干组成承接团队，明确学习任务，制订培养计划，与支援医疗人才结对跟学，定期抽查学习情况，确保承接效果。跟学人员可不局限于受援医院。根据专业技能成长进步情况，组织受援地医疗人才赴内地培训。选派受援地分管医疗人才“组团式”支援工作的干部到内地挂职学习。在西藏那曲、阿里等地探索试行弹性工作时间，在完成阶段性任务的基础上，适时组织支援医疗人才回原单位工作，同时带领受援地医生到内地医院跟班学习，具体时间和经费保障由援派和受援医院双方协商确定。

三、完善考核办法，健全配套政策

健全考核评价机制，明晰量化目标，细化考核标准，建立分层分类、科学管用的考核指标体系，确保每项工作落到实处。对牵头单位和选派担任受援医院院长或常务副院长的负责同志，主要考核规划制定、医疗队管理和支援效果情况；对包科医院和首席专家，主要考核科室业务能力提升、团队人才培养情况；对支援医疗人才，主要考核帮带计划完成效果和责任感、事业心情况；对受援医院，主要考核工作任务落实、学员团队组建和工作配合情况；对承接团队学员，主要考核专业学习和医疗能力提升情况。以上考核，由国家卫生计生委会同西藏、新疆、新疆生产建设兵团党委组织部门、卫生计生部门和援派省市有关部门负责实施。对西藏、新疆、新疆生产建设兵团及市（地、州、师市）主管部门，主要考核体制机制创新、协调解决问题及经费保障情况，考核工作由上级主管部门负责实施。

要充分利用好考核结果，对业绩突出、群众口碑良好的支援医疗人才，在晋升职称、评优评先、表彰奖励等方面予以优先考虑。落实好支援医疗人才待遇和保障措施，充分调动积极性、主动性、创造性。对表现突出、具有潜力的受援医院优秀医疗人才，可以纳入当地领军人才计划予以支持。

四、加强组织领导，完善工作机制

中央组织部、人力资源社会保障部、教育部、国家卫生计生委等单位加强宏观协调指导，及时研究政策，解决重大问题。西藏、新疆和新疆生产建设兵团主管部门要完善联席会议制度，定期沟通交流，协调推进工作，强化跟踪问效。要加大受援医院管理体制改革力度，赋予医院更多管理自主权，激发医院自主发展活力。各援派省市组织、人力资源社会保障、卫生计生部门要加强与支援医疗人才派出单位的联系沟通，发挥后方医院思路指导、技术支持、人员调配的支撑保障作用，密切前后方协调配合。各有关省市援派干部工作队要加强对医

疗人才“组团式”支援工作的协调指导，帮助解决实际问题。医疗人才“组团式”支援西藏自治区人民医院所需经费由国家卫生计生委统筹协调安排，支援地市医院所需经费从各对口支援省市援藏援疆资金中列支。援受双方要加强理念对接、人员对接、工作对接，确保思想同频、节奏合拍、配合紧密，形成工作合力。

附件：

1. 医疗人才“组团式”援藏工作“牵头单位、包科医院”结对关系表

2. 医疗人才“组团式”援疆工作“牵头单位、包科医院”结对关系表（略）

医疗人才“组团式”援藏工作“牵头单位、包科医院”结对关系表

受援单位	支援单位	负责内容
西藏自治区人民医院	北京协和医院（牵头单位）	医院管理、护理管理，帮扶所有平台科室建设
	北京大学第一医院	心血管内科、肾脏内科、神经内科、泌尿外科、神经外科、眼科、儿科、感控科
	北京大学人民医院	呼吸科、急诊科、血液科、耳鼻喉科、内分泌科、风湿免疫、信息处
	北京大学第三医院	普通外科、消化内科、骨科、妇产科、胸外科、肿瘤科以及全院绩效考核方案制定与实施工作
拉萨市人民医院	首都医科大学附属北京友谊医院（牵头单位）	所有科室建设
	首都医科大学附属北京妇产医院	妇产科
	首都儿科研究所附属儿童医院	儿科

续表

受援单位	支援单位	负责内容
日喀则市人民医院	上海市卫生计生委（牵头单位）	统筹协调
	复旦大学附属中山医院	消化系统疾病诊疗中心（内窥镜室）
	复旦大学附属华山医院	神经系统疾病诊治中心
	上海市儿童医院	儿科疾病诊治中心
	上海市第六人民医院	骨科疾病诊治中心
	上海交通大学医学院附属新华医院	外科疾病诊治中心
	上海交通大学医学院附属瑞金医院	血液系统疾病诊治中心
	上海市第一妇婴保健医院	妇产科疾病诊治中心
	上海中医药大学附属龙华医院	中医疾病诊治中心
山南市人民医院	安徽省立医院（牵头单位）	医院管理、医务科、重症医学科、神经外科、B超室
	安徽医科大学第一附属医院	神经内科、麻醉科、泌尿外科
	安徽医科大学第二附属医院	普外科、护理管理
	安徽省儿童医院	儿科、儿科护理
	安徽中医药大学第一附属医院	皮肤科、药剂管理、医学检验
	蚌埠医学院第一附属医院	肾内科、呼吸内科、财务科
	皖南医学院弋矶山医院	助产、病理科
	安徽省妇幼保健院	妇产科
	淮北矿工总医院	急诊科
	淮北市人民医院	眼科
	滁州市中西医结合医院	放射科
	阜阳市太和县人民医院	骨科
	阜阳市人民医院	医院感染控制
	阜阳市第二人民医院	感染病科
	六安市人民医院	耳鼻喉科
	六安市中医院	心电图室
	安庆市第一人民医院	心血管内科
	安庆市立医院	消化内科

续表

受援单位	支援单位	负责内容
林芝市人民医院	广东省人民医院（牵头单位）	心内科（冠心病）、超声科（先天心筛查）
	中山大学附属第一医院	血液净化科、检验科（微生物、先天性缺陷筛查）
	中山大学孙逸仙纪念医院	放射科、内分泌科
	南方医科大学南方医院	普外（胃肠镜）、神经内科
	南方医科大学珠江医院	儿科、新生儿科
	南方医科大学第三附属医院	骨科
	广州医科大学附属第一医院	重症医学科（呼吸重症）
	中山大学附属肿瘤医院	消化内科（内镜）
	广东省妇幼保健院	妇科（宫腔镜）、产科
	暨南大学附属第一医院	护理（三甲护理管理）
	广州市第一人民医院	泌尿外科（腔镜）
昌都市人民医院	重庆医科大学附属第一医院（牵头单位）	重症医学科
	重庆医科大学附属第二医院	神经外科
	重庆医科大学附属儿童医院	儿科
	重庆市人民医院	妇产科
那曲地区人民医院	大连医科大学（牵头单位）	统筹协调
	中国医科大学附属第一医院	信息科
	中国医科大学附属盛京医院	儿科
	中国医科大学附属第四医院	普通外科
	辽宁中医药大学附属医院	中医科
	大连医科大学附属第一医院	妇产科、重症医学科
	大连医科大学附属第二医院	急诊科、病理科
阿里地区人民医院	陕西省人民医院（牵头单位）	统筹协调，行政管理科室、检验科
	西安交通大学第一附属医院、西安医学院第一附属医院	内科、外科（西安交通大学第一附属医院牵头）

续表

受援单位	支援单位	负责内容
日喀则市人民医院	西安交通大学第二附属医院、西安医学院第二附属医院	重症医学科、急诊科（西安交通大学第二附属医院牵头）
	西北妇女儿童医院、西安市第四医院	妇产科（西北妇女儿童医院牵头）
	西安市儿童医院	儿科（新生儿科）
	西安市红十字会医院	骨科
	西安市第一医院	眼科
	西安市第八医院	传染病科

附 录3

关于深入扎实推进医疗人才组团式援藏工作的实施意见

藏党发〔2016〕20号

为深入贯彻落实以习近平同志为总书记的党中央治边稳藏重要战略思想，在中组部、国家卫计委等部委的领导指导下，深入扎实开展医疗人才组团式援藏工作，制定如下实施意见。

一、充分认识重大意义

中组部、国家卫计委等部委组织开展的医疗人才组团式援藏工作，是深入贯彻中央第六次西藏工作座谈会、东西部扶贫协作座谈会精神、特别是习近平总书记重要讲话精神的实际步骤，是贯彻落实中央西藏工作协调小组部署要求的具体行动，是保障改善民生、加强民族团结、促进西藏长治久安的重要举措，充分体现了以习近平同志为总书记的党中央对西藏各族人民的亲切关怀。8月1日，中组部、国家卫计委等部委在西藏召开了医疗人才组团式支援工作推进会，进一步对医疗人才组团式援藏工作作出了新部署。中组部、国家卫计委等部委探索实施的医疗人才组团式援藏工作，路子好、机制好、平台好、办法好、效果好，在对口援藏历史上具有标志性、里程碑意义，是干部人才援藏的重大制度创新，是惠及全区各族干部群众的一项重大民心工程、民生工程。全区各级党委和政府、各级各部门要切实增强政治意识、大局意识、核心意识、看齐意识，站在贯彻落实以习近平同志为总书记的党中央决策部署的高度，站在贯彻落实中央西藏工作协调小组指示要求的高度，站在建设团结美丽和谐幸福社会主义新西藏的高度，站在与全国一道全面建成小康社会的高度，充分认识开展医疗人才组团式援藏工作的重大现实意义和深远历史意义，按照中组部、国家卫计委等部委的安排部署，认真落实医疗人才组团式支援工作推进会精神，统一思想、深化认识，改革创新、扎实工作，努力开创西藏医疗卫生事业长足发展的新局面。

二、切实明确目标任务

通过开展医疗人才组团式援藏，努力实现“三不出”，到2020年基本实现大病不出自治区、中病不出市（地）、小病不出县（区）；推进“两降一升”，孕产妇死亡率降低到80/10万以下、婴儿和5岁以下儿童死亡率分别降低到12‰和16‰以下，孕产妇住院分娩率提升到95%以上；做到“一个增加”，“十三五”期间全区人均期望寿命提高2岁；突出“一个重点”，着重加强“1+7”医院（自治区人民医院和7个市地人民医院）建设、带动74个县（区）医院水平提升。自治区人民医院2020年前达到西部省会城市医院“三甲”平均水平，拉萨市人民医院、中心医院，日喀则市人民医院、山南市人民医院、那曲地区人民医院3~4年内创“三甲”，林芝市人民医院、昌都市人民医院创“三乙”后尽快创“三甲”，阿里地区人民医院创“二甲”后尽快创“三乙”，实现全民免费体检全覆盖、有病就医全覆盖、孕产妇住院分娩全覆盖、地方病免费救治全覆盖，提升全区各族群众健康水平。

三、完善支援工作模式

规范援受关系，及时向中组部、国家卫计委等部委汇报，积极与对口支援省市、医院沟通对接，协调确定牵头支援医院，落实“以院包科”工作。原则上一个省市负责援建一所医院，明确一所综合实力较强、管理水平较高的医院牵头负责，其他医院协助配合、具体负责受援医院的一个或几个科室专业，形成工作延续、人员衔接、前后方密切配合的援助格局。建立压茬制度，新一批和上一批援藏医疗人才轮换实行压茬交接，一榔头接着一榔头敲、一张好蓝图绘到底，保证工作连

续性、防止出现“真空期”，做到人才不断档、工作能持续、经验可传承。

四、加强医院班子建设

科学设定援派医院领导和专家职责，协调支援单位选派懂业务、善管理、敢担当的援藏医疗队长担任受援医院院长，选配党性强、具有全局观念、善于抓班子带队伍的本地干部担任党委书记；选优配强医院班子成员，本医院没有合适人选的，由上级部门统筹交流产生，真正做到人岗相适。强化科室班子配备，安排援藏医疗专家担任重点科室主任，选配团队意识好、配合能力强的本地专业技术骨干担任科室支部书记或常务副主任。

五、深化管理体制改革

解放思想、简政放权，大力推进受援医院体制改革，落实医院独立法人地位和自主经营管理权。下放人事权，受援医院可自主任免中层及以下干部，自主聘任专业技术人员；赋予自主权，对新增编制内的人员，受援医院拥有自主权，实行编制内待遇、合同制管理，自主引进人才，自主招聘、自主考核、自主调整、自主淘汰，把好政治关、业务关；落实管理权，优化受援医院医疗流程，坚持所有流程有执行、有监督、有评价、有反馈、有改进，实行闭环管理。

六、推进重点科室建设

依托援派单位的学科、专科、技术、人才优势，坚持以加强疑难危急重症诊治能力和学科质控体系建设为重点，每个受援医院建设3~5个重点专科，合理设置年度和中长期发展目标，着力打造重点科室、特色科室。自治区人民医院重点建设心脏病中心和神经系统疾病中心，建设骨科、肾脏病、血液病三个优势专科，加强医学影像、病理、检验等支撑平台建设；拉萨市人民医院重点建设妇产科中心、儿童医疗中心；拉萨市中心医院，日喀则、山南、林芝、昌都、那曲、阿里6个市（地）人民医院重点做好常见病、多发病等中等病及以下疾病的诊治，支持昌都在广东援助下建设高心病研究所；74个县（区）人民医院结合当地实际，建设符合群众医疗需求和医院发展需要的重点科室，努力突破关键性技术瓶颈，实现“从无到有”“从有到优”的转变。

七、强化医疗人才培养

着力帮带医疗人才，实行“团队带团队”“专家带骨干”“师傅带徒弟”等方式，积极开展“一带一”“一带多”帮教活动，加强受援医院医务人员疾病诊疗能力和临床医疗基础理论知识培训，逐步实现从“我来做、你来看”，到“你来做、我来帮”，再到“你来做、我来看”的转变。着力增强医疗能力，通过开展临床教学、学术讲座、技术培训、教学查房、手术示教等工作，示范带动提高受援医院医务人员医疗技术水平。自治区人民医院与西藏大学协作共建，挂西藏大学人民医院的牌子，构建教学、科研、培训、临床、服务一体化平台。着力提升管理水平，分批组织各市（地）分管副市长（副专员）、卫计委和受援医院班子成员到对口援藏省市挂职锻炼，重点学习内地的先进理念、管理制度和工作方法。着力拓宽培养渠道，精心选派受援医院医疗卫生人才到内地重点医院学习进修，统筹做好订单式定向免费医学生招录工作、重点招收农牧民子女，努力建设一支高水平、成梯次、成建制的本地医疗人才骨干队伍。探索建立首席专家制度，发挥专家优势，有针对性地加强人才培养。

八、加大政策支持力度

加大投入，自治区财政专项安排8亿多元，其中，自治区人民医院1亿元、7个市（地）人民医院每家5000万元、74个县（区）人民医院每家500万元，用于组团式受援医院发展；设立专门资金，保证及时足额到位，对医院基本建设、大型设备购置、人员工资、重点科室建设、科研创新、人才培养等给予资金保障。强化支持，落实基本药物制度财政补贴政策，实施基本药物“零差率”政策后，由政府

给予合理补偿；完善医院补偿机制，取消“以药补医”和药品加成政策，主要通过增加政府投入和调整医疗技术服务价格等途径予以补偿；按照总量控制、结构调整的原则，降低高值医用耗材及大型医用设备检查、治疗价格，合理提高体现医务人员技术劳务价值的诊疗、护理、床位、手术等收费标准；改进采购招投标方式、建立审批“绿色通道”、优化采购程序，配齐配全专科建设所需诊疗器械和药品等，对承担的公共卫生、紧急救治救灾、城乡医院对口支援、健康扶贫等任务给予专项补助；支持建设援藏医疗专家公寓，纳入周转房建设规划、并向受援医院给予倾斜。用好编制，适当增加受援医院编制，用于引进急需紧缺医疗卫生人才、加强科室建设和人才队伍建设、提升管理服务水平；制定组团式援藏医疗人才留藏办法，吸引鼓励援藏医疗专家延长援藏时间或调入西藏工作，为西藏医疗卫生事业发展持久做贡献。

九、健全激励保障机制

坚持对援藏医疗专家重视厚爱，感情上多关心、生活上送温暖、服务上做到位，完善落实各项激励政策措施。确保政治上有荣誉，坚持援藏医疗专家与西藏干部人才同等对待，加强与派出单位的联系沟通，对实绩突出、群众公认、特别优秀的援藏医疗专家及时提拔重用、晋升职称或向派出单位提出人事推荐建议，在评优评先、表彰奖励等方面予以优先考虑。薪酬上有体现，支持受援医院改革薪酬分配制度，制定薪酬分配具体激励办法，建立动态调整机制，落实绩效奖励措施，提高援藏医疗专家的薪酬待遇和岗位津贴标准。坚持按劳分配、多劳多得、优劳优得，医院技术劳务收入中70%以上用于绩效工资，重点向临床一线、业务骨干、关键岗位以及支援基层和有突出贡献的人员倾斜，进一步提高收入水平，充分调动援藏医疗专家的积极性、主动性、创造性。生活上有关爱，妥善安排好援藏医疗专家的办公、食宿、交通、通讯、安全、探亲、休假等，为援藏医疗专家提供良好的工作、学习、生活环境。千方百计帮助解决配偶、子女、老人等方面的家庭困难，从根本上解除援藏医疗专家的后顾之忧。健康上有保障，切实做好医疗保健服务工作，定期为他们进行健康体检，发现病情及时组织治疗，确保援藏医疗专家们的身体健康。

十、坚持加强组织领导

强化推进责任，各级党委和政府坚持把医疗人才组团式援藏作为一项重要政治任务，摆在突出位置、切实抓紧抓好，自治区专门成立医疗人才组团式援藏工作领导小组，办公室设在区党委组织部，及时了解情况、掌握动态、召开会议、具体安排、解决问题；各级党委组织部门牵头抓总，把医疗人才组团式援藏工作作为“组织部长工程”牢牢抓在手上，坚持每月开展一次调研督导、召开一次专题会议，组织协调、沟通交流、推动落实；卫计、发展改革、人力资源社会保障、财政、教育、住房和城乡建设等有关部门分工负责，切实做好支持服务工作，为医疗人才组团式援藏工作顺利开展提供有力保障。注重管理考核，按照科学合理、可实现、可持续、可评价的原则，在做好常规业务考核的基础上，健全考核评价机制，认真考核受援地党委、政府及工作部门把组团式援助工作列入工作议程、及时研究解决问题及经费保障情况，考核援派医疗队队员的事业心责任感、帮带计划和帮带效果，考核受援医院和科室负责人分工落实情况、承担团队组建和工作配合情况，考核承接团队学员跟学任务完成和实际医疗能力提升情况；完善受援医院绩效评价指标体系，综合考虑岗位工作量、服务质量、行为规范、技术能力、医德医风和患者满意度等因素，对工作扎实、成绩突出、表现优秀的单位和个人，大力表彰、及时奖励。加大宣传力度，大力宣传以习近平同志为总书记的党中央对西藏各族人民的关心关怀，大力宣传中央西藏工作协调小组的部署要求，大力宣传在中组部、国家卫计委等部委推动下医疗人才组团式援藏的成功做法、成绩经验、先进典型、感人事迹，在全社会形成人人尊重、人人关心、人人支持医疗人才组团式援藏工作的浓厚氛围。

（此件发至地厅级，县委、县人民政府）

附 录4

关于印发《关于进一步简政放权、加强自治区和各地（市）人民医院医疗人才队伍建设的意见》的通知

藏组发〔2016〕248号

各地（市）委组织部、编办，各地（市）财政局、人力资源和社会保障局、卫生局（计生委），自治区人民医院和各地（市）人民医院：

《关于进一步简政放权、加强自治区和各地（市）人民医院医疗人才队伍建设的意见》已经自治区党委、政府领导同意，现印发给你们，请结合实际认真贯彻执行。

西藏自治区党委组织部　　西藏自治区机构编制委员会办公室
西藏自治区财政厅　　西藏自治区人力资源和社会保障厅
西藏自治区卫生和计划生育委员会

2016年5月12日

关于进一步简政放权、加强自治区和各地（市）人民医院医疗人才队伍建设的意见

医疗人才组团式援藏是以习近平同志为总书记的党中央立足西藏区情、把握发展规律作出的重大决策，是干部人才援藏工作的重大实践创新，是惠及西藏300万各族群众的民心工程、民生工程。加强自治区和各地（市）人民医院（以下简称“1+7”医院）医疗人才队伍建设是医疗人才组团式援藏工作的关键内容，是整体提升“1+7”医院医疗服务能力和管理水平的重要前提，是实现“1+7”医院长远发展、推进健康西藏建设的战略性支撑。按照习近平总书记关于着力破除体制机制障碍、向用人主体放权的重要指示，根据中组部、人社部、国家卫生计生委有关通知和自治区党委办公厅、人民政府办公厅印发《关于深入推进医疗人才“组团式”援藏工作的意见》的通知（藏党办发〔2015〕44号）精神，为进一步做好“1+7”医院医疗人才队伍建设，提出如下意见。

一、多渠道引进医疗专业人才

自治区编委已经正式批复，为“1+7”医院增加了事业编制。要按照有关规定，用足、用活、用好自治区人才引进有关政策和事业编制这一宝贵资源，加大力度、加快进度多渠道引进所需医疗人才，为医疗人才组团式援藏工作增添新鲜活力、注入不竭动力。各地（市）委组织部、人力资源和社会保障局要把引进医疗人才作为当前人才工作的大事要事来抓，加强工作指导和督办落实，积极主动为“1+7”医院提供服务。各地（市）卫生局（计生委）、“1+7”医院要综合考虑未来发展需要和我区人才难引进、易流失等因素，适当扩大医疗人才引进计划规模、增加医疗人才引进目标数量；主要负责同志或援藏医疗队队长近期要亲自带队赴内地医学院校、人才市场开展招聘工作，加强与医学院校就业部门的沟通协调，增强人才引进、人员招录宣传工作的针对性和实效性，争取引进一批素质高、业务强、作风硬、

愿意长期服务西藏的医学毕业生和医疗人才。要依托对口支援渠道，充分发挥援藏医疗人才的优势作用，积极争取对口支援省市、医院和医学院校的大力支持，用好各方面力量和资源，切实推动医疗人才引进工作尽快取得明显成效。

二、大力培养本地医务人员

要按照精准援藏理念，紧扣“1+7”医院医疗人才队伍建设具体需求，采取“请进来、走出去”等形式，着力提升医院医务和管理人员整体素质，推动“输血型”援助为主向“造血型”援助为主转变。

（一）通过“团队带团队”“专家带骨干”“师傅带徒弟”等形式，着力提升医疗服务能力、提高医院管理水平。

“1+7”医院要精心选拔优秀干部和业务骨干组建承接团队，与援藏医疗人才结对跟学，明确学习任务，制定培养计划，建立管理考核制度，将跟学成效纳入科室和个人年度考核，考核结果与评先评优、职称评聘、工作绩效挂钩，确保承接效果。跟学人员可不局限于“1+7”医院。

（二）组织“1+7”医院业务骨干到内地培训。

探索实施组团式培训，依托结对关系，按照“进大于出”的原则，每年从“1+7”医院每个重点建设专科选派3~5名专业技术人员和综合管理人员组团到内地学习培训，着力培养结构合理、优势互补、配合有效、技术规范的医疗团队。各地（市）、各援藏工作队要把这项工作纳入当地人才到内地培训计划，予以重点考虑、重点倾斜。“1+7”医院要制定具体实施方案，积极与各援藏工作队对接，充分利用对口支援省市医疗卫生资源。

（三）组织“1+7”医院业务骨干到内地医学院校深造。

要采取委托培养等方式，精心挑选有培养潜力、愿意长期在藏工作的业务苗子到对口支援省市医学院校攻读硕士或博士学位，为西藏打造一批高水平、成梯次、成建制的医疗骨干队伍。

（四）组织“1+7”医院医务人员参加区内外学术交流。

要多举办内部学术讲座，多承办、多参与各类学术会议，让“1+7”

医院医务人员有更多机会开眼界、长见识，通过学术交流不断提升素质能力。

（五）依托专项资金项目开展考察培训科研。

区卫生计生等部门和各地（市）要创新载体形式，组织申请自治区人才资源开发专项资金、卫生专业培训专项资金等项目，支持“1+7”医院开展培养培训、课题研究，鼓励援藏医疗人才下基层调研考察指导、建立医疗联合体、发挥辐射带动作用。

三、推动形成引得进、留得住、用得好的用人机制

要认真贯彻中央关于分类推进事业单位改革和城市公立医院综合改革的有关精神，着力推动简政放权，强化“1+7”医院独立法人地位和经营管理自主权，理顺“1+7”医院体制机制，优化人才发展环境，细化事业留人、感情留人、适当待遇留人的具体措施，努力建立起一整套医疗人才引得进、留得住、用得好的体制机制。

（一）积极推进“1+7”医院人事制度改革。

要扩大和落实“1+7”医院用人自主权，在人员招录、人才引进、人员聘用、薪酬制度等方面实行适应医疗卫生行业特点、有利于留住人才的特殊政策，逐步实行公开招聘、竞聘上岗、按岗聘用、合同管理，以改革的措施和成效充分调动“1+7”医院工作人员积极性、主动性、创造性，激发“1+7”医院生机与活力。转变“1+7”医院专业技术人员招录方式，由原来主要通过考试录用，转变为主要通过“1+7”医院组织公开招聘录用，人社、卫生计生部门按照权限负责审批招聘方案、指导实施、监督检查等。优化人才引进工作流程，“1+7”医院根据自治区人才引进相关文件规定条件，可先与意向人才签订用人协议，再向人社部门报批、卫生计生部门报备。“1+7”医院可以根据需要自主聘用编制外医生、护理及工勤人员，适当返聘优秀的离退休医务人员，自主决定编制外医护人员薪酬待遇。“1+7”医院内设机构领导干部任免权、中级职称聘任权下放至“1+7”医院党委，卫生计生部门要加强监管。

（二）进一步下放编制使用权、业务机构设置权、管理机构设置权。

"1+7"医院业务机构设置权和编制使用权下放至"1+7"医院，事后向同级卫生计生行政主管部门备案；管理机构设置权下放至同级卫生计生行政主管部门。以上事项须事前向同级机构编制部门征求意见并事后备案。机构编制部门主要负责科学合理核定"1+7"医院内设机构限额和编制总量，控制管理和工勤岗位编制比例（不超过20%）。

（三）积极支持"1+7"医院完善收入分配激励约束机制。

"1+7"医院要抓紧健全岗位管理、考核奖惩等制度，根据绩效考核结果实行多劳多得、优绩优酬、同工同酬，重点向临床一线、关键岗位、业务骨干和作出突出贡献的人员倾斜，进一步完善医务人员报酬与业绩贡献挂钩的收入分配激励制度。"1+7"医院业务收入按照财政部、国家卫生计生委、国家中医药局《关于加强公立医院财务和预算管理的指导意见》（财社〔2015〕263号）有关规定执行。

（四）积极改善"1+7"医院干部职工工作生活条件和福利待遇。

要按照中央第六次西藏工作座谈会精神和有关规定，进一步关心关怀"1+7"医院干部职工。要积极争取发改、财政、住建等部门支持，在基础建设项目、科研经费投入、周转房建设分配等方面向"1+7"医院倾斜，改善"1+7"医院干部职工工作生活条件，合理合规合法地提高他们的福利待遇。

四、强化领导责任、狠抓工作落实、切实抓出成效

各有关部门和单位主要负责同志要站在全局和战略的高度，着眼于全面建成小康社会、建设健康西藏、更好满足各族群众医疗服务需求，自觉把"1+7"医院医疗人才队伍建设作为一项重要任务来抓，加强领导、密切协作、精心组织、狠抓落实，特别是"1+7"医院主要负责同志要充分发挥主体作用、履行主体责任，切实做到想作为、敢作为、能作为，认真做好医疗人才引进培养、管理使用、服务保障等各项工作，以有力的人才支撑促进"1+7"医院自我发展能力实现整体性提升，努力把医疗人才组团式援藏工作打造成"体现中央关怀、惠及各族群众、促进民族团结"的民心工程、品牌工程。

附 录 5

关于扎实推进“以院包科”工作的实施意见

藏援办发〔2017〕3号

按照中共中央组织部、人力资源社会保障部、教育部、国家卫生计生委《关于进一步加强医疗人才“组团式”支援工作的通知》（组通字〔2017〕15号）要求和自治区党委、政府有关部署，为扎实做好“以院包科”工作，提高医疗人才组团式援藏工作的针对性、实效性、可持续性，不断提升我区医疗卫生事业整体水平，制定本实施意见。

一、总体目标

围绕到2020年“着重加强‘1+7’受援医院建设、带动74个县（区）医院水平提高”“基本实现大病不出自治区、中病不出市（地）、小病不出县（区）”的目标，在坚持一个省市负责援建一所地（市）医院的基础上，明确一家牵头单位负总责，同时实行“以院包科”，由内地一所“三甲”医院负责帮扶受援医院一个或几个科室，力争到2020年为受援医院培养一大批具有较高水平的医疗专业技术人才，打造150个左右的特色科室、拳头科室，整体提升“1+7”受援医院的医疗服务能力和管理水平，实现自治区人民医院达到西部省会城市“三甲”医院平均水平，七地（市）人民医院完成等级医院创建任务，让全区各族群众在家门口就能享受较好的医疗卫生服务。

二、结对关系

自治区人民医院——北京协和医院和北京大学所属3家医院；

拉萨市人民医院——北京市所属3家医院；

日喀则市人民医院——上海市所属 8 家医院；
山南市人民医院——安徽省所属 18 家医院；
林芝市人民医院——广东省所属 11 家医院；
昌都市人民医院——重庆市所属 4 家医院；
那曲地区人民医院——辽宁省所属 6 家医院；
阿里地区人民医院——陕西省所属 11 家医院。
（具体结对关系见附件）

三、工作任务

牵头单位除选派干部担任受援医院院长，负责受援医院综合管理、人才发展与绩效考核等工作外，还要主动承担重点科室或骨干科室的援建任务；包科医院要负责帮扶受援医院一个或几个科室，选派首席专家，并积极配合，服从整体管理，齐心协力做好支援工作。支援任务不完成，牵头单位、包科医院与受援医院的结对关系不脱钩。包科医院与受援医院任务分工如下：

（一）包科医院

1. 制订帮扶规划。立足受援地疾病谱、就医服务需求等实际情况，制订受援医院科室建设短期和长期规划。

2. 提升科室建设水平。选派具有管理经验的专家担任受援科室负责人，全面负责受援科室整体规划、学科建设、人才培养、医疗质量和行政管理等工作。围绕“三不出”目标要求，结合受援医院功能定位，传输先进管理理念，打包移植先进医疗技术，把受援医院科室做优做强。

3. 培养帮带本地医疗人才。采取“团队带团队、专家带骨干、师傅带徒弟”等方式，积极做好“一带一、一带多”帮带工作，为受援科室培养一批医疗水平信得过、服务能力过得硬、当地医院留得住的业务骨干。

4. 开展远程医疗服务。搭建远程医疗平台，积极为受援医院提供远程会诊、远程查房、远程病理及医学影像诊断等服务，实现信息有效对接、资源共享。

5. 强化“后方”支撑。把受援科室作为自家科室，纳入本院发展规划，在资金投入、思路指导、技术支持、人力调配、援藏医疗人才待遇等方面给予倾斜、重点保障。

（二）受援医院

1.提供受援科室基本情况，实事求是提出支援需求，配合做好科室建设规划。

2.根据受援科室实际安排组团式援藏医疗人才担任受援科室负责人，合理设定岗位职责，最大限度发挥他们的优势和作用。

3.选派业务骨干组成承接团队，明确学习任务，制订培养计划，与组团式援藏医疗人才结对跟学。

4.加大关心关爱力度，为组团式援藏医疗人才提供良好的工作生活环境，让他们安心、舒心、放心。

四、明确职责

（一）领导小组办公室

自治区医疗人才和教育人才组团式援藏工作领导小组办公室负责宏观指导、统筹协调、督促落实。自治区卫生计生委、各地（市）医疗人才和教育人才组团式援藏工作领导小组办公室负责“1+7”受援医院“以院包科”工作的协调对接、具体组织实施。

（二）卫生计生部门

指导制订受援科室建设目标任务，开展检查评估和目标考核。

（三）援藏工作队

把“以院包科”工作纳入援藏工作内容，在援藏资金项目分配上给予受援医院倾斜。援藏工作队领队要联系受援医院工作，协助地（市）医疗人才和教育人才组团式援藏工作领导小组办公室加强与支援医院的沟通衔接。

（四）援藏医疗队长

负责督促指导受援科室制订发展规划，全面落实帮扶目标任务和具体措施。

（五）首席专家

在受援医院科室主任的配合下，全面负责所在科室整体规划、学科建设、人才培养、医疗质量管理等工作。

五、保障措施

（一）签订“以院包科”责任书

按照本意见确定的结对关系，自治区卫生计生委和各地（市）卫生计生委分别负责组织“1+7”受援医院与支援医院签订责任书，明确结对帮扶的总体目标、年度任务和量化考核指标。责任书报自治区医疗人才和教育人才组团式援藏工作领导小组办公室和自治区卫生计生委备案。

（二）实行责任人备案

将援派省市援藏工作队领队、援藏医疗队队长、首席专家，地（市）党委政府、卫生计生部门、受援医院“组团式”援藏工作的分管领导、工作人员名单报自治区医疗人才和教育人才组团式援藏工作领导小组办公室备案。

（三）强化考核与结果运用

自治区卫生计生委要健全考核评价体系，明晰量化目标，细化考核标准，建立分层分类、科学管用的考核指标体系，并严格组织实施。自治区医疗人才和教育人才组团式援藏工作领导小组办公室要充分运用考核结果，对工作中表现突出、成效明显的予以表彰奖励。

（四）加大人员和资金项目支持力度

“1+7”受援医院要用好用活现行编制，选优配强受援科室医疗技术人才，充实工作力量。各级财政、卫生、科技等部门要投入更多的项目和资金，支持“1+7”受援医院重点科室的软硬件建设。

（五）建立表彰奖励制度

每年评选一定数量的先进牵头医院和包科医院，以自治区党委、政府名义予以表彰奖励。

附件：“1+7”受援医院结对关系一览表

“1+7”受援医院结对关系一览表

受援医院	牵头单位	包科医院（共65家）
西藏自治区人民医院	北京协和医院	4家：北京协和医院、北京大学第一医院、北京大学人民医院、北京大学第三医院
拉萨市人民医院	首都医科大学附属北京友谊医院	3家：首都医科大学附属北京友谊医院、首都医科大学附属北京妇产医院、首都儿科研究所附属儿童医院
日喀则市人民医院	上海市卫生计生委	8家：复旦大学附属中山医院、复旦大学附属华山医院、上海市儿童医院、上海市第六人民医院、上海交通大学医学院附属新华医院、上海交通大学医学院附属瑞金医院、上海市第一妇婴保健医院、上海中医药大学附属龙华医院
山南市人民医院	安徽省立医院	18家：安徽省立医院、安徽医科大学第一附属医院、安徽医科大学第二附属医院、安徽省儿童医院、安徽中医药大学第一附属医院、蚌埠医学院第一附属医院、皖南医学院弋矶山医院、安徽省妇幼保健院、淮北矿工总医院、淮北市人民医院、滁州市中西医结合医院、阜阳市人民医院、阜阳市太和县医院、阜阳市第二人民医院、六安市人民医院、六安市中医院、安庆市第一人民医院、安庆市立医院
林芝市人民医院	广东省人民医院	11家：广东省人民医院、中山大学附属第一医院、中山大学孙逸仙纪念医院、南方医科大学南方医院、南方医科大学珠江医院、南方医科大学第三附属医院、广州医科大学附属第一医院、中山大学附属肿瘤医院、广东省妇幼保健院、暨南大学附属第一医院、广州市第一人民医院
昌都市人民医院	重庆医科大学附属第一医院	4家：重庆医科大学附属第一医院、重庆医科大学附属第二医院、重庆医科大学附属儿童医院、重庆市人民医院
那曲地区人民医院	大连医科大学第一医院	6家：中国医科大学附属第一医院、中国医科大学附属盛京医院、中国医科大学附属第四医院、辽宁中医药大学附属医院、大连医科大学附属第一医院、大连医科大学附属第二医院
阿里地区人民医院	陕西省人民医院第一医院	11家：陕西省人民医院、西安交通大学第一附属医院、西安交通大学第二附属医院、西安医学院第一附属医院、西安医学院第二附属医院、西北妇女儿童医院、西安市第四医院、西安市儿童医院、西安市红十字会医院、西安市第一医院、西安市第八医院

附 录6

关于印发《医疗人才组团式援藏工作考核评估工作方案》的通知

藏卫发〔2017〕84号

自治区人民医院，各地（市）卫生计生委、各地市人民医院：

按照“科学合理、可实现、可持续、可评价”原则，为逐步建立完善考核评估制度和指标体系，扎实推进医疗人才组团式援藏工作，我委制定了《医疗人才组团式援藏工作考核评估工作方案》《地（市）卫生计生委考核评估标准（试行）》《“1+7”医院考核评估标准（试行）》。现印发你们，请遵照实施。

附：1. 医疗人才组团式援藏工作考核评估工作方案

2.《地（市）卫生计生委考核评估标准（试行）》

3.《“1+7”医院考核评估标准（试行）》

特此通知。

自治区卫生和计划生育委员会

2017年3月27日

附件1

医疗人才组团式援藏工作考核评估工作方案

按照“科学合理、可实现、可持续、可评价”原则，为逐步建立完善考核评估制度和指标体系，扎实推进医疗人才组团式援藏工作，制订本工作方案。

一、考核评估依据

严格按照中组部、人社部、国家卫生计生委《关于做好“组团式”援藏医疗人才选派工作有关事项的通知》（组通字〔2015〕36号）、自治区党委、政府《关于深入扎实推进医疗人才组团式援藏工作的实施意见》（藏党发〔2016〕20号）和区党委组织部、编办、财政厅、人社厅、卫生计生委《关于进一步简政放权、加强自治区和各地（市）人民医院医疗人才队伍建设的意见》（藏组发〔2016〕248号）等一系列文件要求开展考核评估工作。

二、考核评估目的

全面掌握了解地（市）卫生计生行政部门和“1+7”医院组团式援藏工作进展情况，客观、真实、科学评价组团式援藏工作成效，认真落实中组部、国家卫生计生委、区党委和政府关于扎实推进组团式援藏工作的一系列决策部署和要求，真正把组团式援藏做成卫生援藏升级版，为西藏打造一支“带不走”的医疗队，全面推进“1+7”医院建设和发展，不断提升全区医疗服务能力和水平，努力实现“三不出”“两降一升”“一增加”“一重点”和“四覆盖”的目标。

三、考核评估内容

（一）地（市）卫生计生委

重点考核评估受援地（市）卫生计生委对组团式援藏工作的组织领导情况，制订的一系列规划、政策、措施及落实情况，调研、督导、指导医院工作开展情况，大力实施“1774”工程情况，研究部署本地（市）落实“三不出”“两降一升”“一重点”“四覆盖”等工作情况。具体考核评估指标详见附件1。

（二）“1+7”受援医院

重点考核评估“1+7”受援医院与支援省市（医院）签订支援协议、制订医院建设发展规划和年度计划、重点学科专科建设、落实“以院

包科”、人才队伍建设、完善基础设施建设、开展等级医院创建、开展新技术新业务、推进医院改革、落实简政放权、援藏医疗专家管理、服务保障、提高医院服务能力和管理水平等情况。具体考核指标详见附件2。

四、考核评估方式

在自治区医疗、教育人才组团式援藏工作领导小组办公室和区党委组织部指导下，由区卫生计生委组织实施考核评估工作。

考核评估以年度考核为重点，采取“平时考核＋年度考核＋期满考核”等方式，按照《地（市）卫生计生行政部门考核评估标准（试行）》《“1+7”医院考核评估标准（试行）》进行综合打分。

五、考核评估方法

（一）查阅文件资料

（1）查阅支援省市卫生计生行政部门、支援医院对组团式援藏工作制订的一系列文件、管理制度、建设发展规划、工作记录等，以及针对援藏医疗队员管理、职称晋升、福利待遇、探亲休假等制订的文件规定等。

（2）查阅受援地（市）卫生计生委对组团式援藏工作制订的一系列文件、管理制度、规划计划安排、统计报表、工作记录、信息及宣传、调研督导材料等，与支援省市衔接沟通以及服务保障工作等方面的材料。

（3）查阅受援医院制订的一系列建设与发展规划、工作计划、管理制度、工作台账、统计报表、工作记录、信息宣传等所有方面的文件资料。

（二）现场评价

现场查看受援医院的科室设置、医疗设备、服务流程、业务规范、病房建设、人才培训等情况。重点评价以患者为中心的医院管理质量、安全和服务。通过听取医院工作介绍、访谈调研、现场查看、查阅制度、审阅病历等方式，以发现问题为主线，结合医疗信息统计分析结果进行现场评价。

六、考核评估结果运用

考核评估结果作为地(市)卫生计生委和“1+7”医院领导班子考核、医院等级复核和整体工作评审评价的重要内容。考核评估结果在全区卫生计生系统内进行通报，并报国家卫生计生委、自治区医疗教育人才组团式援藏工作领导小组办公室和区党委组织部，对得分靠后、考核评估不合格的单位进行批评，限期整改。整改仍未合格的单位要进行问责。

附件 2

地（市）卫生计生委考核评估标准（试行）

被考核评估单位________________

项目 类别	具体指标	分值	考核内容	考核办法	扣分项	其他工作亮点	本项得分
组织领导和相关工作部署情况（总分40分）	健全组织领导机构	9分	1.成立领导小组和办事机构，主要负责人亲自抓，班子成员共同推进，专人负责具体工作； 2.建立例会制度，定期总结研究安排部署工作，及时解决工作中存在的问题。	查阅成立组织机构工作文件、例会制度、相关会议记录、会议纪要、工作台账等。	（1）未成立领导小组和办事机构扣3分； （2）主要负责人未亲自牵头抓扣2分； （3）无专人负责具体工作扣2分； （4）未建立例会制度和工作台账扣2分。		
	传达贯彻上级精神	8分	3.及时传达贯彻自治区重要会议和文件精神，研究部署本地市推进组团式援藏工作。	查看会议记录、会议纪要、信息简报和工作实施方案等。	（1）不及时传达自治区重要会议和文件精神扣4分； （2）没有制订贯彻自治区重要会议和文件精神具体实施方案或任务分解方案扣4分。		
	开展调研督导工作	6分	4.经常性开展调研督导，督促医院落实各项工作任务； 5.对医院工作提出指导意见和建议； 6.向上级及时反映工作中存在的突出问题。	查阅调研督导工作报告、记录或相关材料。	（1）未开展调研督导工作扣2分； （2）未提出指导意见和建议扣2分； （3）未及时向上级部门反映困难问题扣2分。		
	加强医疗质量监管	4分	7.加强对医院的医疗质量监管工作。	查阅加强监管的有关文件和具体措施。	（1）没有开展医疗质量监督检查扣2分； （2）没有召开过加强医疗质量专题会议扣1分； （3）对出现的医疗质量和安全问题不追查扣1分。		
	深化管理体制改革	6分	8.协调有关部门简政放权，指导医院落实业务机构设置权、管理机构设置权，中层干部任免权、中级职称聘任权、编制使用权，推进医院管理体制机制改革。	查阅落实简政放权、指导推进管理体制机制改革的有关文件。	未指导医院落实“五种权利”每项扣2分。		

续表

项目 类别	具体指标	分值	考核内容	考核办法	扣分项	其他工作亮点	本项得分
	开展信息统计工作	3分	9.每月向自治区卫生计生委至少报送3条组团式援藏工作信息； 10.每月定期向自治区卫生计生委统计上报《医疗人才组团式援藏工作统计报表》。	查看信息报送情况。	（1）上报信息少于1条扣1分； （2）不按要求实行月报制度扣2分。		
	开展群众满意调查	3分	11.组织开展社会和群众对医院满意度调查，追踪患者就医满意度结果，对调查结果有分析，对业务工作有反馈。	查看调查工作记录，对医务人员群众进行访谈。	（1）未开展群众满意度调查工作扣1分； （2）未对满意度调查开展专题研讨会扣1分； （3）未向医院反馈满意度调查结果，并提出改进意见建议扣1分。		
主要目标任务推进落实情况（总分40分）	推进重点科室建设	4分	12.指导和督促医院制订重点学科专科建设规划，至少建设3~5个重点专科，努力突破关键性瓶颈； 13.协调援受双方落实牵头支援医院、“以院包科”和首席专家制。	查阅指导和督促医院工作的相关文件资料等。	（1）未指导和督促医院制订重点学科专科建设规划扣2分； （2）未协调援受双方落实牵头支援医院、“以院包科”和首席专家制扣2分。		
	强化医疗人才培养	6分	14.指导医院制订医疗人才队伍建设总体规划； 15.帮助医院提出急需医疗人才需求计划，并协调相关部门加快充实医疗人才队伍； 16.落实订单式定向免费医学生培养，住院医师规范化培养等工作； 17.每年组织开展地市级学术会议或举办业务培训班累计不少于30次。	查阅医疗人才队伍建设规划、急需医疗人才需求计划、相关文件资料，安排落实订单式定向免费医学生、住院医师规范化培养等工作文件。查阅开展培训工作的课件、材料或学员听课记录等。	（1）未指导医院制订人才队伍建设总体规划扣2分； （2）未帮助医院提出人员需求计划，并协调相关部门帮助医院充实医疗人才扣1分； （3）未制订订单式定向免费医学生培养、住院医师规范化培训等工作措施扣2分； （4）每年组织的地市级培训和学术会议每少于10次扣1分。		
	推进等级医院创建	4分	18.制订本地市等级医院创建工作指导性意见或计划方案； 19.帮助指导医院加快实施创“三甲”工作。	查阅相关文件资料等。	（1）未制订等级医院创建工作指导性意见或计划方案扣2分； （2）未帮助指导医院创“三甲”工作扣2分。		

续表

项目 类别	具体指标	分值	考核内容	考核办法	扣分项	其他工作亮点	本项得分
	推进“三不出”	7分	20.厘清本地市“三不出”病种目录清单； 21.制订本地市“三不出”病种解决工作方案； 22.按照厘清的病种目录清单逐步减少不能治疗的病种数量。	本地市“三不出”工作计划方案、病种目录、台账。	（1）未厘清“三不出”病种目录清单扣2分； （2）未制订“三不出”病种解决工作方案扣2分； （3）没有逐步减少不能治疗的病种数量扣3分。		
	推进“两降一升”	7分	23.制订推进“两降一升”工作方案，完善政策措施，建立工作台账； 24.有效降低孕产妇死亡率和婴儿死亡率，提高住院分娩率。	查阅工作方案、会议记录等文件和工作台账、统计数据，访谈群众。	（1）未制订工作方案和建立工作台账扣2分； （2）与往年相比孕产妇和婴儿死亡率上升扣3分； （3）与往年相比住院分娩率下降扣2分。		
	推进“四覆盖”	8分	25.制订推进“四覆盖”工作方案，完善政策措施； 26.实现“四覆盖”工作开展情况。	查阅工作方案、会议记录等文件和工作台账，统计数据，访谈群众。	（1）未制订推进“四覆盖”总体工作方案扣3分； （2）“四覆盖”统计数据不完整扣2分； （3）实现“四覆盖”工作成效不显著扣3分。		
	推进“一重点”	5分	27.指导安排医院制订帮扶带动74个县级医院水平提升的工作方案、政策措施； 28.指导部署“1+7”医院帮扶县医院开展重点科室建设、帮教培养人才、举办讲座培训、开展新技术新业务、巡诊、解决疑难危重疾病以及在资金、设备等方面开展帮扶工作的具体情况。	查阅工作方案、工作记录、会议纪要等文件资料，询问医务人员。	（1）未指导医院制订工作方案和安排部署帮扶工作扣2分； （2）开展帮扶工作成效不显著扣3分。		
健全激励保障机制情况（总分20分）	提供工作经费保障	3分	29.指导地市人民医院和县医院制订工作经费科学使用计划，符合项目管理相关要求。	查阅医院财务资料（文件、记录、单据等）	（1）未指导地市和县医院制订工作经费科学使用计划扣1分； （2）未严格按照项目管理规定要求使用经费扣2分。		

续表

项目 类别	具体指标	分值	考核内容	考核办法	扣分项	其他工作亮点	本项得分
	急需设备药品保障	6分	30.积极协调相关部门或督促医院制订设备和药品配备计划方案，及时解决援藏医疗人才工作急需的设备和药品。	查阅相关材料单据，询问援藏医疗人才。	（1）未协调相关部门或督促医院制订计划方案扣2分； （2）未及时解决援藏医疗人才工作急需的设备和药品扣3分。		
	提供生活安全保障	6分	31.为援藏医疗人才提供办公、住房、用餐、交通、安全等工作和生活方面的便利条件； 32.及时解决援藏医疗人才遇到的实际困难和问题。	实地查看，访谈医疗队员等。	（1）办公、住房、用餐、交通、安全条件每一项未妥善解决扣1分； （2）未及时研究解决援藏医疗人才遇到的实际困难和问题扣1分。		
	规范加强队员管理	4分	33.制订或指导医院制订援藏医疗人才管理办法； 34.指导医院妥善落实援藏医疗人才福利待遇。	查阅相关文件、福利待遇发放凭证，访谈援藏医疗队员。	（1）未制订或指导医院制订相关管理办法或措施扣2分； （2）未妥善落实援藏医疗人才福利待遇扣2分。		

备注：其他工作亮点可附材料，考评组适当予以加分，加分总值不超过5分。

附件 3

“1+7”医院考核评估标准（试行）

被考核评估单位 ____________________

项目 类别	具体指标	分值	考核内容	考核办法	扣分项	其他工作亮点	本项得分
综合管理工作情况（18分）	健全组织领导	4分	1.成立领导小组。主要领导挂帅，班子成员分工负责；有专门工作机构具体组织协调落实组团式援藏工作； 2.加强医院班子建设，选齐配强领导班子，安排组团式援藏医疗人才担任科室负责人； 3.定期召开会议研究部署工作，及时解决遇到的困难和问题，并向上级有关部门提出意见和建议； 4.与支援医院签订协议书，明确年度工作目标、主要任务、双方职责和义务。	查阅相关文件、会议纪要、会议记录、干部任职文件、协议书等。	（1）未成立领导小组和专门工作机构扣1分； （2）未安排援藏医疗人才担任科室主任扣1分； （3）未定期召开会议研究部署组团式援藏工作扣1分； （4）未签订协议书明确双方职责任务扣1分。		
	制定规划计划	4分	5.制订完善医院中长期建设发展规划、年度工作计划，明确主要工作目标任务； 6.制订等级医院创建规划并认真落实； 7.建立健全医院管理、发展、业务等目标管理的一系列工作台账。	查阅相关规划、计划材料。	（1）未制订中长期建设发展规划扣1分； （2）未制订年度工作计划扣1分； （3）未制订等级医院创建规划扣1分； （4）未建立健全管理、发展、业务等目标管理的一系列工作台账扣1分。		
	建立压茬制度	2分	8.新一批和上一批援藏医疗人才轮换实行压茬交接，保证工作连续性，防止出现“真空期”。	查阅工作交接制度、交接记录等。	（1）未建立压茬交接制度扣1分； （2）未实行压茬交接出现“真空期”扣1分。		
	完善管理制度	4分	9.健全完善医院管理制度； 10.落实医院核心管理制度； 11.着力优化医疗流程、改善服务条件、改进服务态度。	查阅相关制度、文件，实地查看、询问就医患者。	（1）未建立完善管理制度扣1分； （2）落实核心管理制度不严扣1分； （3）服务流程、条件、态度改进不明显扣2分。		

续表

项目 类别	具体指标	分值	考核内容	考核办法	扣分项	其他工作亮点	本项得分
	报送信息统计	2分	12.每月向自治区卫生计生委至少报送5条组团式援藏工作信息； 13.每月定期向自治区卫生计生委统计上报《医疗人才组团式援藏工作统计报表》。	查阅报送的工作信息、统计报表等。	（1）上报信息少于5条扣1分； （2）未定期上报统计报表扣1分。		
	加强舆论宣传	2分	14.配合有关部门大力做好组团式援藏工作宣传报道； 15.及时发现总结援藏医疗工作中的先进事迹、典型事例、典型经验，并及时向上级有关部门推荐。	查阅宣传报道材料稿件、视频以及先进典型材料。	（1）未开展宣传报道工作扣1分； （2）未及时总结推荐先进典型经验扣1分。		
主要任务落实情况（45分）	落实以院包科	4分	16.与对口支援省市、医院对接，确定牵头支援医院； 17.全面落实“以院包科”，签订协议书； 18.建立首席专家制，明确首席专家担任科室负责人，全面负责受援科室整体规划、学科建设、人才培养、医疗质量管理等工作。	查阅相关文件、协议书、干部任职文件、工作分工、会议纪要、工作记录等。	（1）未确定牵头医院扣1分； （2）未落实“以院包科”及签订协议书扣2分； （3）未明确首席专家担任科室负责人扣1分。		
	重点科室建设	3分	19.制订重点学科专科建设发展规划； 20.坚持以加强疑难危急重症诊治能力和学科质控体系建设为重点，至少建设3~5个重点学科专科，合理设置年度和中长期发展目标，着力打造重点科室、特色科室。	查阅重点学科专科建设发展规划、重点学科专科建设情况。	（1）未制订重点学科专科建设发展规划扣1分； （2）重点学科专科建设数量达不到要求扣1分； （3）质控体系建设不落实扣1分。		
	推进三不出	4分	21.结合本院疾病谱，厘清“大病”“中病”病种目录清单，并建立工作台账； 22.制订“三不出”病种解决工作方案，包括提升“大病”“中病”诊治能力主要措施、重点工作和方法路径； 23.按照厘清的病种目录清单逐步减少不能治疗的病种数量。	查阅病种目录清单、工作台账和解决工作方案措施。	（1）未建立“大病”“中病”病种目录清单扣1分； （2）未建立工作台账扣1分； （3）未制订解决工作方案措施扣2分。		

续表

项目 类别	具体指标	分值	考核内容	考核办法	扣分项	其他工作亮点	本项得分
	推进两降一升	5分	24.切实承担起全区和各地市妇幼健康工作的业务指导、培训和督导检查职责，组织开展妇幼卫生健康教育、适宜保健技术开发和推广。以孕产保健、儿童保健、妇女保健和优生优育服务为中心，以临床诊疗技术为支撑。为广大妇女儿童提供优质的保健服务； 25.各医院制订推进“两降一升”工作方案，完善政策措旅建立工作台账； 26.各医院健全妇产科、儿科机构设置，加强妇产科、儿科能力建设，不断提高妇产科、儿科专科能力和管理水平，规范管理孕产妇和新生儿，着力提升孕产妇、新生儿危急重症救治能力； 27.有效降低住院分娩的孕产妇、新生儿和儿童死亡率。	查阅工作方案、工作台账、工作记录和询问住院分娩孕产妇，实地查看机构建设情况。	（1）履行职责不力扣1分； （2）未制订推进“两降一升”工作方案和政策措施扣1分； （3）未建立孕产妇、新生儿工作台账扣1分； （4）妇产科、儿科机构设置不规范，救治能力没有显著提高扣2分。		
	推进一个重点	4分	28.制订帮扶带动74个县级医院工作方案、政策措施； 29.帮扶县级医院开展重点科室建设、帮教培养人才、举办讲座培训、开展新技术新业务、巡诊、解决疑难危重疾病以及在资金设备等方面给予大力支持。	查阅工作方案、工作记录、工作台账或询问医务人员。	（1）未制订帮扶工作方案、部署帮扶工作扣1分； （2）未落实具体帮扶工作扣1分； （3）帮扶工作推进不力扣2分。		
	人才队伍建设	10分	30.制订人才队伍建设规划，急需医疗人才需求计划； 31.选拔业务骨干组建承接团队，落实“一带一”“一带多”“团队带团队”“专家带骨干”“师傅带徒弟”帮教机制； 32.大力开展各种业务和管理培训活动； 33.每年至少安排3名优秀管理或医务人员到支援医院学习培训。	查阅人才队伍建设规划、培养计划，相关培训活动文件、记录、台账，讲课课件、病例讨论记录、工作信息等。	（1）未制订人才队伍建设规划、急需医疗人才需求计划扣2分； （2）未建立帮教机制扣2分； （3）每年开展培训班不足10期扣1分，5期以下扣2分； （4）未安排3名以上人员到支援医院学习培训扣2分； （5）开展专题讲座、手术代教、教学查房、疑难病例讨论等活动不足5场次扣2分。		

续表

项目 类别	具体指标	分值	考核内容	考核办法	扣分项	其他工作亮点	本项得分
			34.积极组织开展学术交流、专题讲座、手术代教、教学查房、疑难病例讨论等活动。				
	推动医学科研	4分	35.制订医学科研工作计划，积极申报科研项目和学术课题，大力开展医学研究，提升医学科研能力水平； 36.保障医学科研经费，支持科研工作。	查阅医学科研工作计划，科研课题立项批复、安排经费文件或相关资料。	（1）未制订医学科研工作计划扣1分； （2）申报科研项目不足5项扣2分； （3）未安排科研经费扣1分。		
	推广新技术新业务	2分	37.在组团式援藏医疗人才帮助下开展新技术、新业务； 38.本院医务人员独立开展新技术、新业务。	查阅相关工作记录、台账等。	每年开展新技术、新业务不足5项扣2分。		
	提升服务能力	9分	39.对本院疾病谱进行梳理，明确前十位主要病种，制订针对性的目标措施，开展有效诊疗，医疗质量得到提高； 40.与往年相比，门急诊量逐年上升； 41.与往年相比，出院患者平均住院日下降； 42.危急重症抢救成功率； 43.病人转诊、转院情况； 44.与往年相比，业务收入变化。	查阅相关工作台账、统计报表。	（1）未梳理疾病谱及未制定针对性目标措施扣2分； （2）门急诊量减少扣1分； （3）患者平均住院日增加扣1分； （4）危重症抢救成功率下降扣2分； （5）病人转诊转院率增加扣2分； （6）医院业务收入降低扣1分。		
体制机制改革情况（25分）	落实独立法人和自主经管权	4分	45.落实医院独立法人地位和自主经营权情况，包括落实业务机构设置权、管理机构设置权、中层干部任免权、中级职称聘任权、编制使用权，推进医院管理体制机制改革。	查阅相关文件、规定。	（1）未落实独立法人地位和自主经营权扣1分； （2）未落实5大权力，一项未落实扣1分，扣完为止。		
	编制使用	3分	46.自主招录、引进、聘用急需医疗人员； 47.对新进人员实行“编制内待遇、合同制管理”。	查阅有关人事管理文件、资料，询问医务人员。	（1）未落实自主招录引进聘用人员扣2分； （2）对新进人员未实行“编制内待遇，合同制管理”扣1分。		

续表

项目 类别	具体指标	分值	考核内容	考核办法	扣分项	其他工作亮点	本项得分
	业务科室设置	3分	48.自主设置业务科室，并向同级卫生计生和人社行政部门备案。	查阅有关人事管理文件，报备文件。	（1）未按发展需求设置业务科室扣2分； （2）未向上级部门报备扣1分。		
	管理科室设置	3分	49.自主设置管理科室，并向同级卫生计生和人社行政部门备案。	查阅有关人事管理文件，报备文件。	（1）未按发展需求设置管理科室扣2分； （2）未向上级部门报备扣1分。		
	中层干部任免	3分	50.按照干部选拔任用条例自主任免中层科室干部，并向同级卫生计生行政部门备案。	查阅有关人事管理文件，报备文件。	（1）未及时选拔配备科室干部扣2分； （2）未向上级部门报备扣1分。		
	技术职称聘任	3分	51.按照专业技术人员职称评聘相关规定，组织开展中级技术职称聘任。	查阅有关文件、询问新聘用卫技人员。	（1）未及时组织开展职称聘任工作扣2分； （2）评聘程序不规范扣1分。		
	薪酬分配制度	6分	52.建立完善符合医院实际的激励机制，制订绩效考核方法和薪酬分配办法。建立动态调整机制，落实绩效奖励措施，医院技术劳务收入中70%以上部分用于绩效工资，重点向临床一线、业务骨干、关键岗位、有突出贡献的人员倾斜，提高援藏医疗人才和本院医务人员薪酬待遇。	查阅相关制度文件，绩效考核办法，援藏医疗人才津贴和本院医务人员工资补贴发放表，询问援藏医疗人才和本院医务人员。	（1）未制订绩效考核办法扣2分； （2）未建立科学合理的薪酬分配制度扣2分； （3）绩效工资未向临床一线等重点人员倾斜扣2分。		
管理服务保障情况（12分）		12分	53.制订援藏医疗人才管理办法； 54.妥善落实援藏医疗人才福利待遇； 55.制订设备和药品配备计划方案，及时解决援藏医疗人才工作急需的设备和药品； 56.妥善解决援藏医疗人才办公、住房、用餐、交通、安全等工作和生活保障，及时解决援藏医疗人才遇到的实际困难和问题； 57.制订工作经费科学使用计划，符合项目管理相关要求。	查阅相关文件、福利待遇发放凭证、财务单据等，实地查看、访谈援藏医疗人才等。	（1）未制订援藏医疗人才管理办法扣1分； （2）未妥善落实援藏医疗人才福利待遇扣2分； （3）未制订工作经费科学使用计划和不严格按照项目管理规定要求使用经费扣2分； （4）未及时解决援藏医疗人才工作急需的设备和药品扣2分； （5）未妥善解决援藏医疗人才办公、住房、用餐、交通、安全等保障服务工作扣3分； （6）未及时研究解决援藏医疗人才遇到的实际困难和问题扣2分。		

备注：其他工作亮点可附材料，考评组适当予以加分，加分总值不超过5分。